AF279593

Yaro
Im Schatten des Shogun

FSC
www.fsc.org
MIX
Papier aus ver-
antwortungsvollen
Quellen
Paper from
responsible sources
FSC® C105338

In diesen Buch wird die Geschichte von Yamato Ichiro, auch Yaro genannt, erzählt, die mit "Yaro - Geschichte eines Samurai"begann und mit "Yaro - Im Auftrag des Daimyo"fortgesetzt wurde.

Auch dieses Mal werden die Leserinnen und Leser in die Mitte des 17. Jahrhunderts entführt. In einen Zeitraum, der als Edo-Zeit (1603-1868) in die Geschichte Japans eingegangen ist.
In einer Zeit als nach der gewonnenen Schlacht von Sekigahara (1600) die Mitglieder der Familie Tokugawa ununterbrochen die Position des Shogun einnahmen. Mit der nötigen Härte und durch geschicktes Taktieren sorgten sie für die längste Friedensperiode in der Geschichte Japans, die mehr als 250 Jahre andauerte.

Zu Beginn ihrer Herrschaft verlegten die Tokugawa ihre Residenz in die anfangs unbedeutende Stadt Edo (heute Tokio) und machten sie zum politischen Zentrum Japans. Formale Hauptstadt des Landes blieb Kyoto als Residenzstadt des Tenno, des 'Himmlischen Herrschers' Japans.

In diesem Zeitraum fällt auch die zunehmende Bedeutung des Schwertadels und der legendären Samurai. Jene furchtlosen Krieger, die sich ihren Fürsten bis in den Tod verpflichtet fühlten und um die sich unzählige Legenden ranken.

Das Buch erzählt die Geschichte des Samurai Yamato Ichiro, persönlicher Berater und engster Vertrauter seines Fürsten Iroda Akira.

Aufgrund seiner geistigen Fähigkeiten, Gefahren taktisch und strategisch durchdacht zu überwinden, und seiner körperlichen Geschicklichkeit, die ihn zu einem hervorragenden Schwertkämpfer macht, wird Yaro von seinem Fürsten auch diesmal mit der Lösung gefährlicher Aufgaben betraut.

Bis auf wenige Ausnahmen sind die im Buch erwähnten Personen frei erfunden, ebenso die Kleinstädte und besonderen Handlungsorte.

Bei den Personennamen wurde wie üblich der Familienname dem Vornamen vorangestellt

—

Entspannt saß Yamato Ichiro im Seiza auf dem dunklen Holzboden des Dojo, wo die Samurai der Leibgarde des Daimyo, des jungen Iroda Akira, bereits ihre morgendlichen Übungsstunden mit den Waffen beendet hatten. Bis auf ihn hatten alle Übenden das Dojo verlassen und sich auf den Weg zu ihren Unterkünften begeben. So saß Ichiro, der von seinen Freunden und Vertrauten auch Yaro genannt wurde, im Fersensitz, in seinem weißen Gi und grauen Hakama, an einer aufgeschobenen Shoji, eine verschiebbare, mit Reispapier verkleidete, stabile Gitterwand aus Holz, und lauschte der monotonen Melodie des Monsunregens, der die Umgebung in ein graublaues Licht tauchte.

Bald fünfzehn Jahre waren bereits vergangen, seit Yaro als zweiundzwanzigjähriger Mann an den Fürstenhof der Familie Iroda in Jatsuma, der Hauptstadt der Präfektur Tagai, berufen worden war.

Tagai lag nahe der Südspitze der Hauptinsel Honshu und wurde von drei Präfekturen begrenzt: Togari im Westen, Tairuyama im Norden und Yasatama im Osten. Im Süden grenzte der große Binnensee Seto-nakai an die Präfektur.

Wie jedes Jahr zwischen Frühling und Sommer bringt die meist vierwöchige Regenzeit den lang ersehnten Regen, der für die Wasserversorgung und die Landwirtschaft lebensnotwendig ist. Deshalb beginnen die Bauern zum Anfang der Regenzeit mit dem Anbau von Nassreis, um ihn im Spätsommer rechtzeitig vor dem Aufkommen der Taifune ernten zu können. Angesichts der lebenswichtigen Bedeutung der Regenzeit für das Land nehmen die Menschen die damit verbundenen Unannehmlichkeiten wie selbstverständlich an. Dennoch sehnen sie jedes Mal das Ende der

Regenzeit herbei. Denn die hohe Luftfeuchtigkeit verhindert, dass die tagsüber getragene und nass gewordene Kleidung nicht außerhalb der Räume zum Trocknen aufgehängt werden kann. Dadurch steigt die Gefahr, dass die Kleidung leicht von Schimmel befallen wird.

Yaro empfand das Prasseln des Regens auf den mit weißen Kiessteinen aufgefüllten Wegen, die sich durch die Grünanlagen des Parks vor der Residenz schlängelten, als wohltuend und beruhigend. Doch auch er sehnte das Ende der Regenzeit herbei, denn die drückende Schwüle brachte die Übenden bei ihrem intensiven Waffentraining schnell an die Grenzen ihrer Belastbarkeit.

Die Ruhe, die nach dem unvermeidlich lauten Üben die Übungshalle nun erfüllte, übertrug sich auch auf Yaro, der nun seinen Gedanken nachhing, ohne bewusst zu meditieren. Er war inzwischen darin geübt, sich in jeder Umgebung schnell in den gewünschten Ruhezustand zu versetzen. Denn seit er vom damaligen Daimyo, Iroda Katsumura, nach Jatsuma berufen worden war, besuchte er regelmäßig das nahe gelegene Kloster Sakuraji, um seine Meditationstechniken zu perfektionieren.

Mit dem Abt des Klosters, Mori Renzo, verbindet ihn seit langem eine enge Freundschaft. Denn bei nicht wenigen gefahrvollen Unternehmungen, die Yaro seitdem im Auftrag der wechselnden Daimyo zu bewältigen hatte, nahm sich Mori-san ausnahmslos die Zeit, ihm mit Rat und Tat zur Seite zu stehen. Beide genossen die offenen und tiefgründigen Gespräche über die Wechselfälle des Lebens und das Verhalten der Menschen.

Bevor Yaro seinen Geburtsort Satama verließ, um am Fürstenhof seine Tätigkeit als Leiter des Zentralen Speicheramtes aufzunehmen, riet ihm sein Sensei Okimoto Kiochi zum Abschied, das Kloster Sakuraji aufzusuchen. Denn mit dem Abt des Klosters verband ihn eine tiefe Freundschaft.

Er vertraute darauf, dass der Abt den jungen Yaro in seine Gemeinschaft aufnehmen, dessen geistigen und körperlichen Fähigkeiten weiter fördern und dessen tugendhafte Gesinnung festigen würde. Mori-san war damals sehr erfreut, einen so sensiblen und interessierten Gesprächspartner wie Yaro und einen Schüler seines Freundes Kiochi zu treffen, der ihn in seiner Aufrichtigkeit und Wachsamkeit sehr an dessen Sensei erinnerte.
Später als Yaro auf Bitten des Abtes seine Mönche in der waffenlosen Kampfkunst Taijutsu und im Stockkampf unterrichtete, um das Kloster gegen Angriffe von außen wehrhaft zu machen, vertiefte sich auch sein Verhältnis zu den Mönchen so weit, dass Yaro bald als Gleichgesinnter an den gemeinsamen Meditationsübungen teilnehmen durfte.

Ein leichtes Lächeln huschte über Yaros Gesicht, als er sich an seine erste Begegnung mit dem Abt erinnerte. Denn kurz zuvor hatte er Ayumi, seine Frau und Mutter seiner Kinder Kiochi und Michiko, auf dem Weg nach Jatsuma auf abenteuerliche Weise kennen gelernt. Er hatte sie aus den Händen von Banditen befreit, nur um wenig später festzustellen, dass Ayumi aus einer Ninja-Familie stammte und wie ihre jüngere Schwester Aiko die verborgenen Kampftechniken der Ninja mit tödlicher Präzision beherrschte.

In den folgenden Jahren kam es immer wieder vor, dass die beiden Frauen Yaro aus dem Verborgenen heraus ihn bei seinen gefahrvollen Unternehmungen unterstützten, die er im Auftrag des Daimyo zu bewältigen hatte. Von seiner familiären Verbundenheit mit der Ninja-Familie Muro erzählte Yaro nur seinem Freund und Trainingsgefährten Sugita Kaito sowie dem jetzigen Daimyo und nun schon engen Vertrauten Iroda Akira. Er tat dies, als besondere Umstände es erforderten und er das auf Ehrlichkeit und Offenheit basierende Verhältnis zueinander nicht beschädigen wollte.

Die Ninja waren die Feinde der Samurai des Schwertadels, da sie oft mit List und Skrupellosigkeit gegen Bezahlung und ohne jegliches Ehrgefühl Verbrechen und Morde im Auftrag der meistbietenden Geschäftsleute oder Politiker ausführten. Diese Praktiken widersprachen dem selbst auferlegten Ethos der Samurai, die nach Aufrichtigkeit und Tugendhaftigkeit strebten. Dennoch war der Daimyo Yaro und seiner Ninja-Familie wohlgesonnen.

Denn Ayumi und ihre Schwester Aiko hatten bereits ein Attentat auf Chie, der damaligen Braut und jetzigen Ehefrau des Daimyo, verhindert und sie später aus einer Geiselnahme befreit, woraufhin Aiko zu Chies persönlicher Leibwächterin ernannt wurde. Mit diesen Treuebeweisen zeigten beide Frauen ihre Loyalität gegenüber dem Fürsten, so dass der Daimyo es mittlerweile als beruhigend und hilfreich empfand, wenn sich beide Frauen in der Nähe des Fürstenpaares aufhielten und Yaro bei der Erfüllung gefährlicher Aufträge im Verborgenen unterstützten.

'Ja', dachte Yaro, 'in den letzten fünf Jahren, seit der Heirat des Daimyo, Iroda Akira, mit seiner Frau Chie, haben sich in meiner näheren Umgebung einige Veränderungen ergeben. Diese waren jedoch überwiegend erfreulich.'
So ist die Nachfolge in der Linie der Daimyo von Tagai nun gesichert, nachdem Chie vor vier Jahren ihren Sohn Yuma und vor einem Jahr ihre Tochter Ema gesund zur Welt gebracht hatte.
Ansonsten hat sich im Umfeld des Daimyo Iroda Akira nichts Wesentliches geändert, denn die seit Jahren am Fürstenhof tätigen Nakayama Tamaro als Berater für Finanzen und Verwaltung und Sugita Masahiro als Berater für Sicherheit und Verteidigung genießen unverändert sein uneingeschränktes Vertrauen. Dasselbe gilt für Sana Hayato, den Obersten Richter, der Tada Gozo nachfolgte, welcher während der kurzen Willkürherrschaft von Akiras Stiefbruder

Iroda Kamaro auf mysteriöse Weise verschwand. Es wird vermutet, dass Kamaro ihn entführen und töten ließ, um zu verhindern, dass Tada, im Auftrag des Daimyo, ein Dokument verfasste, das ihn als Erstgeborenen von der Erbfolge ausschloss. Der Verdacht erhärtete sich, als Yaro erfuhr, dass Kamaro seinen Vater, Iroda Katsumura, von Ninja töten ließ, um seine Nachfolge zu sichern.

Akira hatte es nie bereut, dem gleichaltrigen Yaro bei seinem Amtsantritt als Daimyo den Posten eines Beraters für besondere Angelegenheiten angeboten zu haben. Schon damals beeindruckte ihn Yaros tugendhafte Gesinnung und seine daraus resultierende aufrichtige Haltung. Aikra war und ist bestrebt, sein Verhalten und Handeln nach seinem Vorbild Yaros auszurichten, was sich in der Art und Weise, wie er die Präfektur regiert, in erfreulicher Weise widerspiegelt.
Aus der engen Vertrautheit ist eine enge Freundschaft entstanden, die dem manchmal noch unerfahrenen Akira das Regieren erleichtert. Denn er hatte nun einen Freund an seiner Seite, mit dem er alles besprechen konnte. Der sich aber mit wohlgemeinter Kritik nicht zurückhielt. Ein Umstand, der auch von den schon älteren und erfahrenen Beratern Nakayama-san und Sugita-san wohlwollend zur Kenntnis genommen wird.

Obwohl Yaro aufgrund seiner nicht unbedeutenden Stellung am Fürstenhof auf das Gelände der Residenz hätte umziehen können, wohnte er weiterhin in seinem Haus in der Stadt, aber in der Nähe der Residenz. Auf dem ihm überlassenen Grundstück befanden sich das Wohnhaus, in dem er mit Ayumi, seinen beiden Kindern und Ayumis Schwester Aiko lebte, sowie ein Nebengebäude, in dem Ayumis Eltern wohnten. Während sich die Großmutter Hana um den Haushalt, die Zubereitung der Mahlzeiten und - bei Abwesenheit der Eltern - um das Wohlergehen der Kinder kümmerte, pflegte der Großvater Sodo das Grundstück und die zahlreichen Gemüsebeete.

Ein hoher, mit Pflanzen bewachsener Holzzaun umgab das Grundstück, so dass es von außen nicht einsehbar war. So konnte Yaro unbemerkt die Kampftechniken der Ninja erlernen, wie Ayumi und Aiko unter der Anleitung ihres Vaters Sodo. Yaro ließ dies zu, denn er wollte nicht, dass die beiden die Techniken des Ninjutsu vernachlässigen, die sie bereits als Jugendliche in ihrem versteckten Ninjadorf erlernt hatten. Von ihrem Grundstück aus nutzten sie die Gelegenheit, sich im Anschleichen und Verstecken zu perfektionieren. So bewegten sie sich manchmal nachts mit ihrem Vater katzenartig und unerkannt auf den Dächern der Häuser und in den dunklen Gassen der Stadt, um sich auch im unbemerkten Belauschen der Menschen zu verbessern.

Als Samurai sah Yaro kein Verstoß gegen den Kodex der Samurai, sich auch Techniken des Ninjutsu anzueignen und sie als zusätzliche Variante in seinem persönlichen Kampfstil aufzunehmen. Denn Kampftechniken an sich sind wertneutral. Erst der Ausübende verändert die Bedeutung der Techniken, indem er durch sein Handeln entscheidet, ob er sie zu einem guten oder zu einem schlechten Zweck einsetzt. Ob er sie zum Selbstschutz oder zum Schutz anderer anwendet oder er sie aus materiellen oder aus anderen niederen Beweggründen missbraucht.

Aiko verbrachte ihre Freizeit nur noch gelegentlich auf Yaros Anwesen, da sie nun als Chies persönliche Leibwächterin die meiste Zeit in ihrer Nähe und damit innerhalb der Residenz verbrachte. Auch weil sich ihre Liebesbeziehung zu Kusami Aoi, den sie bei Chies Geiselbefreiung kennengelernt hatte, immer mehr festigte. Kusami Aoi wiederum hatte durch intensives Training unter Yaros Anleitung ein so hohes technisches Niveau im Schwertkampf erreicht, dass er in die Leibgarde aufgenommen werden konnte.

Schon bei der ersten Begegnung mit Aoi erkannte Yaro dessen stabile Persönlichkeit und lebensbejahende Geisteshaltung und damit die Voraussetzungen für einen aufrechten und zu höheren Aufgaben befähigten Samurai, weshalb Yaro mit Aoi ein Meister-Schüler-Verhältnis einging und sein Sensei wurde.

Sein treuer Schüler erfüllte die in ihn gesetzten Erwartungen, so dass er Jahre später zu seinem Stellvertreter im Zentralen Speicheramt ernannt wurde und die bis dahin von Yaro wahrgenommenen turnusmäßigen Inspektionsreisen zu den lokalen Speicherämtern in eigener Verantwortung durchführte.

Diese Entlastung ermöglichte es Yaro, mehr Zeit mit seiner Familie zu verbringen und die Entwicklung der Kinder zu begleiten. So freute er sich auf die Momente, wenn er nach dem Ende der Regenzeit mit seiner kleinen Tochter Michiko im Garten sitzen konnte und die Sonnenstrahlen sie unter dem wolkenlosen Himmel wärmten. Dann kuschelte sie sich an ihn und fühlte sich wohl in der väterlichen Geborgenheit. Zumindest so lange, bis ihr älterer Bruder Kiochi mit einem Holzschwert in der Hand vor ihnen stand und seinen Vater anflehte, mit ihm den Schwertkampf zu üben.

Yaro war nicht überrascht, dass sich sein Sohn in diese Richtung entwickelte. Denn schon seit frühester Kindheit hatte Kiochi erlebt, wie sein Vater, seine Mutter und auch ihre Schwester Aiko im heimischen Garten ihre Kampfkünste übten, ohne dass die Umwelt davon etwas mitbekam. Natürlich wollte auch er ein Samurai werden.

Yaro nutzte seine Freizeit auch, um als Beobachter an den regelmäßigen Gerichtstagen unter dem Vorsitz des Obersten Richters Sana Hayato teilzunehmen. Er hoffte, dadurch sein Urteilsvermögen zu schärfen. Er erkannte, dass ein abschließendes Urteil nur dann von Wert ist, wenn alle Betroffenen und mögliche Zeugen zur Klärung des Sachverhalts angehört wurden. Der Richter freute sich über Yaros Interesse an seiner Arbeit und lud ihn ein, nach den Verhandlungen mit ihm über seine Urteilsfindung zu diskutieren.

Obwohl Yaro die gewonnene Freizeit genoss, ertappte er sich manchmal dabei, wie er sich verklärt an die gefährlichen Aufgaben erinnerte, die seine geistigen und körperlichen Fähigkeiten auf die Probe stellten. Aber er kam schnell auf den Boden der Tatsachen zurück. Denn er war sich bewusst, dass dieses momentane sorglose Leben am Fürstenhof und in der Präfektur Tagai keine Selbstverständlichkeit war und selten von Dauer sein kann.
Deshalb muss dieser friedliche Zustand mit aller Kraft geschützt und bewahrt werden. Doch leider gibt es genug Menschen, die Gefallen daran finden, Unrecht zu verbreiten und aus Habgier, Neid und Hass keine Rücksicht auf das harmonische Leben ihrer Mitmenschen und ihrer Umwelt zu nehmen.
Dass dem so ist, erlebten die Menschen in der Hauptstadt Jatsuma ziemlich bald.

Wochen später war die Regenzeit vorbei. Bäume, Pflanzen und Gräser zeigten sich in allen Farben und streckten sich der Sonne entgegen, als wollten sie so viel Energie wie möglich aufnehmen, um für die kommende Zeit gestärkt zu sein.

An einem solch schönen Sommermorgen saßen Yaro und Ayumi noch beim Tee zusammen und genossen das warme Sonnenlicht, das die Räume ihres Hauses durchflutete, wobei die hellen Tatami-Matten die einfallenden Sonnenstrahlen in fast jede Ecke des Raumes verteilten. Dieses entspannte Zusammensitzen, nachdem Kiochi und Michiko sich bereits auf den Weg zur Schule gemacht hatten, war für sie zu einem täglichen Ritual geworden, um über wichtige, aber auch alltägliche Dinge zu sprechen. Beide freuten sich jedes Mal, wenn Kiochi nach der Verabschiedung seine kleine Schwester stolz an der Hand nahm und sie so behütet zur Schule begleitete. Michiko blickte dann lächelnd zu ihrem großen Bruder auf und freute sich, ihn an ihrer Seite zu haben.

Als die Kinder das Haus verlassen hatten, erschien unerwartet ein Polizeibeamter am Eingang des Grundstücks. Yaro sah ihn sofort wegen der geöffneten Shoji. Der Besucher verbeugte sich respektvoll zu Yaro und bat mit dieser Geste darum, ein Anliegen vortragen zu dürfen.
Jeder Polizist in Jatsuma kannte Yaro als denjenigen, der sich in regelmäßigen Abständen ein Bild von den geistigen und körperlichen Fähigkeiten der Polizisten machte, um den für höhere Aufgaben Begabten einen Aufstieg in die Leibgarde des Daimyo zu ermöglichen. Außerdem wusste jeder in der Polizeibehörde, welche Qualitäten Yaro als tugend-

hafter Samurai und Schwertkämpfer besaß.

Als Yaro den Polizisten erblickte, stand er auf und ging abwartend auf ihn zu.
„Was ist geschehen?", fragte Yaro, als er ihn erreicht hatte.
„Konnichiwa Yamato-san, guten Tag", antwortete der Beamte nach einer Verbeugung, „Hauptmann Nakamoto-san bittet um ihre Hilfe. Denn heute Morgen wurde am Ufer des Rinzo, in unmittelbarer Nähe der Steinbrücke, eine getötete Person gefunden."
„Warum bittet er mich um Hilfe, für Verbrechen dieser Art ist doch ausschließlich die Polizei von Jatsuma zuständig?"
„Nakamoto-san hält dieses Verbrechen für außergewöhnlich, deshalb legt er großen Wert auf ihre Beurteilung am Fundort der Leiche."
„Wartet einen Moment, ich komme gleich mit zum Fundort", sagte Yaro und ging zurück ins Haus, wo er Ayumi kurz berichtete, was passiert war.

Nachdem er seine Straßenkleidung angezogen hatte, trat er mit einem weißen Gi und einem dunkelgrauen Hakama, dem Hosenrock, wieder ins Freie. Darüber trug er eine indigoblaue Haori, eine weite, hüftlange Kimonojacke mit den Emblemen der Familie Iroda, die sofort die Autorität und Macht des Trägers erkennen ließen. Sein schwarzes Haar war streng nach hinten zu einem Zopf geflochten, der auf dem Kopf längst mit den Haaren verknüpft wurde. Noch verstärkt wurde seine imposante Erscheinung durch das Daisho, ein Schwertpaar, das aus einem langen Schwert, dem Katana, und einem kurzen Schwert, dem Wakizashi, bestand, welches er deutlich sichtbar in seinem Gürtel trug. Im Laufe der Jahre hat sich herumgesprochen, dass Yaro ein außergewöhnlich guter Schwertkämpfer war und insbesondere den Kampf mit dem Kurzschwert hervorragend beherrschte.

So ließ sich Yaro von dem Polizeibeamten ohne Arroganz, aber mit der nötigen Autorität zum Fundort führen. Die Entfernung von Yaros Grundstück bis zur einzigen Steinbrücke der Stadt war nicht weit, so dass sie sich zu Fuß auf den Weg machten. Schon von weitem sah Yaro, wie viele Menschen auf der Brücke standen, um von oben genau zu beobachten, was unten am Flussufer vor sich ging. Das war ihre einzige Möglichkeit, denn die Polizei hatte den Ort bereits weiträumig abgesperrt. Als Yaro erschien, bildeten die Schaulustigen sofort eine Gasse zum Fundort, voller Erstaunen und mit respektvollen Verbeugungen. Das Erscheinen des Beraters des Daimyo, Iroda Akira, ließ sie vermuten, dass es sich bei dem Toten um einen Angehörigen der Oberschicht handelte.

Der Polizeichef der Stadt, Hauptmann Nakamoto Toro, wollte sich gerade über die Leiche beugen, als er Yaro auf sich zukommen sah. Sofort richtete er sich auf und ging auf ihn zu.
„Konnichiwa Yamato-san", begrüßte ihn Nakamoto, „vielen Dank, dass Sie so schnell gekommen sind. Arigato gozaimasu."
„Warum haben sie mich gerufen", kam Yaro gleich zur Sache, „bisher haben sie doch alle Todesfälle dieser Art selbstständig bearbeitet und gelöst. Was ist diesmal so anders und wichtig?"
„Kommen Sie, ich zeige Ihnen warum", antwortete der Hauptmann knapp, drehte sich um und ging auf die am Boden liegende, mit einem weißen Tuch verhüllte Person zu. Als die beiden Männer neben der verhüllten Gestalt standen, nickte Nakamoto einem daneben stehenden Polizisten zu, der daraufhin das Tuch zurückschlug und die tote Person bis zum Oberkörper freilegte.

Yaro sah die Leiche eines etwa fünfzigjährigen, korpulenten Mannes, der in einem einfachen, braunen Yukata gekleidet war, eine schlichte Form des Kimono für den Alltag. Das Gesicht des Mannes war zu einer Fratze verzerrt. Er lag auf dem Rücken mit weit aufgerissenen, leicht hervorquellenden Augen. Sein Mund war halb geöffnet und seine Zunge hing heraus. Am Hals entdeckte Yaro eine dünne Linie getrockneten Blutes. Für Yaro war sofort klar, dass der Mann mit einer Schlinge getötet worden war.

„Und was meinen Sie, erkennen Sie den Mann wieder?", fragte Nakamoto, der hinter ihm stand. Nach längerem Hinschauen fragte Yaro zurück:

„Irre ich mich, oder ist das Tusamo-san, der reiche Pferdehändler aus Jatsuma?"

„Sie irren sich nicht, er ist es", kam die Antwort.

Yaro hatte Kontakt mit Tusamo Haru zu einer Zeit, als Akiras Halbbruder Iroda Kamaro kurzzeitig die Nachfolge seines Vaters Iroda Katsumura als Daimyo antrat, den er, wie Yaro erst später erfuhr, von Ninja ermorden ließ. Während seiner Willkürherrschaft entließ Kamaro die treuen Berater seines Vaters, Nakayama-san und Sugita-san, und ersetzte sie durch Tusamo-san, einen stadtbekannten, reichen Pferdegroßhändler, und Yakamito Daiki, einen ebenfalls stadtbekannten, reichen Textilgroßhändler. Anscheinend wurden sie von Kamaro für diese Ämter ausgewählt, weil er sich von ihrem Reichtum Vorteile versprach.

Beide Geschäftsleute verhielten sich während ihrer Beratertätigkeit zurückhaltend. Während der Audienzen bei Kamaro vermittelten sie den Eindruck, dass ihnen die Art und Weise, wie Kamaro seine verdienten Berater behandelte, nicht zusagte. Es fiel ihnen daher nicht schwer, ihre Abberufung bei der Ernennung Akiras zum neuen Daimyo zu akzeptieren, nachdem Akira ihnen zusicherte, ihre guten, geschäftlichen Beziehungen zum Fürstenhof aufrechtzuerhalten.

„Was macht dieser angesehene Mann in dieser Gegend, wie

kommt er hierher? Ich glaube nicht, dass er diesen Ort freiwillig gewählt hat", sagte Yaro fast zu sich selbst.

„Nun, es ist nicht ungewöhnlich, dass er den Uferweg genommen hat, denn er führt von der Steinbrücke direkt an seinem großen Anwesen vorbei. Es sieht so aus, als wurde er auf dem Weg dorthin überfallen und ins angrenzende Waldstück geschleift, um ihn dort zu erdrosseln", antwortete der Hauptmann, „denn wir haben Schleifspuren entdeckt, die aus dem Waldstück hinaus über den Uferweg zum Fundort führen.

Daher liegt für mich der Verdacht nahe, dass der Tote an dieser Stelle abgelegt wurde, um ihn der Öffentlichkeit zu präsentieren. Aber aus welchem Grund? Der Arzt, der den Toten kurz nach dem Auffinden untersuchte, stellte bereits eine vollständige Totenstarre fest. Daraus schloss er, dass die Tat gestern in den Abendstunden, etwa zur Stunde des Hundes, geschehen sei."

Vorsichtig begann Yaro: „Ich möchte mich in diesem Stadium der Ermittlungen mit meinen Vermutungen nicht zu weit vorwagen. Aber die Umstände erwecken tatsächlich den Eindruck, dass dieser Mord und die Art und Weise, wie er inszeniert wurde, eine Botschaft und Warnung an wen auch immer sein soll. Denn für eine Beziehungs- oder Affekttat ist die Verwendung einer Würgeschlinge eher untypisch. Um einen Mord mit einer solchen Schlinge begehen zu können, muss man geübt sein, denn diese komplizierte Art des Tötens erfordert viel Übung."

„Diese Methode erinnert mich an die der Ninja", sagte Nakamoto.

„Ja, das stimmt", antwortete Yaro mit einem mulmigen Gefühl in der Magengegend, „aber Ninja führen ihre Taten im Verborgenen aus und sind nicht daran interessiert, sie in der Öffentlichkeit bekannt zu machen", ergänzte Yaro seine Antwort. Nachdem sich Yaro einen ausreichenden Überblick über das Geschehen verschafft hatte, fragte er Nakamoto nach dem weiteren Vorgehen.

„Wir werden die Familie von Tusamo-san über die Tat informieren und herausfinden, ob den Familienmitgliedern Vorfälle bekannt sind, die mit dem Mord in Verbindung gebracht werden können. Wir werden auch die Anwohner befragen, ob ihnen etwas Verdächtiges aufgefallen sei. Bis zum wöchentlichen Treffen mit dem Daimyo in zwei Tagen habe ich vielleicht schon mehr Informationen, die unsere Ermittlungen voranbringen", sagte Nakamoto.

Bevor Yaro die Fundstelle verließ und sich auf den Heimweg machte, dankte ihm der Hauptmann noch einmal für sein Kommen und seine Bereitschaft, ihn bei seinen Ermittlungen zu unterstützen. Ohne es nach außen zu zeigen, war Nakamoto-san erleichtert, Yaro an seiner Seite zu haben. Denn dieser hatte ihn in der Vergangenheit bei seinen Ermittlungen immer wieder beraten, aber auch tatkräftig unterstützt und sich dabei als sehr einfallsreich erwiesen. Zuletzt, als er sich als Lockvogel zur Verfügung stellte und so eine Serienmörderin festnehmen konnte, die er auf frischer Tat ertappte.

◇

Sobald Yaro nach Hause zurückgekehrt war, erzählte er Ayumi von dem Verbrechen. Dabei äußerte er seine Befürchtung, dass Ninjas die Tat begangen haben könnten oder dass der Täter bewusst Kampftechniken des Ninjutsu einsetzte, um von sich abzulenken und Ninjas in der Öffentlichkeit mit dem Mord in Verbindung zu bringen. Wohl wissend, dass seine Tat als Warnung von dem Personenkreis verstanden wird, für den sie bestimmt war.
Auch wenn Ayumi nach ihrem Auszug aus dem versteckten Ninjadorf nur noch wenig Kontakt zu ihren dort lebenden

Verwandten hatte, blieb sie doch eine Kunoichi, eine weibliche Ninja. So war sie sich in ihrer Einschätzung ziemlich sicher, dass die Tat nicht von Ninja begangen worden war. Damit bestätigte sie Yaros Bewertung, dass ein öffentliches zur Schau zu stellen ihrer Taten, nicht den Vorgehensweisen der Ninja entspricht. Sie ziehen es vor, ihre Taten im Verborgenen zu begehen. Sie habe auch keine Kenntnis erhalten, dass ihre Ninja-Familie Muro einen Auftrag angenommen hat, der mit dieser Tat in Verbindung gebracht werden könne.

„Aber wir haben Glück", fuhr Ayumi fort, „wie du weißt, sind meine Eltern vor drei Tagen von ihrem Familienbesuch im Dorf zurückgekehrt und haben dort auch meinen Onkel Katiro getroffen. Mein Vater kann uns sicher sagen, ob die Familie den Mord an Tusamo-san begangen hat."

Schon war sie aufgesprungen, um Muro Sodo aus dem Nebenhaus zu holen.

Yaro erinnerte sich noch gut an seine einzige Begegnung mit Katiro, dem Oberhaupt der Ninja-Familie Muro, nachdem Yaro seine jetzige Frau Ayumi von zwei Banditen befreit und sie sicher in ihr Dorf namens Muro zurückgebracht hatte. Um den Standort des Dorfes vor Außenstehenden geheim zu halten, wurden Yaro die Augen verbunden. Trotz anfänglicher Distanz zeigte sich Katiro gegenüber Yaro dankbar für die Befreiung seiner Nichte.

Auch, weil Yaro ihm kurzzeitig die beiden Pferde der getöteten Banditen überließ, um die Leiche von Ayumis Begleiter, Katiros Onkel Hano, zu bergen, der bei dem Überfall der Banditen ermordet und im Wald zurückgelassen worden war. Katiro wollte Yaro die vielen Münzen geben, die die Banditen im Laufe der Zeit erbeutet hatten und die die Ninja bei der Bergung an sich genommen hatten. Doch Yaro lehnte es ab, die Münzen anzunehmen und schenkte sie den in Armut lebenden Dorfbewohnern.

Diese große und gute Geste, die von Yaros aufrichtiger Gesinnung zeugte, beeindruckte Katiro so sehr, dass sie sich in gegenseitigem Respekt verabschiedeten. Dieser friedliche Ausgang der Begegnung war wohl ausschlaggebend dafür, dass Katiro sich nicht widersetzte, als Ayumi und ihre kleine Schwester Akio und später auch ihre Eltern das Dorf verlassen wollten, um auf Yaros Grundstück zu ziehen. Katiro vertraute Yaros Versprechen, niemals die Lage des Ninjadorfes zu verraten. Yaro hielt sein Versprechen.

Kurze Zeit später erschien Ayumi mit ihrem Vater Sodo wieder im Haus und sie setzten sich zu Yaro. Dieser saß inzwischen an einer aufgeschobenen Shoji im Agura, dem Schneidersitz, lauschte den zwitschernden Vögeln und zirpenden Grillen und trank seinen Tee. Nachdem Sodo eine Schale Tee gereicht worden war, begann er zu sprechen.

„Ayumi hat mir schon kurz von dem Leichenfund am Rinzo erzählt und ihre Befürchtung geäußert, dass die Ninja dafür verantwortlich sein könnten. Du weißt, Hana und ich waren für ein paar Wochen bei meinem Bruder Katiro in unserem Heimatdorf Muro. Dort haben wir viel miteinander geredet. Denn obwohl wir das Dorf verlassen haben, vertrauen wir uns immer noch vorbehaltlos. Meine Meinung über die Situation der Ninja ist ihm nach wie vor wichtig."
„Ja ich weiß aus eigener Erfahrung, einmal Ninja immer Ninja", warf Yaro kurz ein und schaute lächelnd zu Ayumi. Ohne auf Yaros Bemerkung einzugehen, fuhr Sodo fort.
„In unseren Gesprächen hat Katiro nie erwähnt, dass die Familie Muro in letzter Zeit Aufträge angenommen hat, die mit dem Mord an Tusamo-san in Verbindung stehen könnten. Wenn andere Ninja-Familien für diese Tat angeheuert worden wären, hätte Katiro davon gewusst und es mir erzählt. Du kannst also mit Sicherheit ausschließen, dass Ninja an dem Verbrechen beteiligt waren."

Als Sodo seine Einschätzung beendet hatte, fragte Yaro, ob das alles sei, was Sodo dazu zu sagen habe. Denn sein Gefühl sagte ihm, dass Sodo ihm noch etwas verheimlichte.

„Yaro, du bist ein kluger Kopf und ein guter Beobachter. Unter meiner Anleitung wäre aus dir ein hervorragender Ninja geworden."

„Danke, ich bin mit meinem Dasein als Samurai zufrieden. Was möchtest du mir noch sagen?"

„Ein stichhaltiges Argument, warum unsere Familie kein Interesse an Tusamos Tod hat, ist die Tatsache, dass er einer unser besten Kunden war, wenn man ihn so nennen will. Er beauftragte uns regelmäßig, Geld einzutreiben, wenn seine Kunden die erhaltene Ware, in diesem Fall meist Pferde, nur zögerlich oder gar nicht bezahlten. Tusamos Tod kann die finanzielle Situation unserer Familie schwer belasten. Es bleibt zu hoffen, dass sein Sohn unsere Dienste weiterhin in Anspruch nehmen wird", antwortet Sodo.

„Damit ist eure Familie erst einmal aus dem Kreis der Verdächtigen entlassen", beruhigte Yaro, hob seine Teeschale und verbeugte sich dankbar vor Sodo.

„Wie schätzt du das Verbrechen ein?", fragte er Sodo, um herauszufinden, ob dessen Einschätzung mit seinem eigenen Verdacht übereinstimmte.

„Ich vermute", begann Sodo zurückhaltend, „dass hier Erpressung im großen Stil die Ursache für den Mord war. Vielleicht hatte sich Tusamo-san geweigert, auf die Forderungen der Erpresser einzugehen. Es ist sehr wahrscheinlich, dass noch mehr Menschen erpresst werden. Mit Tusamos Tod wurde ein Zeichen gesetzt, was mit denen geschieht, die sich ihren Forderungen verweigern."

„Deine Einschätzung deckt sich vollkommen mit meiner", stellte Yaro zufrieden fest, „dass erleichtert mir die Arbeit bei den anstehenden Ermittlungen. Auch ich schließe aus, dass es sich hier um eine Tat im Affekt oder aus Leidenschaft handelt. Denn um mit der Würgeschlinge zu töten, bedarf es eines überlegten Vorgehens und eines hohen Grades an Brutalität. Das muss ich euch als Ninja nicht erklären."

Nachdem Sodo und Ayumi seinen versteckten Vorwurf nur mit regungsloser Miene zur Kenntnis genommen hatten, wandte sich Yaro wieder Sodo zu.

„Wenn wir von unserer Einschätzung ausgehen, dass es sich hier um eine Erpressung im großen Stil handelt, wo haben die Erpresser ihr Rückzugsgebiet? Innerhalb oder außerhalb der Stadt Jatsuma, was meinst du?"

„Wäre ich einer der Erpresser, würde ich mich außerhalb der Stadt aufhalten. Innerhalb der Stadt wäre ich zu leicht zu entdecken", antwortete Sodo und fuhr fort.

„Dann würde ich mich in die 'Stillen Berge' zurückziehen, wo ich mich verstecken könnte und trotzdem in der Nähe der Hauptstadt Jatsuma blieb."

Die 'Stillen Berge' war eine unwegsame Gegend mit nicht hohen, aber zerklüfteten Hügeln, durch die sich ein breiter Weg hindurchschlängelte. Zwischen den Hügeln lagen verstreut kleine Dörfer, in die sich Außenseiter der Gesellschaft, aber auch Kriminelle mit ihren Familien zurückzogen, um sich dem Zugriff der Behörden zu entziehen.

Waren die Erträge ihrer Felder gering, suchten manche Jatsuma auf, um sich durch Betrügereien zu bereichern.

Eine weitere Einnahmequelle war das Ausrauben fremder Händler, die mit ihren voll beladenen Gespannen den Weg durch die 'Stillen Berge' nach Mataro benutzten.

Diese berüchtigte Berglandschaft lag im Zentrum der Präfektur Tagai zwischen der nördlichen Handelsstraße, die von Jatsuma über Yoshima und Toyuma nach Mataro führte, und der südlichen Handelsstraße, die von Jatsuma über Tari und Nakome an Yaros Geburtsort Satama vorbei ebenfalls nach Mataro führte.

Der einzige geeignete Weg durchzog die 'Stillen Berge' von West nach Ost, der breit und dessen Untergrund fest genug war, um ihn mit Ochsengespannen befahren zu können. Obwohl dies die kürzeste Verbindung zwischen Jatsuma und Mataro war, wählten ortsansässige Händler und Reisende den Umweg über die sichereren Umgehungsstraßen im Norden und Süden. Doch allzu oft wählten auswärtige Reisende trotz Warnungen der Einheimischen aus Bequemlichkeit oder Arroganz diesen Weg und verschwanden spurlos.

Nach Sodos Einschätzung über den Rückzugsort der Erpresser sagte Yaro:

„Ich hoffe, dass Nakamoto-san etwas von der Familie Tosuma erfährt und vielleicht Zeugen findet, die verdächtige Personen am Fundort der Leiche gesehen haben. Ich werde den stadtbekannten Textilgroßhändler Yakamito Daiki aufsuchen, der ebenfalls wie Tusamo dem Daimyo Iroda Kamaro während seiner kurzen Regierungszeit als Berater zur Verfügung stand.

Da er ein wohlhabender Geschäftsmann ist, ist es wahrscheinlich, dass auch er wie Tusamo-san erpresst wird.

Ich weiß, dass einige Verwandte eurer Familie Muro sich vor Jahren in Jatsuma niedergelassen und dort florierende Gewerbebetriebe von beachtlicher Größe aufgebaut haben, die ihnen einen beträchtlichen Wohlstand einbrachten. Zum Beispiel die Wäscherei an der Steinbrücke oder die Brennerei und die Großbäckerei im Stadtzentrum.

Geht morgen früh zu diesen Betrieben und fragt nach, ob sie erpresst werden. Wenn sie sich vielleicht aus Angst nicht detailliert äußern wollen, ist das nicht schlimm. Ich will nur wissen, ob hier in Jatsuma im Untergrund Erpressung im großen Stil betrieben wird.

Wenn die Befragten nicht bereit sind, vertraulich Auskunft zu geben, werde ich persönlich sie offiziell aufsuchen, woran sie wahrscheinlich kein Interesse haben."

三

Am nächsten Tag, zur Stunde der Schlange, betrat Yaro das Anwesen von Yakamito Daiki. Das einstöckige Haus wirkte einladend mit seiner hellen Fassade, für deren Wände hauptsächlich Zedernholz verwendet worden war. Ihr hellbrauner, fast rötlicher Farbton stand im Kontrast zu den graublauen Dachziegeln. Dennoch wirkte der Gegensatz zwischen dem kühlen Grau und dem warmen Rotbraun beruhigend, da die Farbtöne harmonisch aufeinander abgestimmt waren. Die in die Wände eingelassenen Shoji verliehen dem Gebäude eine gewisse Leichtigkeit und luden zum Betreten ein.
Vollendet wurde der beruhigende Anblick durch den hellen Kiessand des Weges, der durch eine grüne Rasenfläche direkt bis zum Haus führte, wo auch Sand um das Gebäude aufgeschüttet war. So entstand der Eindruck, das Haus sei auf einer Insel aus weißem Sand errichtet worden.
Die Geschäfte des Textilhändlers schienen gut zu laufen.

Als Yaro sich dem Haus näherte, um über drei Stufen auf die Terrasse zu gelangen, erschien eine junge Frau in einem blassgelben Kimono und verbeugte sich anmutig in seine Richtung. Hinter ihr, im Schatten des Eingangs, aber für Besucher gut sichtbar, stand ein junger Mann mit einem Bokuto, einem Holzschwert. Diese Hiebwaffe hielt er locker herabhängend, aber dennoch einsatzbereit in seiner rechten Hand. Mit dieser Geste demonstrierte er seine Wachsamkeit und seine Bereitschaft, das Bokuto zum Schutz der jungen Frau einzusetzen.
„Konnichiwa, junger Herr, ich heiße Sie herzlich willkommen auf dem Anwesen von Yakamito-san, was kann ich für Sie tun?", fragte sie mit angenehm klarer Stimme.

„Konnichiwa, mein Name ist Yamato Ichiro und ich bitte um ein Gespräch mit Yakamito-san", antwortete Yaro.

„Oh", entgegnete sie schüchtern, „Yakamito-san empfängt zur Zeit keine Besucher. Wenn es um geschäftliche Angelegenheiten geht, wenden Sie sich bitte an den Leiter unseres Stofflagers, Herrn Husaito, der Ihnen gerne weiterhilft."
„Ich komme in einer dringenden Angelegenheit", antwortete Yaro jetzt bestimmt, „sagen Sie ihm meinen Namen. Ich bin sicher, er hat sofort Zeit für mich. Ich dulde keinen Aufschub."
Nun völlig verunsichert blickte die junge Frau ratlos zu dem hinter ihr stehenden Mann, der ihr kurz zunickte. Daraufhin entschuldigte sie sich mit einer kurzen Verbeugung bei Yaro und verschwand eilig im Haus.
„Wer war die junge Frau?", fragte Yaro den jungen Mann.
„Sie ist meine Schwester Mariko. Verzeiht ihr, sie hat nur die Anweisungen unseres Vaters befolgt. Darf ich mich vorstellen, mein Name ist Yakamito Naoki."

Dann hörte Yaro eilige Schritte im Haus und kurz darauf erschien der Hausherr mit seiner Tochter im Türrahmen.
„Gomen nasei, entschuldigen Sie, dass ich Sie warten ließ, verehrter Yamato-san. Bitte treten Sie ein", sagte Yakamito Daiki und machte Yaro mit einer einladenden Geste den Weg frei, „meine Tochter ist noch etwas unerfahren und hat Sie nicht gleich erkannt."
Dass Mariko ihn nicht erkannte, war ihm recht. Denn er war nur mit einem einfachen, braunen Yukata bekleidet, um seine Ermittlungen in der Stadt möglichst unbemerkt durchführen zu können. Zu diesem Zweck hatte er sein Haar zu einem Pferdeschwanz gebunden und auf das sichtbare Tragen seines Daisho verzichtet. Yaro vertraute darauf, sich mit den waffenlosen Kampftechniken des Taijutsu und den Wurfpfeilen, die er in der Innenseite seines rechten Ärmels trug, ausreichend verteidigen zu können.

Yakamito führte Yaro in den Empfangsraum, der bewusst nicht luxuriös, aber stilvoll eingerichtet war. Die Rollbilder waren an den rötlich braunen Wänden ebenso gut platziert wie die Vasen mit den Blumenarrangements. Alles war in Größe und Farbe gut aufeinander abgestimmt. Offensichtlich hatte die Hausherrin ein feines Gespür dafür, die einzelnen Gegenstände ihrer Bedeutung entsprechend wirkungsvoll in Szene zu setzen. Kurz nachdem sie Platz genommen hatten und die Hausherrin, die bereits anwesend war, Tee für den Gast bei einem Dienstmädchen anwies, begann Yakamito das Gespräch.

„Ich muss zugeben, dass ich Sie, genau wie meine Tochter, nicht sofort erkannt habe. Gibt es einen besonderen Grund, warum Sie so unerkannt bei mir erscheinen?"
„Können Sie sich das nicht denken, nach der Ermordung von Tusamo-san. Die Nachricht von dieser Gräueltat wird Sie sicher schon erreicht haben", antwortete Yaro und kam gleich zur Sache, denn er hatte kein Interesse, das Gespräch nach den Riten der Geschäftsleute in die Länge zu ziehen.
„Oh ja, wie schrecklich, wir haben davon gehört, aber was hat das mit uns zu tun?", fragte der schon gut beleibte und etwa vierzig Jahre alte Yakamito. Dabei tat er so als wüsste er von nichts.
„Wir gehen davon aus, dass der Mord die schreckliche Folge einer Erpressung war. Wir vermuten, dass Tusamo-san sich geweigert hat, die Forderungen der Erpresser zu erfüllen. Die Tat wurde auf grausame Weise ausgeführt und öffentlich gemacht, wahrscheinlich als Warnung, was mit denen geschieht, die sich weigern, ihren Forderungen nachzukommen. Wahrscheinlich suchen sich die Erpresser wohlhabende Geschäftsleute aus, die ihre Forderungen erfüllen können", antwortete Yaro und fuhr nach einer kurzen Pause fort.
„Yakamito-san, nach meiner Einschätzung gehören Sie zu den wohlhabenden Geschäftsleuten der Stadt. Daher mei-

ne Frage: Werden Sie oder Ihre Familie von Unbekannten bedroht und erpresst?"

Yaro ließ seine Worte wirken, als er sah, wie Yakamito seinen Oberkörper unruhig hin und her bewegte und fast hilfesuchend verstohlene Blicke zu seiner Frau warf. Als Nakamito sichtlich tief Luft holte, um zu antworten, kam Yaro ihm zuvor und sprach eindringlich:
„Überlegen Sie sich gut, was Sie antworten. Es ist sehr wichtig für unsere Ermittlungen und kann helfen die Verbrecher zu finden und für immer aus dem Verkehr zu ziehen."
Yakamito sackte ratlos in sich zusammen, bis seine Frau das Wort ergriff.
„Gomen nasai, verzeihen Sie mir ehrenwerter Yamato-san, dass ich sie ungefragt anspreche, aber wie Sie bemerken, ist die Situation für uns sehr belastend. Daher bitte ich um Erlaubnis, mich mit meinem Mann kurz zurückziehen zu dürfen, um unser weiteres Vorgehen in dieser Angelegenheit zu besprechen."
„Ja bitte, tun Sie das", antwortete Yaro zustimmend, weil er sich davon eine schnellere Entscheidung erhoffte.
Nach kurzer Zeit betraten die Eheleute wieder den Raum und setzten sich schweigend auf ihre Plätze. Dann verbeugte sich Yakamito respektvoll vor Yaro.

„Wir bitten nochmals um Entschuldigung, dass wir Sie hier für einen Moment allein gelassen haben. Bitte verstehen Sie unser Verhalten nicht als Missachtung Ihrer Person.
Ja, auch wir werden seit etwa einem Jahr erpresst. Der Erpresser nennt es Schutzgeld für unsere Familie und unser Unternehmen. Wir haben das zunächst nicht ernst genommen, ihm mit der Polizei gedroht und ihn von unserem Grundstück verwiesen. Doch nur wenige Tage später wurde ein kleiner Holzschuppen, in dem nur wenige Stoffe gelagert waren, in Brand gesteckt. Der Schaden war gering. Aber uns wurde bewusst, dass der Erpresser unseren gesam-

ten Betrieb hätte zerstören können und wir ihm schutzlos ausgeliefert waren. Daran hätte sich auch nichts geändert, wenn wir die Polizei benachrichtigt hätten.
Nur wenige Tage später erschien der Erpresser erneut auf unserem Hof und wiederholte selbstbewusst sein dubioses Angebot. Diesmal waren wir bereit, das Schutzgeld zu zahlen, zumal die geforderte Summe für unsere finanziellen Verhältnisse gering erschien. Seitdem zahlen wir einmal im Monat die geforderte Summe in Silber- und Kupfermünzen".

„Wie sieht der Erpresser aus, welchen Eindruck macht er auf sie und wie und wann bekommt er das Geld?", fragte Yaro.
„Vom Alter her schätze ich ihn auf Mitte vierzig. Er ist mittelgroß und hat einen durchtrainierten Körper. Er hat eine ungewöhnlich niedere Stirn, und mir fielen seine verhältnismäßig großen Ohrläppchen auf. Selbstbewusst trat er in seinem braunen Yukata auf und ließ keine Zweifel an seiner Entschlossenheit aufkommen.
Alle vier Wochen übergebe ich ihm das Geld hier auf unserem Anwesen. Es ist also damit zu rechnen, dass er in etwa einer Woche wieder unangemeldet hier auftaucht."
„Ach ja", ergänzte Yakamito, „mir ist aufgefallen, dass er trotz seines selbstbewussten Auftretens sehr leicht reizbar ist. Bei unserer ersten Begegnung und der Zurückweisung hatte ich dann den Eindruck, dass er sich kaum beherrschen konnte und mir am liebsten an die Gurgel gegangen wäre."

„Äußerte er sich vielleicht aus Überheblichkeit dahingehend, dass er auch anderen wohlhabenden Geschäftsleuten den „Schutz" anbietet?", fragte Yaro nach.
„Ja, bei unserer ersten Begegnung ließ er sich zu der Bemerkung hinreißen, dass schon andere seinen Schutz angenommen hätten und sie sich nun sicherer fühlten."

„Nun gut", erwiderte Yaro, „ihre Informationen bringen uns

in unseren Ermittlungen ein gutes Stück weiter. Ich werde ihr Anwesen observieren lassen, um den Erpresser bis zu seinem Wohnort verfolgen zu können. Bis dahin verhalten Sie sich so wie bisher und lassen sich nichts anmerken."

Unauffällig wie einer der täglichen Besucher verließ Yaro das Anwesen.

Am Nachmittag saßen Ayumi, Sodo und Yaro wieder beisammen und tauschten die Ergebnisse ihrer Befragungen aus. Während Sodo die Betreiber der Großbetriebe aufsuchte, befragte Ayumi einige Kleinbetriebe, die von Mitgliedern ihrer Ninja-Familie betrieben wurden.
Aufgrund der familiären Bindungen und des dezenten Hinweises, dass die Befragung auch offiziell von der Polizei oder dem Berater des Daimyo, Yamato Ichiro, durchgeführt werden könnte, zeigten sich alle Befragten bereit zur Auskunft. Dabei stellte sich heraus, dass alle befragten Betreiber erpresst werden und Schutzgeld zahlen.
„Warum haben sie sich nicht zusammengeschlossen und sind gegen die Erpresser vorgegangen, ohne dass die Öffentlichkeit davon etwas mitbekommen hätte? Mit den Fähigkeiten und technischen Fertigkeiten, für die die Ninjas bekannt sind, könnten sie den Bedrohungen schnell ein Ende setzen", sagte Yaro.
„Sie haben es bewusst nicht getan, weil das Schutzgeld, das sie verlangten, im Vergleich zu ihrem Vermögen verhältnismäßig gering ist. Außerdem wollten sie auf diese Weise sichergehen, dass sie ihre Herkunft weiterhin geheim halten können und nach außen hin alles so unbeschwert weitergeht wie bisher", antwortete Sodo.
Nachdem auch Yaro von seinem Treffen mit der Familie Yakamito berichtet hatte, war klar, dass die Erpressungen in Jatsuma im großen Stil stattfanden. Deshalb werde er dem Daimyo beim turnusmäßigen Treffen vorschlagen, massiv gegen die Erpresser vorzugehen.

◇

Am nächsten Tag, zur Stunde der Schlange, als die Morgensonne ihre Wärme über das Land verbreitete, versammelten sich der Daimyo und seine Berater zu ihrem wöchentlichen Treffen im Empfangssaal der Residenz, um die täglichen Ereignisse und Vorhaben in der Präfektur Tagai zu besprechen.

So begann Nakayama-san mit seinem Bericht über die Vorgänge in der Verwaltung und den Finanzhaushalt. Ihm folgte Sugita-san als Berater für militärische Angelegenheiten mit seinem Report. Der Oberste Richter Sana-san gab nur einen kurzen Bericht, da in seinem Ressort nichts Erwähnenswertes geschehen war. Danach dankte der Daimyo, Iroda Akira, seinen Beratern für ihre Berichte und die geleistete Arbeit. Akira hatte den Ausführungen seiner Berater in der Sitzposition Agura zugehört und bat nun seine Berater, es sich ebenso im Schneidersitz bequem zu machen, bevor er sich schon sichtlich ungeduldig Yaro zuwandte.

„Ich habe gehört, dass vor zwei Tagen die Leiche von Tusamo Haru am Ufer des Rinzo gefunden wurde. Yaro erzähle uns bitte, was dort geschehen ist und was wir bisher in dieser Angelegenheit unternommen haben."

So begann Yaro ausführlich zu berichten, warum er von Nakamoto zur Aufklärung des Mordes hinzugezogen worden war und zu welcher Einschätzung des Falles er mit dem Hauptmann der Stadtpolizei gekommen war. Ebenso informierte er seinen Lehnsherrn über das Ergebnis seiner Unterredung mit dem Textilgroßhändler Yakamito.

Nachdem alle Anwesenden Yaros Ausführungen aufmerksam gefolgt waren und ihn nicht unterbrochen hatten, beendete Yaro seinen Bericht:

„So viel zum derzeitigen Stand unserer Ermittlungen. Um jedoch eine Strategie zur Aufklärung des Falles zu entwer-

fen, sollten wir abwarten, was Hauptmann Nakamoto in den letzten zwei Tagen herausgefunden hat."
„Ich danke dir, Yaro, für deinen Bericht und die bereits begonnenen Ermittlungen", meldete sich Akira zu Wort und wies gleichzeitig den Wachposten an, „bittet nun Nakamoto-san zu uns."

Wenige Augenblicke später erschien Nakamoto in der Empfangshalle der Residenz, wo er sich am Eingang im Kiza niederkniete. Nachdem er sich gebührend verbeugt hatte, bat ihn Akira näher zu kommen. Dabei wies er ihm einen Platz vor dem Podest zu, auf dem der Daimyo mit seinen Beratern saß. Vom Eingang aus gesehen, saßen sie links neben dem Fürsten. Zu seiner Rechten saß Sugita Kaito, sein Leibwächter, konzentriert im Seiza, um seinen Fürsten mit dem Schwert zu schützen.
Er war der Sohn des Beraters Sugita Masahiro, Leutnant der Leibgarde und ein ebenbürtiger Waffengefährte seines Freundes Yaro. Diese Freundschaft wurde noch enger, nachdem Yaro ihm bei einem Attentat auf den damaligen Daimyo Iroda Katsumura das Leben gerettet hatte. Wie es das Leben so wollte, heiratete Kaito Iroda Kazumi, die Schwester von Akira, aus deren Ehe zwei Kinder hervorgingen.

Kaito saß konzentriert neben dem Daimyo, die linke Hand auf dem Katana, um jederzeit aus dem Kniestand sein Langschwert ziehen und sich kampfbereit vor seinen Fürsten stellen zu können, so wie er seit Jahren die Schwerttechniken des Iaijutsu, der Kunst des Schwertziehens, geübt hatte.
Nur Kaito und Akira hatte Yaro das Geheimnis seiner Verbindung zu seiner Ninja-Familie anvertraut.

„Hauptmann Nakamoto, ich habe Sie rufen lassen, damit Sie über die Ergebnisse Ihrer Ermittlungen berichten. Yamato-san hat bereits ausführlich über das Verbrechen berichtet. Aber es ist wichtig für uns zu erfahren, was sie noch herausfinden konnten. Es war eine gute Entscheidung, Yamato-san um seine Unterstützung zu bitten. Bitte berichten sie, was wir noch wissen sollten", schloss der Daimyo seine Einleitung.

„Nachdem Yamato-san und ich uns am Fundort der Leiche getrennt hatten", begann Nakamoto seinen Bericht, „suchte ich die Familie des Toten auf, die voller Angst auf die Rückkehr ihres Familienoberhauptes wartete und von der Todesnachricht erschüttert war. Der Sohn des Ermordeten, der zusammen mit seinem Vater die Geschäfte geführt hatte, war jedoch bald so weit gefasst, dass er meine Fragen beantworten konnte.
Wahrscheinlich aus Verbitterung über die Tat war er ungewöhnlich schnell bereit, Auskunft zu geben und berichtete, dass sie bedroht und um Schutzgelder erpresst worden seien. Die Familie war vor etwa einem Jahr auf die Forderung des Erpressers eingegangen, aus Sorge um das Leben der Familienmitglieder und der Pferde, die auf ihrer Weide grasten. Sie waren bereit, die geforderten Silber- und Kupfermünzen monatlich zu bezahlen, da ihnen die Summe im Vergleich zu ihrem Vermögen gering erschien.
Doch vor einigen Wochen verlangte der Erpresser ein höheres Schutzgeld, zu dem der Vater - trotz der Bedenken des Sohnes - aus grundsätzlichen Erwägungen nicht mehr bereit war. Verärgert warf er den Erpresser aus dem Haus und drohte ihm, die anderen Geschäftsleute, die ebenfalls erpresst wurden, gegen ihn aufzuhetzen. Daraufhin verließ der Erpresser wutentbrannt das Anwesen und drohte mit schwerwiegenden Konsequenzen. Es ist daher wahrscheinlich, dass der Mord an dem Großhändler im Zusammenhang mit der Erpressung steht.

Vermutlich hatte der Mörder herausgefunden, dass Tusamo-san nach seinen regelmäßigen Treffen mit Geschäftsfreunden den Uferweg zwischen der Steinbrücke und seinem Haus für den Heimweg benutzte. So war es ihm ein Leichtes, dem Großhändler in dem Wäldchen neben dem Weg aufzulauern, ihn ins Gebüsch zu zerren und dort zu erdrosseln. Dann legte er ihn provozierend und für alle sichtbar am Flussufer ab, wohl als Warnung für alle Geschäftsleute, die sich der Schutzgelderpressung widersetzen sollten."

Als Nakamoto seinen Bericht beendet hatte, fragte Yaro, ob der Sohn des Ermordeten den Erpresser beschreiben könne. Wie erwartet, deckten sich die Beschreibungen des Sohnes und des Textilgroßhändlers Yakamito, der die auffallend niedrige Stirn und die großen Ohrläppchen als Erkennungsmerkmale hervorhob.

„Aufgrund dieser besonderen Merkmale", fuhr Nakamoto fort, „habe ich sofort meine Untergebenen befragt, ob ihnen dieser Mann bei ihren Kontrollgängen schon einmal aufgefallen sei. Tatsächlich erinnerten sich drei Wachmänner an den Mann, konnten aber nicht sagen, bei welcher Gelegenheit er auffiel. Jedenfalls ist er bei uns noch nicht straffällig in Erscheinung getreten."

„Es scheint immer die gleiche Person zu sein, die zu den Händlern geht und die Forderung stellt. Der Mann fühlt sich ziemlich sicher, so wie er sich in Jatsuma bewegt. Seine Arroganz könnte ihm schaden", fügt Yaro hinzu.

„Woher wissen Sie, dass noch andere Geschäftsleute erpresst werden?", fragte Nakayama.
„Bei meinen Recherchen habe ich mehrere Geschäftsleute aus dem Umfeld meiner Familie gefragt, ob sie auf die gleiche Weise erpresst werden. Alle haben die Frage bejaht", antwortete Yaro knapp, um das Thema an diesem Ort nicht weiter zu vertiefen.

Mit einem leichten Lächeln, aber ohne nachzufragen, hob der Daimyo bei Yaros Antwort demonstrativ die Augenbrauen. Er vermutete, dass Yaros Ninja-Familie ihn bei seinen Nachforschungen unterstützte, was sich bisher immer als nützlich erwiesen hatte, auch zum Wohle des Fürsten.

„Wir sollten dem Treiben so schnell wie möglich ein Ende setzen, den Erpresser dingfest machen und seiner gerechten Strafe zuführen", stellte der Daimyo klar. Alle im Raum stimmten seinem Vorschlag zu.
„Yaro, wie schätzt du die Lage ein und wie sollen wir weiter vorgehen?", fragte Akira seinen Freund und Berater in besonderen Angelegenheiten. Nicht nur der Daimyo, sondern auch seine altgedienten Berater hatten großes Vertrauen in Yaros taktische und strategische Vorgehensweisen, um solch gefährliche Unternehmungen erfolgreich abschließen zu können.

„Ich schlage vor", begann Yaro, „die Aufklärung des Mordes vorrangig zu behandeln, um die Bewohner der Stadt durch eine schnelle Aufklärung des Verbrechens zu beruhigen. Außerdem vermute ich, dass wir mit der Aufklärung des Mordes die Erpressung ziemlich bald beenden können. Dennoch wird die Beendigung der Erpressung nicht einfach sein, denn ich bin mir ziemlich sicher, dass wir es hier nicht mit einem Einzeltäter zu tun haben, sondern mit einer Bande, die von außerhalb kommend in Jatsuma tätig wird.
Der einzige Rückzugsort in der Nähe der Stadt scheinen die 'Stillen Berge' zu sein. Um den Verbrechern in diesem unwegsamen Gelände das Handwerk legen zu können, brauchen wir eine gut durchdachte Strategie."

„Und wie sollen wir von der Stadtpolizei jetzt weiter vorgehen?", fragte Hauptmann Nakamoto gespannt.
„Wir sollten den Mann mit dem großen Ohrläppchen als Mordverdächtigen festnehmen", begann Yaro, „ohne die Erpressung zu erwähnen. Als Grund der Verhaftung geben wir an, dass er zur Tatzeit in der Nähe der Steinbrücke gese-

hen wurde. Wenn die Polizei ihn nicht zufällig in der Stadt entdeckt, werden wir ihn in der Nähe des Anwesens des Textilgroßhändlers Yakamito auflauern, wo er in den nächsten Tagen sein Erpressungsgeld eintreiben wird.
Bei seiner Festnahme darf nicht der Verdacht aufkommen, wir wüssten bereits von der Erpressung und der Rolle, die er dabei spielt. Wir werden durch die Verhöre mehr erfahren und dann unser weiteres Vorgehen abstimmen", erklärte Yaro und an Hauptmann Nakamoto gewandt befahl er:
„Die Verhöre werden nur in meinem Beisein durchgeführt."
„Hai, Yamato-san, Sie können sich darauf verlassen. Es wird so geschehen, wie Sie es gerade beschlossen haben", stimmte Nakamoto zu.

Nach einem kurzen Gedankenaustausch wurde die von Yaro vorgeschlagene Strategie einvernehmlich angenommen und das Treffen vom Daimyo beendet.

四

Nur fünf Tage nach dem Mord an Tusamo-san entdeckten die Wachen der Stadtpolizei den vermeintlichen Mörder. Nakamoto hatte seinen Wachen gegenüber nur verlauten lassen, dass sie den Mann wegen Mordes suchten, um die Erpressung so lange wie möglich geheim zu halten und seine Komplizen in Sicherheit zu wiegen. Offenbar war der Mann auf dem Weg zum Anwesen des Textilgroßhändlers Yakamito, um sein Schutzgeld einzutreiben. Da dessen Anwesen nahe der Stadtgrenze lag und dort keine weiteren Geschäfte betrieben wurden, gelangte man zu dieser Vermutung.
Wie besprochen, teilte die Polizei dem Mann bei der Festnahme nur mit, dass sie ihn wegen Mordverdachts festnehmen würden. Sie brachten ihn zum Verhör in ihre Kaserne, wo sich auch die Arrestzellen befanden. Hauptmann Nakamoto informierte Yaro sofort über die Festnahme, woraufhin dieser kurz darauf in der Kaserne erschien. Beide einigten sich darauf, dass Nakamoto sofort mit dem Verhör beginnen sollte, während Yaro das Verhör hinter einem Paravent verfolgte, von wo aus Yaro das Verhalten des Mannes und seine Reaktionen auf Nakamotos Fragen unbemerkt beobachten konnte.

Unter freiem Himmel kniete der Mann in einer Nische des Gebäudes auf weißem Kiessand. Er saß im Seiza zwischen zwei Wächtern, die mit Stöcken bewaffnet dicht bei ihm standen. Nakamoto hatte sich inzwischen auf der erhöhten, dunkelbraunen Holzterrasse des Gebäudes niedergelassen, vor dem Paravent, hinter dem sich Yaro befand.
Wortlos blickte Nakamoto sein Gegenüber an. Mit seiner niedrigen Stirn und den ungewöhnlich großen Ohrläppchen hatten es die Götter nicht gut mit ihm gemeint. Er sah aus

wie ein Waldschrat. Doch seine Augen funkelten gefährlich, während er die Zähne fletschte. Er schien ein jähzorniger Mann zu sein. In ihm brodelte es wie in einem Vulkan, der kurz vor dem Ausbruch stand.

„Wie heißt du?", begann Nakamoto das Verhör.
„Pah!", war die beleidigende Antwort, und der Mann spuckte in Richtung des Hauptmanns, um seine Antwort zu bekräftigen. Sofort spürte er unerwartet den Stockhieb eines der Wachen auf seinem Rücken, schrie vor Schmerz auf und schlug ungeschützt mit dem Gesicht auf den Kiesboden. Nachdem die Wachen den Mann wieder in seine Sitzposition gerückt hatten, stellte Nakamoto die gleiche Frage noch einmal.
„Ich heiße Tugaso Kenji", kam die Antwort jetzt schnell.
„Wo wohnst du und was machst du?"
„Ich lebe mit meiner Familie in den 'Stillen Bergen' und nehme jede Arbeit an, die in Jatsuma angeboten wird. Heute wollte ich zum Textilgroßhändler Yakamito gehen und fragen, ob er Arbeit für mich hat", antwortete Tugaso und tat so, als wüsste er nichts.

'Ganz schön durchtrieben von dem Burschen', dachte Yaro noch hinter dem Wandschirm stehend, 'dass er den Großhändler einfach so erwähnt. Er scheint sich seiner Sache ziemlich sicher zu sein.'
„Was werft ihr mir eigentlich vor? Warum wurde ich wie ein Verbrecher verhaftet und werde jetzt hier vorgeführt", fragte Tugaso jetzt mit fester Stimme. Trotz seiner wiedergewonnenen Stabilität rieb er während des Sprechens - wohl unbewusst - immer wieder mit den Fingerspitzen seiner rechten Hand über eine rötliche Verfärbung an der Handkante seiner linken Hand.
„Wir beschuldigen dich, vor fünf Tagen den Großhändler Tusamo am Ufer des Rinzo in der Nähe der Steinbrücke ermordet zu haben", sagte Nakamoto.

„Warum sollte ich das getan haben. Ich habe ihn nie getroffen."

„Aus Habgier, denn Tusamo war bekanntlich wohlhabend", kam die Antwort.

„Gibt es Zeugen, die mich bei der Tat gesehen haben? Es stimmt, ich halte mich oft bei der Steinbrücke auf, denn dort ist viel los und man findet leichter Leute, die einem Arbeit anbieten." Tugaso wurde immer selbstbewusster.

„Wann hat der Mord stattgefunden, an dem ich beteiligt gewesen sein soll?"

„Heute vor fünf Tagen, zur Stunde des Hundes", antwortete der Hauptmann gelassen.

Tugasos Gesicht verwandelte sich nun in eine lachende Grimasse und er antwortete selbstgefällig: „Da ich nicht die Fähigkeit besitze, an zwei Orten gleichzeitig zu sein, könnt ihr mich nicht für den Mord verantwortlich machen. Denn während dieser Zeit war ich vom Nachmittag bis in die späten Abendstunden beim Würfelspiel im ‚Flamigo'. Das können der Wirt und die Mitspieler bezeugen, denn ich habe dabei leider viel Geld verloren."

„Das werden wir überprüfen", sagte Nakamoto kurz angebunden und konnte seine Enttäuschung nur mit Mühe unterdrücken, „du bleibst in Haft, bis deine Aussage bestätigt ist."

„Bringt ihn in seine Zelle", befahl er dann den Wachen.

Tugaso lachte noch herausfordernd, als er von den Polizisten hochgehoben und widerstandslos abgeführt wurde.

Auch Yaro war die Enttäuschung anzumerken, als er hinter dem Paravent hervortrat.

„Ich werde heute noch ins Vergnügungsviertel gehen, um in der Spielhalle 'Flamingo' die Angaben von Tugaso zu überprüfen."

„Wollen Sie einige meiner Männer mitnehmen? Denn in diesen Spielhallen treiben sich raue und gewalttätige Gesellen herum", fragte Nakamoto. Yaro bedankte sich für das Angebot, wollte aber möglichst unerkannt ins 'Flamingo' gehen.

◇

Als Yaro die Spielhalle betreten wollte, wurde er von einem Türsteher gemustert, dann aber mit einer einladenden Geste in das Gebäude gebeten. Offensichtlich hatte der Mann genug Erfahrung, um Yaro als seriösen und zahlungskräftigen Gast einzuschätzen. Beim Betreten der Spielhalle schlug ihm der Geruch von Männerschweiß und Tabakrauch entgegen. An den Lärm, der durch lautes Schreien und Fluchen entstand, musste sich Yaro erst gewöhnen. Es dauerte auch eine Weile, bis er sich in dem dunklen, von Tabakrauch vernebelten Raum zurechtfand, denn nur zwei vergitterte Fenster nahe der Decke ließen Tageslicht herein.

Im Raum stand ein länglicher, rechteckiger Tisch, an dessen Längsseiten acht Personen saßen, von denen auf einer Seite drei Bedienstete aufmerksam die Spielleitung übernommen hatten. Gespielt wurde mit zwei Würfeln. Es galt zu erraten, ob die Summe der Würfel eine gerade oder ungerade Zahl ergab. Wer richtig lag, gewann das Doppelte seines Einsatzes. Gespielt wurde mit gekauftem Spielgeld, kleinen markierten länglichen Holztäfelchen, deren Wert am Ende gegen Geld eingetauscht werden konnte. Im Dunkel des hinteren Raumes saß erhöht ein Aufpasser und überwachte das Spiel. Auf diesen Mann ging Yaro zu und fragte ihn, wo er den Besitzer der Spielhalle finden könne.
„Wer will das wissen?", fragte dieser, ohne den Blick vom Spieltisch zu wenden.
„Ich will es wissen", sagte Yaro in scharfem Ton und legte demonstrativ seine linke Hand auf sein Katana.

Der Mann erkannte sofort die Situation und rief einen bereitstehenden Ordner zu sich.

„Führe den Herrn zu Saniro-san", befahl er in barschem Ton.

Yaro folgte dem Ordner in den hinteren Teil der Spielhalle, bis er vor einer Tür mit einen verabredeten Klopfzeichen um Einlass bat. Ein Mann öffnete die Tür einen Spalt breit und fragte in unfreundlichem Ton, was der Besucher wolle.

„Ich bin Yamato Ichiro, der Berater des Daimyo, und ich bitte um ein Gespräch mit Saniro-san", meldete sich Yaro bewusst bescheiden. Für einen Moment schloss sich die Tür wieder, um dann von Satiro selbst weit geöffnet zu werden.

„Ooh! Gomen nasai Yamato-san, entschuldigen Sie, dass ich Sie habe warten lassen. Kommen sie bitte herein. Darf ich ihnen Tee oder Sake bringen", begrüßte ihn Saniro überschwänglich.

Nachdem Yaro sich für Tee entschieden hatte, setzten sich beide auf die Tatami im Agura, in die Nähe einer aufgeschobenen Shoji.

„Geehrter Yamato-san, ich freue mich außerordentlich, Sie persönlich kennen zu lernen. Denn bisher hatte ich noch keine Gelegenheit Ihnen dafür zu danken, dass Sie vor einiger Zeit eine Serienmörderin gefasst haben, die unter den Besuchern des Vergnügungsviertels große Angst verbreitete, was unseren Umsatz stark reduziert hat. Nochmals vielen Dank", sagte Saniro und verbeugte sich mit der gebotenen Ernsthaftigkeit.

„Aber was führt sie zu mir, kann ich ihnen helfen?"

„Ja, ich brauche folgende Information. Kennen Sie einen Mann namens Tugaso", begann Yaro das Gespräch.

„Ja sicher, er ist ein ständiger Gast in unserem Haus", antwortete sein Gesprächspartner.

„Erinnern Sie sich an die brutale Ermordung von Tusamo-san vor fünf Tagen", fuhr Yaro fort. Als Saniro die Frage mit einem Kopfnicken bejahte, hakte er nach:

„War Tugaso an diesem Abend ihr Gast in der Spielhalle?

Denken Sie in Ruhe darüber nach, es ist wichtig.”

Saniro überlegte in Ruhe, bis er das Schweigen brach: „Ja, er hat an diesem Tag vom Nachmittag bis zum späten Abend ununterbrochen gespielt und das Haus nicht verlassen.”
„Sind Sie sicher?”, fragte Yaro zweifelnd.
„Ja, jetzt erinnere ich mich genau. Er hatte an dem Tag eine Pechsträhne und viel Geld verloren und wollte sich bei uns etwas leihen, was wir selbstverständlich nicht tun und was er hätte wissen müssen.”
„Sind Sie sicher, dass wir von demselben Mann sprechen? Beschreiben Sie kurz, wie er aussieht.”
„Er ist ein Mann, der nicht leicht zu übersehen ist, weil sein Aussehen ungewöhnlich ist. Er hat eine sehr niedrige Stirn und dazu noch ungewöhnlich große Ohrläppchen”, sagte Saniro.
’Das kann nicht sein, das kann nicht sein’, dachte Yaro. So rasten die Gedanken in seinem Kopf.
Dann sagte Saniro beiläufig: „Schade, dass Sie nicht eine Stunde früher zu uns gekommen sind, dann hätte er alle Ihre Fragen selbst beantworten können.”
„Was?”, Yaro war hellwach, „er war heute in der Spielhalle?”
„Ja, er hat etwa zwei Stunden am Spieltisch verbracht, bevor er die Halle verlassen hat.”
„Reden wir über denselben Mann, Tugaso Kenji?”, fragte Yaro.
„Bei uns ist der Mann unter dem Vornamen Izuya bekannt”, kam die Antwort.
Spontan befahl Yaro: „Holt mir den Mann vom Spieltisch, der die Würfel wirft und dem Izuya gegenüber saß.”
Überrascht ließ Saniro den Mann holen, der kurz darauf ängstlich und nicht mehr so selbstbewusst wie am Spieltisch erschien.

„Hast du Izuya heute aus der Nähe beim Spielen gesehen?", fragte Yaro sofort.

„Ja Herr, er saß mir fast direkt gegenüber.“

„Hast du seine Hände gesehen und wenn ja, ist dir etwas aufgefallen?“

„Nein, mir ist nichts Ungewöhnliches aufgefallen.“

„Bist du dir ganz sicher? Keine Verletzungen oder ähnliches?“

„Ja Herr, es gehört zu meinen Aufgaben immer die Augen auf die Hände der Spieler zu richten. Auffälligkeiten fallen mir sofort auf.“

„Gut. Noch eine Frage. Ist dir vor fünf Tagen, als Izuya ungewöhnlich viel Geld verloren hat, aufgefallen, dass er immer mal wieder für längere Zeit das Gebäude verlassen hat?“, hakte Yaro nach.

„Nein, er war an dem Tag wie besessen vom Würfeln und hat das Gebäude nur kurz zum Pinkeln verlassen.“

Dann stand Yaro auf und sagte zu den beiden Anwesenden: „Ich möchte, dass dieses Gespräch und sein Inhalt vertraulich bleiben und nicht nach außen getragen werden. Wenn ihr euch trotzdem nicht daran haltet, werde ich die Spielhalle schließen lassen und du“, zum Bediensteten gewandt, „wirst in Tagai keine gleichwertige Anstellung mehr bekommen. Ihr wisst, dass ich die Macht dazu habe. Verstanden?“

„Hai, ehrenwerter Yamato-san, ihr könnt euch auf unsere Verschwiegenheit verlassen“, verabschiedete Saniro seinen Besucher mit der gebührenden Verbeugung.

◇

Mit seinem Pferd Aiki ritt Yaro direkt zur Polizeikaserne, mit der Hoffnung dort noch Hauptmann Nakamoto anzutreffen. Tatsächlich war er noch in seinem Büro, wo ihn Yaro vom Ergebnis seines Besuches in der Spielhalle in Kenntnis setzte.

„Ihre Ermittlungen lassen vermuten, dass wir hier Zwillinge

vor uns haben, die miteinander abgestimmt ihre Gaunereien durchführen, sich dabei gegenseitig Abwesenheitsnachweise verschaffen und daher meist unverdächtig und straffrei blieben. Da Zwillinge in unserer Gesellschaft als Unglücksbringer gelten, treten sie selten gemeinsam auf. Wenn sie in ihrem Aussehen nur schwer von einander zu unterscheiden sind, können sie leicht für Verwirrung sorgen", stellte Nakamoto nach Yaros Bericht fest.

„So wie in unserem Fall. Beinahe hätten sie auch uns überlistet. Ohne der Wachsamkeit des Würfelspielers wären wir zumindest nicht so schnell darauf gekommen, dass uns ein Zwillingspaar derart auf der Nase herumtanzt", sagte Yaro.

„Tugaso Kenji bleibt in Haft", fuhr Yaro fort. „wenn wir ihm den Mord nicht nachweisen können, wird er früher oder später wegen Erpressung angeklagt. So brauchen wir uns um ihn keine Sorgen zu machen, unter eurer Aufsicht wird er uns nicht entkommen. Seinen Bruder Izuya sollten wir auch wegen Beihilfe verhaften. Es bleibt abzuwarten, ob Izuya die 'Stillen Berge' in nächster Zeit verlassen wird, solange seine Familie nicht weiß, warum Kenji verschwunden ist. Aber vielleicht werden ihn die Umstände dazu zwingen, wieder in Jatsuma aufzutauchen."

„Welche Umstände könnten ihn dazu zwingen?", fragte der Hauptmann interessiert.

„Ich glaube nicht, dass seine Familie auf das Schutzgeld verzichten will. Daher wird sie Izuya mit dem baldigen Eintreiben des Schutzgeldes beauftragen. Ich vermute, das Eintreiben des Geldes wird in den nächsten Tagen geschehen, wie der Textilgroßhändler Yakamito mir gegenüber erwähnte. Wir werden den Erpresser also auf Yakamitos Grundstück erwarten."

„Wie viele meiner Männer werden Sie brauchen?", fragte Nakamoto.

„Ich brauche keinen Ihrer Männer. Sorgen Sie bitte dafür,

dass in den nächsten Tagen nicht mehr Polizeistreifen wie üblich in der Nähe des Grundstücks zu sehen sind.”

Als Yaro nach dem anstrengenden Tag nach Hause kam, saßen seine Frau Ayumi mit Kiochi und Michiko bereits beim Abendessen. Bei ihrem Anblick bekam er Appetit auf dampfenden Reis und eine kräftige Gemüsesuppe. Bevor er sich auf die Tatami-Matte setzte, umarmte er seine Frau zur Begrüßung auf ungewöhnliche Weise, indem er sie liebevoll an sich zog.
Denn er wusste, dass sie sich nach seiner körperlichen Umarmung sehnte. Obwohl sie als Ninja aufgewachsen war, scheute sie selbst keine Gefahr. Aber in den letzten Jahren belasteten sie die Abenteuer ihres Mannes immer mehr, die er im Auftrag des Daimyo zu bewältigen hatte. Kaum hatte sich Yaro im Agura niedergelassen, kuschelte sich Michiko auf seinen Schoß.
Ayumis Schwester Aiko und Yaros Schüler Kusami Aoi waren ebenfalls anwesend. Als Yaro sich in die Runde setzte, wollten sie aufstehen, um sich zu verabschieden und Yaro mit seiner kleinen Familie allein zu lassen. Aber Yaro hob die Hand und sagte:
„Bitte bleibt noch. Später, wenn die Kinder schlafen, haben wir noch etwas zu besprechen. Aber zuerst muss ich etwas essen.”
Dann füllte er sich eine große Portion Reis in seine Schale.

◇

Wie Yaro erwartet hatte, erschien Tugaso Izuya zwei Tage später in der Stunde des Pferds, als die Sonne in ihrem Zenit stand, auf dem Grundstück der Familie Yakamito. Obwohl er es sich nicht anmerken ließ, war er innerlich angespannt und unsicher, weil er das Schutzgeld noch nie eingetrieben hatte und deshalb noch nie auf diesem Grundstück gewesen war. Er mochte es nicht, Geld einzutreiben, er liebte es, in Spielhallen zu gehen und sich zu amüsieren. Aber wegen der großen Ähnlichkeit mit seinem Zwillingsbruder Kenji wurde er vom Familienoberhaupt beauftragt, das Schutzgeld vor Ort einzutreiben.

So ging er auf das Haus zu, aus dem eine reizende junge Frau mit hochgestecktem Haar in einem taubengrauen Kimono trat und ihn mit einer anmutigen Verbeugung begrüßte.

„Konnichiwa der Herr, kann ich Ihnen helfen?", fragte sie und blickte kurz darauf auf.

„Oh, verzeihen sie, sie waren schon öfter bei uns und wollen sicher meinen Vater sprechen", fuhr sie nun schüchtern fort, „leider müssen sie einen Moment warten, denn er ist gerade im Stofflager. Aber ich werde ihn sofort über ihre Ankunft unterrichten."

„Mein Bruder wird ihn sofort rufen lassen", sagte sie und wandte sich zum Eingang, wo ein junger Mann mit einem Bokotu in der Hand erschien.

„Jabu!", rief ihr Bruder dem Gärtner zu, der in seiner Arbeit vertieft den Kiesweg harkte, „geh zum Stofflager und hole meinen Vater. Sage ihm, es wartet ein wichtiger Besucher auf ihn."

Sofort unterbrach der Gärtner seine Arbeit und machte sich auf den Weg. Schon bald erschien Yakamito mit so schnellen Schritten auf seinen Anwesen, dass der hinter ihm laufende Gärtner kaum mitkam. Doch dann verlangsamte sich sein Schritt als er den Besucher erkannte.

„Ach, ihr seid es schon wieder", sagte er mürrisch, als er den Besucher erkannte, „kommt, lasst uns ins Haus gehen, niemand braucht uns zu beobachten."

Izuya war beruhigt, dass Yakamito keinen Verdacht schöpfte und ihn für Kenji hielt. Dennoch blieb er konzentriert und beobachtete Yakamito und seine Kinder, die ihn in den Empfangsraum der Familie begleiteten. Der Hausherr ging zu einer kleinen Kommode, öffnete eine Schublade und entnahm ihr einen Umschlag, den er widerwillig und schweigend auf den Tisch in der Mitte des Raumes legte.

Ebenso wortlos griff Izuya nach dem Umschlag und zählte das Schutzgeld, das er dann in einer Innentasche seiner Yukata verschwinden ließ. Er tat dies, ohne wieder die Hand aus der Kleidung zu nehmen, was die Familienmitglieder offenbar nicht bemerkten. Dann mit einem schadenfrohen Lächeln und einer diesem Anlass nicht angemessenen höflichen Verbeugung verabschiedete er sich mit den Worten: „Es war mir eine Freude. Dann bis zum nächsten Mal an gleicher Stelle."

„Das wird wohl nicht mehr geschehen", kam Yaros Stimme aus dem Hintergrund, „ich nehme dich wegen Erpressung und Beihilfe zum Mord an Tusamo Haru fest." Noch in seiner Verkleidung als Gärtner ging Yaro auf den Erpresser zu.
Blitzschnell wollte Izuya ein Messer ziehen, das er vorsorglich in seinem Yukata verborgen in der Hand hielt, um der neben ihm stehenden Tochter die Klinge an die Kehle zu setzen. Mit ihr als Geisel wollte er sich freien Abzug verschaffen.
Doch dazu kam es nicht mehr. Denn er hatte das Messer gerade halb aus der Kleidung gezogen, als ihn von der Seite ein harter Handkantenschlag auf den Kehlkopf traf. Sofort ließ er die Waffe fallen und brach röchelnd zusammen.
„Gut gemacht", sagte Yaro und legte Aiko, die sich als schüchterne Tochter verkleidet hatte, beruhigend die Hand auf die Schulter, „man sollte sich eben nie mit einer Kunoichi anlegen."
Wie gefährlich die liebreizende Aiko sein kann, hat sie schon

oft bewiesen. Auch Aoi, der in die Rolle des Bruders geschlüpft war, entspannte sich nun. Sofort war er bei Izuya und fesselte ihn an Händen und Füßen.

Yakamito bedankte sich überschwänglich für das Ende der Erpressung. Yaro wiederum bedankte sich für seine Unterstützung bei dem Rollenspiel, welches er am Vorabend mit ihm besprochen hatte. Gleichzeitig mahnte er den Großhändler zur Verschwiegenheit. Sie warteten noch bis nach Sonnenuntergang auf dem Grundstück. Dann brachten sie Izuya auf einem einachsigen Handwagen versteckt zur Polizeikaserne, denn die Verhaftung sollte noch nicht bekanntgemacht werden.

Yaro hoffte, die in den 'Stillen Bergen' lebende Familie Tugaso durch das spurlose Verschwinden ihrer Schutzgeldeintreiber in Unruhe zu versetzen.
Als Yaro den Gefangenen im Beisein von Hauptmann Nakamoto der Polizei übergab, bat er ihn, sich zu erkundigen, ob es unter den Polizisten jemanden gäbe, der Auskunft über das Leben in den 'Stillen Bergen' und über die Familie Tugaso geben könne.

五

Bereits am Vormittag des nächsten Tages holten die Wachen Tugaso Kenji aus seiner Arrestzelle und setzten ihn wieder in die Hausnische der Polizeikaserne auf den hellen Kiessand. Diesmal saß auch Yaro neben Nakamoto auf der Terrasse. Falls nötig, konnte er nun sofort in das Verhör eingreifen.
Zuvor hatte Yaro den ebenfalls inhaftierten Bruder Tugaso Izuya kurz in dessen Einzelzelle besucht, um ihm seine missliche Lage eindringlich vor Augen zu führen. Scheinbar beiläufig deutete Yaro an, den vorsätzlichen Messerangriff auf Aiko zu vergessen, wenn Izuya im Verhör bestätigt, dass Kenji den Mord an Tusamo Haru begangen habe.

Als die Wachen Kenji vorführten, schien seine Wut und Arroganz ungebrochen. Fluchend zerrte er an seinen Fesseln, während die Wachen ihn grob auf den Boden drückten. In seinem Aufbegehren schien er Yaros Anwesenheit erst jetzt wahrzunehmen.
„Braucht ihr noch Unterstützung", wandte sich Kenji zornig an Nakamoto, „ja, es ist nicht so einfach, einen Unschuldigen ohne stichhaltigen Beweis zu verurteilen. Daran kann auch er nichts ändern", er deutete mit dem Kopf in Yaros Richtung, „auch wenn er sich noch so selbstbewusst in Position bringt."
„Mäßige dich!" unterbrach Nakamoto den Spott, „du beleidigst Yamato Ichiro, den Berater unseres Daimyo Iroda Akira."
Offensichtlich verfehlte die Ermahnung ihr Ziel nicht, denn Kenji wurde zusehends unsicherer. Yaro schob seinen Oberkörper ein wenig nach vorne und übernahm das Gespräch.

„Bist du wirklich so dumm, wie ich dich von Anfang an eingeschätzt habe, oder hast du noch einen Funken Verstand, um zu begreifen, dass es hier um deinen Kopf geht? Wenn du heute diesen Ort verlässt, um dem Obersten Richter vorgeführt zu werden, dann gibt es für dich kein Zurück mehr. Es sieht nicht gut aus für dich, denn unsere Ermittlungen haben ergeben, dass du zur Tatzeit nicht in der Spielhalle 'Flamingo' warst und somit dein Anwesenheitsbeweis nichts mehr wert ist.

Wir konnten auch ermitteln, dass du für deine Familie bei vielen Händlern in Jatsuma als Schutzgeldeintreiber tätig warst. Mit dem Großhändler Tusamo-san hattest du am Morgen des Mordtages einen heftigen Streit, weil er das Schutzgeld nicht mehr zahlen wollte und dich von seinem Grundstück warf. In deiner Ehre gekränkt, wolltest du diesen Rauswurf nicht hinnehmen.
Als Tusamo abends wie immer den Weg am Seeufer nach Hause nahm, hast du ihm aufgelauert und ihn erdrosselt. In deinem Jähzorn hast du dann den Toten ans Ufer geschleift und für alle zur Schau gestellt. Als Warnung für die anderen Geschäftsleute, was mit ihnen geschieht, wenn sie nicht bereit sind das Schutzgeld zu zahlen.
Das war vorsätzlicher Mord."
„Das musst du erst beweisen", rief Kenji wütend und herausfordernd Yaro entgegen.
Gelassen lehnte sich Yaro leicht zurück und gab den Wachen ein Handzeichen, woraufhin Izuya in Handfesseln von den Wachen auf den Platz geführt wurde und sich neben seinen Bruder setzen musste.

Kenji erschrak, als er seinen Bruder neben sich sah, der apathisch auf den hellen, leicht gewellten Kiessand vor sich hin starrte.
„Was macht der denn hier? Der hat doch nichts damit zu tun", sagte Kenji schon verzweifelt. Ihm wurde bewusst,

dass sein Leben von der Aussage seines Zwillingsbruders abhing.

Dann fuhr Yaro fort: „Dein Bruder hat uns bestätigt, dass er zur Tatzeit im 'Flamingo' war und mit den Würfeln gespielt hat. Seine Aussage deckt sich mit der des Spielleiters der Spielhalle. Dieser konnte sich noch gut daran erinnern, dass derjenige der Zwillingsbrüder der Familie Tugaso anwesend war, der keine rötlich gefärbte, entzündete Narbe am kleinen Finger der linken Hand hat, wie du, Kenji. Dein Leugnen ist zwecklos, denn Izuya hat bereits erklärt, dass du den Geschäftsmann Tusamo am Ufer des Rinzo ermordet hast."

Jetzt war Kenji außer sich vor Wut und schrie seinen Bruder an: „Bist du verrückt? Ich bin dein Bruder, wie kannst du so etwas sagen? Willst du, dass sie mich umbringen, du Idiot? Sag, dass die Anschuldigungen gegen mich nicht stimmen."

Wie aus einem Traum erwacht, hob Izya den Kopf und sah Kenji von der Seite an.

„Du hast mich nie spüren lassen, dass ich dein Bruder bin. Alles musste immer nach deinem Willen geschehen, wenn nötig auch mit Gewalt. Mit deinem Jähzorn und deinen Gewaltausbrüchen warst du so unberechenbar, dass selbst wir in der Familie Angst vor dir hatten. Es ist mir egal, was mit dir geschieht. Ich werde dir keine Träne nachweinen.

Du bist der Idiot, der mit seinem Jähzorn und gekränktem Stolz Tusamo getötet hat, anstatt abzuwarten und mit der Familie das weitere Vorgehen zu besprechen. Wir hätten eine andere und bessere Lösung gefunden. Deine Tat wird auch Unglück über unsere Familie bringen."

Erschüttert von der Ausweglosigkeit seiner Situation sank Kenji in sich zusammen und verstummte.

Dann ergriff Yaro das Wort: „Unsere Ermittlungen haben ergeben, dass Tugaso Kenji den Pferdegroßhändler Tusamo

Haru getötet hat. Außerdem hat er sich der Schutzgelderpressung schuldig gemacht.
Tugaso Izuya wird ebenfalls der Beteiligung an Schutzgelderpressung beschuldigt.
Die Beschuldigten werden dem Obersten Richter der Präfektur vorgeführt. Die Vernehmung ist hiermit beendet. Sie werden in ihre Einzelzellen gebracht, wo sie bis zum Beginn der Gerichtsverhandlung bleiben."

Erst nachdem die Zwillingsbrüder weggeführt worden waren, erhoben sich Yaro und Nakamoto erleichtert von ihren Plätzen. Aus Dankbarkeit für die gegenseitige Unterstützung verbeugten sie sich zueinander. Sie waren zufrieden mit den Ergebnissen ihrer Ermittlungen und der schnellen Aufklärung des Mordfalls.

◇

Noch am selben Abend fand in der Residenz eine vom Daimyo kurzfristig einberufene Sitzung statt. Anwesend waren neben dem Fürsten alle seine Berater sowie der Leiter der Stadtpolizei Nakamoto. Daimyo Iroda Akira eröffnete die Gesprächsrunde.
„Auf Bitten von Yamato-san habe ich zu diesem Treffen eingeladen, da er uns über den Stand der Ermittlungen im Mordfall Tusamo in Kenntnis möchte. Nach dem, was ich im Vorfeld gehört habe, kann er uns von einem guten Ergebnis der Ermittlungen berichten."
Nachdem der Daimyo die Sitzung formell eröffnet hatte, schlug er nun einen entspannten Ton gegenüber Yaro an, denn beide verband eine enge Freundschaft und unbelastete Vertrautheit. Akira saß bequem im Agura, wobei er sich auf einer Armlehne, der Kyousoku, abstützte. Er bat um Tee und wandte sich dann Yaro zu.
„Yaro, bitte erzähle uns, was sich seit unserem letzten Tref-

fen, bei dem wir zum ersten Mal von Tusamos Ermordung erfahren haben, ereignet hat.”

„Zunächst kann ich berichten”, begann Yaro, „dass die gemeinsamen Ermittlungen von Nakamoto-san und mir zu einem Abschluss des Falles geführt haben. Wir haben den mutmaßlichen Mörder Tugaso Kenji festgenommen und des Mordes überführt. Maßgeblich dazu beigetragen hat sein Zwillingsbruder Izuya, der seinen Bruder während des Verhörs in einem Streitgespräch schwer belastet hat.

Inwieweit sich dies strafmildernd auswirkt, wird später der Oberste Richter Sana-san entscheiden.”

Damit wandte sich Yaro dem Obersten Richter zu, verbeugte sich vor ihm und fuhr fort.

„Zudem wurden die Zwillingsbrüder der Schutzgelderpressung überführt, die sie im Auftrag ihrer Familie begangen haben. Aber darauf komme ich noch später zurück.”

Dann berichtete er nochmals im Detail über die von Nakamoto und ihm durchgeführten Ermittlungsarbeiten, die mit den Verhaftungen von Kenji und Izyazu Tugaso zu einen erfolgreichen Abschluss führten.

„Damit wurde die Aufklärung des Mordes an Tusamo in verhältnismäßig kurzer Zeit abgeschlossen, was auch bei den Bewohnern von Jatsuma Erleichterung auslösen und das Vertrauen in den Regierungsstil unseres Daimyo und in die Arbeit unserer Verwaltung stärken wird", schloss Yaro mit einer Verbeugung seinen Bericht.

Nach einer kurzen Pause der Besinnung schlug sich Akira mit den flachen Händen auf die Oberschenkel, um seine Freude auszudrücken.

Dann sagte er: „Gut gemacht, Nakamoto-san und Yaro. Im Namen aller Anwesenden gratulieren wir euch beiden zur schnellen Lösung des Falles.”

Inzwischen hatten alle Anwesenden ihre Sitzpositionen in

den Seiza, den Fersensitz, verändert, um in einer angemessenen Form ihre Dankbarkeit und ihren Respekt gegenüber Nakamato und Yaro auszudrücken zu können. Danach nahmen sie wieder im Agura eine bequeme Sitzposition ein. Als die Berater den Blickkontakt mit Yaro aufnehmen konnten, nickten sie ihm noch einmal anerkennend zu.

So freuten sich Nakayama Tamaro, der seinerzeit veranlasste, dass Yaro als junger Mann an den Fürstenhof berufen und zum Samurai erhoben wurde, sowie Sugita Masahiro, der Yaro bereits als Jugendlichen bei einer Mordermittlung in seinem Heimatdorf kennengelernt hatte. Auch dessen Sohn Kaito, der als Leibwächter neben dem Daimyo saß, drückte Yaro seine Freude aus, indem er ihm aus seiner regungslosen Körperhaltung heraus zuzwinkerte.

Dann musste Yaro auf Akiras Bitte hin noch einmal die Verhaftung Izuyas auf dem Anwesen der Familie Yakamito und seine Rolle als Gärtner beschreiben, worauf die Anwesenden nicht umhin kamen, sich mit Yaro zu amüsieren. So schlug Akira vor, dass er doch immer die Wege vor der Residenz harken könne, wenn er keinen Auftrag für Yaro habe. Denn wer gut mit der Harke umgehen könne, der könne es vielleicht auch mit dem Schwert. Nun war das Gelächter groß, denn jeder im Raum wusste, dass Yaro ein ausgezeichneter Schwertkämpfer war.

Als sich die Anwesenden nach einigen Augenblicken wieder beruhigt hatten, wurde Akira ernster und ergriff das Wort. „Yaro, du wolltest noch etwas zu der Schutzgelderpressung der Familie Tugaso sagen."
„Ja, wir haben den Mord an Tusamo-san aufgeklärt, der in engem Zusammenhang mit der Familie Tugaso steht. Aber das Problem der Schutzgelderpressung bleibt. Mit den gerissenen Zwillingsbrüdern haben wir nur die Schuldeneintreiber aus dem Verkehr gezogen, aber andere aus der Familie werden ihre Aufgaben übernehmen. Wir werden kei-

ne andere Wahl haben, als der Familie das Handwerk zu legen".

„Was wissen wir über die Familie Tugaso und wo wohnt sie?", unterbrach ihn Akira ungeduldig.

„Im Moment wissen wir nicht viel über diese Familie, wahrscheinlich lebt sie versteckt in den 'Stillen Bergen' ", mutmaßte Yaro

„Wie ist es möglich, dass in unserer Präfektur Menschen im Verborgenen leben und außerhalb der Kontrolle der Verwaltung ihr Unwesen treiben können", fragte der Daimyo Nakamoto.

„Die 'Stillen Berge' sind ein schwer zu durchdringendes Hügelgebiet, das nur über einen einzigen Weg zu durchqueren ist", bemühte sich Nakamoto zu erklären, „der Weg ist als gefährlich bekannt, so dass die meisten Händler die nördliche und südliche Umgehungsstraße benutzen, um sicher von Jatsuma nach Mataro in den Westen zu gelangen. Wir vermuten, dass die Bewohner der Gegend den risikofreudigen Geschäftsleuten gegen Bezahlung eine Eskorte durch die 'Stillen Berge' anbieten."

„Warum sind wir noch nicht mit unseren Polizeikräften gegen die Banden vorgegangen und haben ihnen das Handwerk gelegt?", fragte Akira wiederum.

„Diese Gegend ist schwierig zu kontrollieren und bietet den ansässigen Bewohnern ausreichende Verstecke und Rückzugsmöglichkeiten. Die Gefahr, in einen Hinterhalt gelockt zu werden, ist für Ortsunkundige, also auch für Polizisten, sehr groß. Zumal wir bisher nicht wissen, aus wie vielen Personen sich die Banden zusammensetzen. Wir wissen nicht einmal, wie viele gefährliche Banden sich tatsächlich in den 'Stillen Bergen' aufhalten", sagte Nakamoto.

„Aber es kann nicht sein, dass wir von außen unbeteiligt zuschauen, wie sich in den 'Stillen Bergen' eine Bastion entwickelt, die von Kriminellen geführt wird", beharrte Akira.

Dann fragte er Yaro: „Warst du dir dieses Problems bewusst?”

„Ich wusste nicht, dass sich das Bandenwesen in den ’Stillen Bergen’ so bedrohlich entwickelt hat. Das lag wohl daran, dass sich die Aktivitäten der Banden nur auf das Hügelgebiet beschränkten und keinen Einfluss auf den Alltag der außerhalb lebenden Bewohner der Präfektur hatten. Mit Ausnahme der Geschäftsleute, die sich wider besseren Wissens bei der Durchquerung des Waldes fahrlässig in Gefahr begaben.

Mit der Erpressung der Geschäftsleute von Jatsuma durch die Familie Tugaso haben wir jedoch eine Entwicklung erreicht, die der Fürstenhof nicht dulden kann”, antwortete Yaro und fuhr fort.

„Da die Zwillingsbrüder Tugaso während der Verhöre keine Details über die ’Stillen Berge’ preisgaben, habe ich Herrn Nakamoto gebeten, seine Wachmänner zu befragen, ob wenigstens sie im Rahmen ihrer Tätigkeit etwas Wissenswertes über die ’Stillen Berge’ erfahren haben.”

„Leider hat die Befragung meiner Leute zunächst nichts Brauchbares ergeben”, begann Nakamoto, „aber ein Zufall kam uns zu Hilfe, der unsere Ermittlungen voranbringen könnte. Einer der Wachmänner erinnerte sich nämlich, dass vor zwei Tagen ein Dieb auf frischer Tat ertappt worden war, als er in einem Geschäft teure Kämme stehlen wollte. Bei der Überprüfung seiner Personalien stellte sich heraus, dass er in einem Dorf in den ’Stillen Bergen’ wohnte. Daraufhin ließ ich den Mann zu mir kommen, um ihn über die ’Stillen Berge’ zu befragen.
Nachdem ich ihm Strafminderung in Aussicht gestellt hatte, war er bereit, meine Fragen ausführlich zu beantworten. So erfuhren wir, dass es in den ’Stillen Bergen’ insgesamt fünf Dörfer gibt, in denen jeweils eine Großfamilie lebt. Das größte Dorf mit der größten Fläche und den meisten Ein-

wohnern gehört der Familie Tugaso, die somit das Sagen in diesem Gebiet hat.

Wütend erzählt der Mann, dass die Bewohner der anderen vier Dörfer regelmäßig Abgaben an die Familie Tugaso leisten müssen, die vom Oberhaupt der Familie, Tugaso Kami, nicht selten mit Gewalt eingetrieben werden. Ebenso behält die Familie die Schutzgelder für sich, die sie von den Reisenden für die ungehinderte Durchfahrt verlangt.

Offensichtlich wird die Familie Tugaso von den Bewohnern der anderen Dörfer gehasst. Ein Ende ihrer Herrschaft wird von den anderen Dörfern offensichtlich als Befreiung herbeigesehnt. Die Familie Tugaso verfügt über etwa zwanzig kampferprobte Männer. Ob sie aber auch bereit sind gegen die Samurai des Daimyo ihre Waffen zu erheben, wird sich zeigen."

„Wie wollen wir nun vorgehen, um der Herrschaft der Familie Tugaso dauerhaft Einhalt zu gebieten?", fragte der Daimyo seine Berater.

„Ein frontaler Einfall der Leibgarde in verstärkter Truppenstärke in das Hügelgebiet wäre einen Möglichkeit", begann Sugita Masahiro, „allerdings kann ich diese Strategie nicht empfehlen, da sich die Mitglieder der Bande während unseres Vormarsches in dem Gebiet zurückziehen können, in dem sie sich im Gegensatz zu uns gut auskennen. Sie könnten unsere Männer aus dem Hinterhalt angreifen und uns erheblichen Schaden zufügen.

Bessere Erfolgsaussichten sehe ich, wenn wir das Dorf der Tugaso einkreisen oder wenigstens von zwei Seiten angreifen können. Für einen Überraschungsangriff müssten wir einen Teil unserer Leibgarde über die nördliche Umgehungsstraße nach Westen führen, damit wir von zwei Seiten in das Gebiet eindringen können."

„Danke Sugita-san für die Vorschläge, aber der Truppentransport für einen gleichzeitigen Angriff aus dem Westen scheint mir zu kompliziert. Was meinst du, Yaro, wie wir vorgehen sollen?", fragte Akira seinen Freund.

„Ich stimme der Einschätzung von Sugita-san zu, dass ein Angriff von mindestens zwei Seiten erforderlich ist. Einen Teil der Leibgarde über die nördliche Umgehungsstraße heranzuführen, halte ich jedoch für zu aufwendig und riskant, da ein Vorrücken auf dieser Straße zu viel Aufmerksamkeit erregen würde. Die Familie Tugaso könnte von ihren Beobachtern über das Anrücken der Leibgarde in Kenntnis gesetzt werden, lange bevor die Garde den westlichen Eingang des Gebietes erreicht hat.
Wie wir es in der Vergangenheit oft erfolgreich getan haben, sollten wir uns den Bösewichten unbemerkt nähern und im richtigen Moment das Richtige tun."

Mit einem leichten Nicken ließ Akira seinen Blick langsam über die Anwesenden schweifen. Als sich niemand mehr in der Runde zu Wort meldete, wandte sich Akira an Yaro: „Wie ich dich kenne, hast du schon einen Plan, wie wir uns den Ganoven unverdächtig nähern können."
„Das stimmt, ich habe einen Plan, der einfach klingt. In Wirklichkeit aber nicht einfach ist, denn zu seiner Ausführung brauchen wir gute Leute, die Gefahrenmomente als solche erkennen und sofort auf Waffengewalt reagieren können.
Ich schlage daher vor, dass von uns ausgewählte Männer als Kaufleute verkleidet bei der Familie Tugaso vorstellig werden und um Geleitschutz durch die 'Stillen Berge' bitten.
Wir werden im Dorf der Familie übernachten und am anderen Morgen weiterziehen. Etwa eine Stunde, nachdem die Wägen das Dorf in Richtung Westen verlassen haben, entwaffnen unsere Männer die Eskorte und kehren zum Dorf zurück. In der Nähe des Dorfes bleiben sie zunächst versteckt, bis der andere Teil der Leibgarde, von Osten kom-

mend, das Dorf erreicht hat. Dann schließen wir uns zusammen, um gemeinsam in das Dorf der Tugaso zu reiten und ihren Anführer Tugaso Kami zu verhaften.

Wenn die Anwesenden mit der Vorgehensweise einverstanden sind, brauche ich zwei Tage Vorbereitungszeit, bis unser kleiner Transport starten kann."

„Im Vertrauen auf deine Fähigkeiten und deine umsichtige Vorgehensweise, die du in der Vergangenheit bei ähnlichen Unternehmungen eindrucksvoll unter Beweis gestellt hast, stimme ich deinem Vorschlag zu", sagte Akira.
An seine Berater Nakayama und Sugita gewandt, fragte er: „Was haltet ihr von Yaros Plan?"
Auch die Berater stimmten dem Plan vorbehaltlos zu. Obwohl sie aufgrund ihres Alters und ihrer Erfahrung kompetent genug waren, hatten sie nie Probleme damit, Yaros Vorschläge anzuerkennen. Im Gegenteil, sie waren stolz auf ihr Urteilsvermögen, dass sie damals die richtige Entscheidung getroffen hatten, den noch jungen Yaro an den Fürstenhof zu holen und ihm anspruchsvolle Aufgaben zu übertragen.
Es bereitete ihnen Freude, Yaro in seiner geistigen Entwicklung zu begleiten, ihm mit Rat und Tat zur Seite zu stehen und zu beobachten, wie er sich zu einem tugendhaften Samurai entwickelte. Auch wie seine aufrechte Gesinnung von Akira als vorbildlich gewürdigt und verinnerlicht wurde, was sich zunehmend in seinem menschlichen und friedliebenden Regierungsstil widerspiegelte.

„Wie sieht der Plan im Einzelnen aus?", erkundigte sich Akira nun.
„Ich werde meine zuverlässigen und erfahrenen Gefährten Hatama Arito und Shimido Takeshi in die 'Stillen Berge' schicken, um mit Tugaso Kami Kontakt aufzunehmen und die Bedingungen für eine Durchreise unter seinem Geleit-

schutz auszuhandeln.

Ich bin sicher, dass er unseren Vorschlägen zustimmen wird, wenn wir ihm eine verlockende Geldsumme anbieten. Wir werden also mit zwei zweiachsigen Transportgespannen reisen, die mit je drei großen Stoffballen beladen sind und von je zwei Pferden gezogen werden. Die großen Ballen werden mit minderwertigen Stoffen gefüllt sein, die für die Ausländer auf Kyushu bestimmt sind. Wir werden dies bei Gelegenheit beiläufig erwähnen, um keine Begehrlichkeiten bei der Familie Tugaso zu wecken.

Zur Begleitung der Gespanne benötige ich vier Samurai der Leibgarde. Die Notwendigkeit der Samurai erklärt sich aus der Ware und der Anwesenheit des Kaufmanns und seiner Frau. Die Stoffe und die Gespanne wird uns der Textilgroßhändler Yakamito wahrscheinlich zur Verfügung stellen, weil er uns noch etwas schuldet."

„Und wer spielt den Kaufmann und seine Frau?", fragte der Daimyo neugierig.

„Kusami Aoi, der das Pferd reitet, und Aiko, die auf dem Bock des Kutschers sitzt, habe ich für diese Rollen vorgesehen. Ich werde einer der Kutscher sein", sagte Yaro.

„Nachdem Hatama und Shimido die Gruppe auch begleiten, besteht unsere Reisegruppe aus zehn kampferprobten Personen und sieben Pferden, die nach der Entwaffnung der Begleiter eine schnelle Rückkehr zum Dorf der Familie Tugaso ermöglichen.

Ich werde daher einen Boten nach Yoshima schicken, damit der Polizeichef Hamata Yori einige seiner Wachen am westlichen Waldausgang postiert, um von uns die Gespanne und die Verhafteten des Begleitschutzes zu übernehmen."

◇

Am Vormittag des nächsten Tages ritten Hatama und Shimido zu dem versteckten Dorf der Familie Tugaso. Bevor sie in die 'Stillen Berge' eintraten, durchquerten sie zunächst einen kleinen aber dichten Waldrand, der fast das gesamte Hügelgebiet umgab. Dort empfingen sie Dunkelheit und Kühle, denn kein Sonnenstrahl des wolkenlosen, warmen Tages drang durch das Blätterdach der Bäume bis zum Waldboden vor. Nur vereinzelt lag der Weg im helleren Licht, was die Orientierung etwas erleichterte. Nach einiger Zeit im langsamen Trab trat plötzlich ein Mann hinter einem Baum hervor.

Er war mit Pfeil und Bogen bewaffnet und rief sie an: „Wer seid ihr und was wollt ihr?"

Sie stellten sich als Bedienstete des Händlers Nioske Yoshio aus der östlichen Präfektur Yasatama vor und baten um ein Gespräch mit Tugaso Kami.

„Warum sollte unser Führer an einem Gespräch mit euch interessiert sein?"

„Weil er sicher an einem guten Geschäft interessiert ist", kam die Antwort.

„Gut, steigt von euren Pferden ab und folgt mir."

Als sie sich hinter dem Mann auf den Weg machten, traten drei weitere Personen aus dem Unterholz, schussbereit mit Pfeilen in ihren Bögen. So setzten sie ihren Weg fort, bis nach nur kurzem Gehen den Wald verließen und sich eine Hügellandschaft im grellen Sonnenschein vor ihnen auftrat. Während die Begleitpersonen im Wald zurückblieben, führte ihr Anführer Hatama und Shimido in ein schmales und im Schatten liegendes Tal, in dem nördlich des Weges ein kleines Dorf mit etwa fünfzehn einfach gebauten Holzhäusern lag.

Im Nu kamen die ärmlich gekleideten Menschen aus ihren Behausungen, um den überraschenden Besuch aus einiger Entfernung zu betrachten. Ihr Anführer führte sie zu dem einzigen größeren Haus und befahl ihnen, dort zu warten. Dann betrat er das Haus. Währenddessen sahen sich Hatama und Shimido um und erkannten die Armut, die dort herrschte. Nach kurzer Zeit trat ein großer Mann mit gebieterischer Haltung vor das Haus. Im Gegensatz zu den Dorfbewohnern wirkte er wohlgenährt und in feinen Stoffen gekleidet. Breitbeinig stellte er sich vor die Besucher, die Arme vor dem Körper verschränkt.

„Ich bin Tugaso Kami, das Oberhaupt der Familie Tugaso. Wer seid ihr und was wollt ihr?"

„Ich bin Hatama Arito", antwortete Hatama schnell, „und das ist mein Begleiter Shimido Takeshi. Wir sind Bedienstete des Kaufmanns Nioske Yoshio aus der östlichen Präfektur Yasatama. Er muss schnell Stoffe zum Verkauf nach Mataro bringen. Deshalb will er den schnellsten Weg hier durch diese Gegend nach Westen nehmen, um als erster mit den Ausländern ins Geschäft zu kommen. Er hat aber gehört, dass eine Durchreise ohne Geleitschutz sehr riskant wäre und dass ihr gegen Bezahlung für unsere Sicherheit sorgen könntet."

„Ja, das können wir", antwortete Tugaso großspurig. „Wie groß ist euer Transport und wie viele Personen seid ihr insgesamt?"

„Er besteht aus zwei zweiachsigen Pferdegespannen, die mit großen Stoffballen beladen sind. Mit dabei sind der Kaufmann und seine Frau, wir beide, die beiden Kutscher und vier Mann, die die Ladung bewachen. Der Transport kann in zwei Tagen erst am Nachmittag stattfinden, so dass wir hier eine Übernachtung einplanen müssen. Um jetzt ins Geschäft zu kommen, müssen wir wissen, wie viele Leute ihr für den Schutz braucht und was der Schutz bei euch kosten wird."

„Ich schätze, wir brauchen zehn Leute und ihr zahlt zehn Silberstücke dafür", sagte Tugaso. Seine Absicht war, je mehr Leute er brauchte, desto mehr Geld konnte er verlangen. Dabei bedachte er nicht, dass er damit fast die Hälfte seiner Kämpfer aus dem Dorf abzog, die ihm später bei der Verteidigung fehlen würden.

„Zehn Silberstücke sind viel Geld, wir haben mit acht geplant", gab sich Shimodo empört.
„Zehn und nicht weniger."
„Neun Silberstücke, drei jetzt und die restlichen sechs, wenn wir die Gegend verlassen", schlug Hatama vor.
„Zehn und drei jetzt", beharrte Tugaso auf seiner Forderung. Scheinbar zerknirscht und schweren Herzens willigte Hatama ein.
Tugaso fühlte sich als Sieger und guten Geschäftsmann. Der Handel war geschlossen. Sie verabredeten, dass die Eskorte in zwei Tagen am Nachmittag, zur Stunde des Affen, sich am östlichen Eingang des Waldes dem Transport anschließen sollte.

◇

Zur verabredeten Zeit näherten sich die beiden Pferdegespanne mit ihren Begleitern dem östlichen Waldeingang der 'Stillen Berge'. Auf dem Bock des ersten Gespanns saßen Yaro als Kutscher, und Aiko, als Frau des Händlers. Yaro trug einen abgetragenen blauen Gi mit kurzer Hose. Unter seinem flachen, dunklen Kegelhut trug er sein Haar als Pferdeschwanz, ebenso wie der Kutscher des zweiten Gespanns, das von einem mit Pferden erfahrenen Samurai der Leibgarde gelenkt wurde.
Aiko saß würdevoll neben Yaro in einem bodenlangen, taubengrauen Kimono, der mit hellrosa Chrysanthemen bestickt war. Auch sie trug einen typischen Kegelhut aus hellem, geflochtenem Bambus, über den ein feiner Schleier gelegt war, um sich vor den herumschwirrenden Insekten zu

schützen.

Neben dem vorderen Gespann ritt Aoi als Kaufmann Nioske im langsamen Trab, während die vier bewaffneten Samurai neben den Gespannen den Transport zu Fuß begleiteten. An der Spitze ritten Hatama und Shimido, die den Waldweg bereits kannten.

Nach kurzer Zeit, als der Wald sie umgeben hatte und der Eingang des Waldes nicht mehr zu sehen war, traten nach und nach die Männer der Familie Tugaso aus dem Unterholz auf den Weg. Schweigend passten sie sich der Geschwindigkeit der Gespanne an und bildeten mit ihren zehn Männern einen Kreis um den Transport. Dann trat ihr Anführer auf Aoi zu und verbeugte sich vor ihm:

„Konnichiwa, mein Name ist Todoma Kaya und ich bin der Schwager von Tugaso Kami. Meine Aufgabe ist es, sie sicher in unser Dorf Tatame zu bringen, wo sie die Nacht unter freiem Himmel verbringen können."

„Ich glaube, es erfüllt mehr ihren Ansprüchen, als wenn sie in unseren weniger bequemen Häusern übernachten", erwähnte Todoma entschuldigend und ein wenig verschämt. „Morgen früh werden wir weiterziehen und sie sicher ans Ende des Weges bringen. Ich werde mich bemühen, dass sie sich in unserer Gegenwart sicher fühlen, und falls sie wieder diesen Weg wählen, erneut unsere Begleitung in Anspruch nehmen."

Yaro hatte das Gespräch zwischen Aoi und Todoma neben sich mit angehört. Er hatte den ersten Eindruck gewonnen, dass Todoma ein anständiger Mensch war, der sich bemühte, die ihm übertragenen Aufgaben auftragsgemäß zu erfüllen. Auch wenn seine momentane Aufgabe fragwürdig erscheinen mag, verstößt er mit seiner Schutztruppe nicht gegen das Gesetz, zumal er respektvoll und zuvorkommend mit seinen Gesprächspartnern umgeht. Yaro beschloss, ihn im Auge zu behalten, denn er brauchte solche Leute, die später bei der Umstrukturierung des Dorfes Tatame mithelfen könnten.

In gemächlichem, fast einschläferndem Tempo erreichten sie das Dorf Tatame, das bereits im Schatten der nahen Hügel lag. Nur die Kuppen der Hügel wurden noch von den rötlichen Strahlen der Abendsonne beleuchtet. Dort bogen sie rechts vom Weg ab und erblickten die verfallenen Häuser des Dorfes Tatame. Die Armut schien greifbar. Kinder, die zwischen den Häusern spielten, unterbrachen ihr Spiel und liefen zu den Gespannen, um sich in die Arme ihrer Väter fallen zu lassen, die den Transport beschützten.

Sie stellten ihre Gespanne nebeneinander auf einem Platz am Dorfrand ab, der ihnen vorher zugewiesen worden war. Auf den Ladeflächen schoben sie die Stoffballen so zusammen, dass sie dazwischen ihre Schlafplätze einrichten konnten. Neben den Gespannen entzündeten sie ein kleines Lagerfeuer, das ausreichte, um Suppe zu erwärmen. Um ihren Lagerplatz herum hatten sich fünf Personen zu ihrem Schutz postiert.
Als sie am Lagerfeuer saßen, kam Todoma mit seinem kleinen Sohn vorbei und fragte, ob sie noch etwas für die Nacht bräuchten, wobei der Kleine hungrig auf das Essen schaute. Yaro bemerkte seinen Blick und reichte ihm einen kleinen Reiskuchen. Fragend schaute der Sohn zu seinen Vater auf. Als dieser mit dem Kopf nickte, nahm der Kleine den Reiskuchen und rannte damit nach Hause. Sichtlich gerührt von dieser Geste bedankte sich Todoma bei Yaro.

Während alle noch lächelnd dem Jungen nachsahen, erschien wie aus dem Nichts Tugaso Kami und baute sich, begleitet von zwei grimmig dreinblickenden bewaffneten Männern, selbstherrlich vor der Reisegruppe auf.
„Ich bin Tugaso Kami, das Oberhaupt der Familie Tugaso,

die euch bis hierher Schutz gewährt hat. Zahlt mir jetzt den Rest des Schutzgeldes, sieben Silberstücke. Sonst kann ich euch für den Rest eurer Reise nicht mehr beschützen."

„Ich bin Nioske Yoshio, der Kaufmann, mit dem Sie diese Vereinbarung über eine Schutzgebühr getroffen haben," meldete sich Aoi zu Wort. „Ich vertraue meinen Bediensteten Hatama und Shimido, dass sie ihnen unsere Bedingungen deutlich gemacht haben. Ihre jetzige Forderung widerspricht unserer Vereinbarung, den Restbetrag von sieben Silberstücken beim Verlassen der 'Stillen Berge' zu zahlen."
„Ja, das mag sein", erwiderte Tugaso bedehnt, „aber wer weiß, was bis dahin passieren kann. Sie sind noch jung und müssen lernen, dass im Geschäftsleben nicht immer alles eintritt, was versprochen wurde. So sehen sie meine geänderte Forderung als eine wichtige Erfahrung für ihre künftigen Vertragsabschlüsse."
„Aber Schwager", wandte sich nun Todoma beschwichtigend an das Familienoberhaupt, „wir sollten uns an die Abmachung halten, die wir getroffen haben, sonst ......".
Weiter kam er nicht, denn Tugaso zischte ihn gefährlich an: „Hüte deine Zunge und kümmere dich nicht um Dinge, die dich nichts angehen. Ist einer von euch anderer Meinung?" Dabei sah er jeden seiner Männer gefährlich lange an, die mit gesenkten Köpfen seinem eisigen Blick auswichen.
„Nun", sagte Tugaso Kami und streckte seine rechte Hand fordernd nach vorn, um das Geld in Empfang zu nehmen, „sollen wir euch noch Schutz gewähren oder wollt ihr es ohne Schutz versuchen? Wenn ich mir eure hübsche Frau so ansehe, erscheint es mir sehr riskant, sie in dieser Gegend ungeschützt weiter ziehen zu lassen, wo viele böse Buben lauern."

Betont widerwillig holte Aoi die Silbermünzen aus seiner Börse und zählte sie Tugaso in die Hand.
„So, das wär's", sagte Tugaso nun übertrieben freundlich,

„dann wünsche ich euch eine gute Reise. Auf Todoma, meinen lieben Schwager, könnt ihr euch verlassen. Er wird dafür sorgen, dass ihr heil aus den 'Stillen Bergen' herauskommt. Denn er ist der Gute von uns beiden. Also bis zum nächsten Mal. Es macht Spaß, mit euch Geschäfte zu machen."
Lachend verschwand er mit seinem Begleiter in der Dunkelheit.
Wenig später verabschiedete sich Todoma von der Reisegruppe. Dabei verbeugte er sich entschuldigend vor Aoi und deutete sein Bedauern über den Vorfall an.

Yaro und Aoi hatten den ersten Teil der Nachtwache übernommen, um später von Hatama und Shimido abgelöst zu werden. Yaro hat es nie bereut, mit Aoi eine Meister-Schüler-Beziehung einzugehen und sein Wissen für dessen persönlichen Weg zur Verfügung zu stellen. Seitdem hat er sich im Umgang mit dem Schwert perfektioniert, insbesondere im Kampf mit dem Wakizashi, dem Kurzschwert. Aber auch seine geistige Entwicklung war beeindruckend und erfüllte Yaro mit Freude. Aoi hatte sich zu einem aufrichtigen Samurai entwickelt, der den Kampf nicht sucht, aber immer auf einen möglichen Kampf vorbereitet ist. So saßen sie nun fast Kopf an Kopf am Lagerfeuer, um nicht belauscht zu werden.

„Aoi, wie beurteilst du unsere momentane Situation und wie würdest du an meiner Stelle handeln?", fragte Yaro.
„Die Situation stellt sich anders dar, als wir anfangs erwarteten", begann dieser selbstbewusst.
„So besteht das Dorf der Familie Tugaso nicht in erster Linie aus Menschen, die gerne aus niederen Beweggründen ihr Unwesen treiben, um sich zu bereichern. Wie wir jetzt feststellen mussten, gibt es im Dorf arme Familien, die versuchen, aus jeder Gelegenheit Geld zu machen, zum Beispiel

mit ihrer Eskorte. Es wäre daher anmaßend und ungerecht, solche Menschen von vornherein als schlecht zu verurteilen, wenn man selbst noch nie in einer solchen Notlage war und nie weiß, wie man sich dann selbst verhalten wird. Erst wenn die eigene Familie am Hungertuch nagt, zeigt sich, wie es tatsächlich um unsere hoch gehaltene Moral bestellt ist.

Als Nächstes sollten wir darauf bedacht sein, morgen die Männer unserer Eskorte ohne Blutvergießen festzunehmen, um sie für unser Vorhaben zu gewinnen. Dann haben sie die Chance, ihrem Dorf eine bessere Zukunft zu geben. Tugaso Kami und seine engen Gefolgsleute hingegen sollten wir zur Rechenschaft ziehen und sie dem Obersten Richter zur Verurteilung vorführen."

Yaro lächelte Aoi von der Seite an und legte ihm die Hand auf den Unterarm.
„Du hast mir aus der Seele gesprochen, deine Einschätzung und Vorschläge decken sich mit meinen. So werden wir morgen unsere Aufgabe erfüllen."

◇

Am nächsten Morgen brachen sie nach einem kargen Frühstück auf. Die Kinder liefen noch ein Stück mit ihren Vätern, bis sie von ihren Müttern oder älteren Geschwistern zurückgerufen wurden. So trotteten die Pferde dem Ende des Weges entgegen. Im Gegensatz zu den Männern des Begleitschutzes waren Yaros Leute hoch konzentriert. Was sich noch steigerte, als Aoi die Gespanne halten ließ, damit die Leute ihre Notdurft erledigen konnten. So wurden die Pferde sorgfältig an die Wägen gebunden, damit die Reiter und Aiko sich in den Wald zurückziehen konnten, nur die beiden Kutscher blieben auf ihren Böcken sitzen, um von dort aus den Überblick zu behalten.

Nach und nach kamen Yaros Männer und Aiko aus dem Unterholz. Sie reckten und streckten sich, bis jeder wie zufällig neben einem Mann der Eskorte stand. Während die Kutscher fast gleichzeitig von ihren Wägen sprangen, rief Yaro 'Hajime'. Im Bruchteil einer Augenblicks hatte jeder der Eskorte die Klinge eines Kurzschwertes oder eines Messers am Hals.

„Bleibt ruhig, dann passiert euch nichts. Wir wollen euch nichts Böses. Mein Name ist Yamato Ichiro, ich bin der persönliche Berater von Iroda Akira, des Daimyo der Präfektur Tagai. Wir sind hier, um einen Mord und eine Erpressung in Jatsuma aufzuklären, die im Zusammenhang mit der Familie Tugaso stehen.

Zu diesem Zweck werden wir später in euer Dorf zurückkehren, um Tugaso Kami zu verhaften und ihn dem Obersten Richter der Präfektur vorzuführen.

Die Männer, die euch im Moment mit ihren Waffen kontrollieren, sind kampferprobte Samurai aus der Leibgarde des Fürsten. Deshalb ist es ratsam für euch, ihren Anweisungen zu folgen."

Schnell begriffen die so gefangen gehaltenen Männer, dass ihnen keine unmittelbare Gefahr droht, wenn sie Yaros Befehlen gehorchen. Als die Männer der Eskorte entwaffnet waren und die Anspannung bei allen sichtlich nachließ, fragte einer ihrer Männer schon etwas mutiger und mit einer Hand auf Aiko deutend.

„Und wer ist die junge, zarte Frau, die ihr bei euch habt? Ist sie auch so gefährlich?"

„Ja, sie kann sehr gefährlich sein", antwortete Yaro, „sie ist meine persönliche Leibwächterin."

Der Angesprochene hielt die Antwort für einen Scherz und begann zu lachen. Aber nur so lange, bis ein Wurfpfeil neben seinem Kopf in das Holz eines der Gespanne einschlug. Sich der Gefahr bewusst, in der er sich gerade befand, begannen seine Knie zu zittern. Das Zittern verstärkte sich, als Aiko mit ernstem Gesicht auf ihn zukam, direkt vor ihm stehen blieb und ihm in die Augen sah.

Dann zwinkerte sie ihm kokett mit ihrem linken Auge zu, zog den Pfeil aus dem Holz und schlenderte anmutig zu ihrem Platz zurück. Sie hatte erreicht, was sie wollte. Sie hatte die Männer überrascht und sprachlos gemacht.

Yaro ließ die Gefangenen nur an den Händen fesseln und erklärte ihnen, dass in Kürze eine Eskorte der Polizei von Yoshima eintreffen würde, um sie und die Gespanne nach Westen aus den 'Stillen Bergen' zu führen. Er werde anordnen, dass die Gefangenen am nächsten Tag freigelassen werden und in ihr Dorf zurückkehren dürfen. Was weiter mit den Dörfern in dieser Gegend geschieht, wird noch mit dem Daimyo besprochen.

Schon nach kurzer Zeit hörten sie fernes Pferdegetrappel, das sich näherte und immer lauter wurde. Schon bald konnten sie die Reiter der Polizei von Yoshima erkennen. Ihr Hauptmann Hamata ließ es sich nicht nehmen, seine Gruppe selbst anzuführen. Bei ihrer Ankunft sprang er flink vom Pferd und ging mit großen Schritten auf Yaro zu. In gebührendem Abstand blieb er stehen und verbeugte sich respektvoll vor Yaro, so dass jeder der Gefangenen erkannte, dass es sich bei dem Mann in dem verwaschenen Gi tatsächlich um eine Person von hohem Rang und Ansehen handelte.

„Konnichiwa Yamato-san, ich freue mich, Sie bei guter Gesundheit wiederzusehen. Zwar wieder verkleidet wie bei unserem letzten Zusammentreffen, aber diesmal in voller Haarpracht."
Damit spielte er auf das Geschehen an, als Yaro mit kahlgeschorenem Kopf und als Zen-Mönch verkleidet die Befreiung der entführten Braut des Daimyo, Mikamoro Chie, einleitete und Hamata ihn mit seiner Miliz dabei maßgeb-

lich unterstützte.

In ausreichendem Abstand zu den anderen setzte Yaro den Polizeihauptmann über das bisher Geschehene in Kenntnis und das Ziel ihrer Aktion. Sie hatten erreicht, dass die Hälfte der kampffähigen Männer das Dorf verlassen musste, als eine Eskorte zusammengestellt wurde, was ihre Schlagkraft erheblich schwächte.
Währenddessen hatten Hamatas Leute die Gespanne übernommen, indem sie ihre Pferde einspannten. Mit den Pferden, die Hamata zusätzlich mitgebracht hatte, und ihren eigenen Pferden konnten Yaro und alle seine Mitstreiter schnell zum Dorf Tatame zurückreiten, um sich - wie verabredet - am Nachmittag, zur Stunde des Schafs, mit dem aus Jatsuma kommenden Teil der Leibgarde zu vereinen.

Nachdem alle Gefangenen gefesselt auf die Wägen geladen waren, begaben sich Hauptmann Hamata und seine Miliz auf den Weg zum westlichen Ausgang der 'Stillen Berge'. Zuvor hatte Yaro noch das Gespräch mit Todoma gesucht, um ihm sein Vorgehen gegen die Familie Tugaso zu erklären und ihn um seine Mithilfe bei der Neuordnung des Zusammenlebens der Dörfer in dieser Gegend zu bitten. Überrascht von der Wertschätzung, die Yaro ihm entgegenbrachte, sagte dieser seine Unterstützung zu. Mit einer respektvollen Verbeugung verabschieden sich die beiden.

◇

Kurz vor Tatame gingen die Reiter auf Yaros Zeichen in einen leichten Trab über und hielten an. Hatama und Shimdo glitten von ihren Pferden und näherten sich dem Dorf zu Fuß, um die Lage zu erkunden. Als sie von einem Versteck auf das Dorf blickten, welches nun im prallen Sonnenlicht vor ihnen lag, schien alles ruhig und jeder ging seiner bescheidenen Arbeit nach, bis plötzlich jemand vom Osten her kommend vom Weg abbog und auf das Dorf zu rannte. Sofort breitete sich Unruhe unter den Dorfbewohnern aus, als er durch den Ort zum Haus von Tugaso Kami eilte. Nach Atem ringend blieb er dort stehen und wartete, bis das Familienoberhaupt auf die Terrasse seines Hauses trat. Die beiden Späher konnten nicht hören, was der Mann erregt und wild gestikulierend berichtete. Doch immer wieder deutete er in die Richtung, aus der er gekommen war. Als er seinen Bericht beendet hatte, gab Tugaso lautstark seine Anweisungen. Nach kurzer Zeit standen acht mit Schwertern bewaffnete Männer kampfbereit um ihn herum. Sie erweckten den Eindruck, als seien sie auf einen Angriff vorbereitet.

Als Hatama und Shimido nach ihrer Rückkehr Yaro von ihren Beobachtungen berichteten, vermutete Yaro, dass einer von Tugasos Männern, der als Wache eingeteilt war, das Herannahen der Leibgarde aus Jatsuma gemeldet hatte. Offenbar war Tugaso Kami in seiner selbstgefälligen Art davon überzeugt, dass er den Fremden widerstehen könne.

Yaro beschloss daher, sich nicht sofort der Leibgarde anzuschließen, um gemeinsam ins Dorf zu reiten. Er hielt es für strategisch besser, erst später mit seinen Leuten dazu zu stoßen, um mit einem weiteren Überraschungsmoment die Männer um Tugaso zu verunsichern und ihre Kampfmoral zu schwächen. Währenddessen suchte Yaro nach einem stabilen, gerade gewachsenen Ast, der die Länge eines Kurzschwertes hatte.

Tugaso Kami stand noch immer selbstzufrieden auf der Terrasse seines Hauses, die Arme vor der Brust verschränkt. Sein Haus stand mit seiner Größe und stabilen Bauweise in krassem Gegensatz zu den baufälligen Hütten ringsum. Seine vor der Terrasse aufgestellten Männer bemühten sich mit ihren gezückten Langschwertern Stärke auszustrahlen. Tatsächlich versuchten sie, ihre Unsicherheit durch drohendes Schwingen der im Sonnenlicht gefährlich blitzenden Klingen zu verbergen.

Die Männer der Leibgarde kamen im leichten Trab hinter einem Hügel hervor. Sie ritten auf das Dorf zu und brachten ihre Pferde etwa zwanzig Schritte vor der Terrasse von Tugasos Hauses zum Stehen.
„Was wollt ihr und wer seid ihr?", rief Tugaso Kami ihnen zu. „ Wir haben euch nicht gerufen, und wir brauchen auch keine Ratschläge von Besserwissern, die uns sagen wollen, wie wir hier in unseren 'Stillen Bergen' zu leben haben. Also geht, bevor ihr es bereut. Wenn ihr meinen Rat nicht befolgen wollt, rufe ich alle unsere Männer zusammen, um euch den Weg zu zeigen."
„Zählt ihr auch die Männer dazu, die jetzt von der Miliz in Yoshima gefangen gehalten werden?", fragte der junge Anführer der Leibgarde.
„Was redet ihr für einen Unsinn", erhob Tugaso wütend seine Stimme, als er eine leichte Unruhe unter seinen Männern bemerkte.
„Ja, aus Habgier habt ihr die Hälfte eurer Kämpfer als Eskorte weggeschickt, Männer, die euch jetzt fehlen. Aber wenn ihr mir nicht glaubt, könnt ihr auch andere befragen", sagte der Anführer der Leibgarde ruhig.

Er hob seinen rechten Arm über den Kopf, und unmittelbar danach hörte man im Hintergrund das Schnauben und Traben von Pferden, als Yaro mit seinem Trupp in das Dorf ritt. Tugaso stand vor Schreck der Mund offen, als er die Leute aus dem Gefolge des Händlers Nioske erkannte und dass sein Gegner nun über doppelt so viele Kämpfer verfügte wie er.

„Um deine Frage vollständig zu beantworten. Ich bin Sugita Kaito, Leutnant der Leibgarde unseres Daimyo Iroda Akira, wie ein durchschnittlich intelligenter Mensch an den Emblemen auf unseren Haori erkennen kann. Aber für dich erkläre ich es noch einmal.

Wir sind hier, um dich wegen der Anstiftung zum Mord an dem Pferdegroßhändler Tusamo Haru und der geplanten räuberischen Erpressung zahlreicher Großhändler in der Stadt Jatusma zu verhaften. Tugaso Kami, leg deine Waffen nieder und lass dich widerstandslos festnehmen.”

„Ich lasse mich nicht festnehmen. Was ich getan habe, habe ich als Familienoberhaupt getan, um mein Dorf vor Hunger und Tod zu bewahren”, schrie er Kaito an.

„Aber das meiste Geld hast du offensichtlich für dich behalten”, meldete sich Yaro nun zu Wort.

„Wie kaltherzig muss man sein, um in unverdientem Wohlstand zu leben, während um einen herum die Familien mit ihren Kindern ums Überleben kämpfen?

„Will er mir jetzt Ratschläge geben, der Kutscher in seinen kurzen Hosen? Setz dich auf deinen Bock, sprich mit deinen Pferden, aber lass mich in Ruhe.”

Nun glitt Yaro von seinem Pferd Aiki und ging langsam auf Tugaso und seine Männer zu, die erst erstaunt, dann unsicher wurden, als sie sahen, wie sich jeder der Samurai der Leibgarde zu Yaro verbeugte, wenn er an ihnen vorbeiging. In sicherem Abstand blieb Yaro vor den Männern und Tugaso stehen, der inzwischen von der Terrasse herabgestiegen war und sich in die Mitte der Männer gestellt hatte.

„Ich bin Yamato Ichiro, der persönliche Berater unseres Daimyo. Von ihm habe ich den Auftrag erhalten, dem Unwesen der Familie Tugaso ein Ende zu bereiten. Ihr seht, man darf sich nicht von Äußerlichkeiten täuschen lassen. Nachdem ich bereits die Zwillingsbrüder Kenji und Izuya habe verhaften lassen, gilt es nun Tugaso Kami möglichst lebend zu fassen. Das werde ich heute tun.

Was jetzt hier geschieht, betrifft nur Tugaso Kami und den Fürstenhof, und wer von euch sich nichts Schlimmes hat zuschulden kommen lassen, der soll sein Katana in die Scheide stecken, sich im Seiza an der Seite absetzen und sein Schwert auf die rechte Körperseite ablegen.
Um euch die Entscheidung zu erleichtern, solltet ihr wissen, dass ich heute ein Gespräch mit Todoma geführt habe, in dem ich seine Unterstützung gewinnen konnte, die Dorfgemeinschaft in Zukunft so zu gestalten, dass ihr und eure Familien nicht mehr in Not leben müsst. Für dieses Vorhaben benötige ich noch die Zustimmung des Daimyo und eure Mithilfe. Aber ich bin zuversichtlich, dass es gelingen wird. Also entscheidet euch jetzt, für eine lebenswerte Zukunft eurer Familien oder den Kampf gegen den Daimyo, den ihr nie gewinnen könnt.”

Es dauerte einige Augenblicke, bis sich der erste der Männer entschloss, seine Klinge in die Scheide zu stecken und sich wie gefordert an der Seite abzusetzen. Kurz darauf taten es ihm fünf weitere Männer gleich, so dass mit Tugaso nur noch drei Männer Yaro gegenüberstanden. Yaro vermutet, dass die beiden verbliebenen Männer von Tugasos Untaten reichlich profitiert haben und sich bewusst waren, dass sie einer gerechten Strafe nicht eingehen konnten.
„Was willst du mit dem Ast gegen uns tun?", rief Tugaso, der zwischen den beiden Männern stand und den Ast als Yaros einzige Waffe erkannte.
„Ich will dich möglichst lebend festnehmen, dafür sollte ein stabiler Ast ausreichen”, sagte Yaro und ging auf die drei zu.

In diesem Moment sprang der Mann, der links neben Tugaso stand, mit senkrecht gehaltenem Katana auf ihn zu, um

ihn mit einem senkrechten Schnitt von der Schulter bis zur
Körpermitte zu töten. Mit einem Ausfallschritt nach links
brachte sich Yaro auf die rechte Außenseite des Angreifers
und aus dessen Angriffslinie. Gleichzeitig kontrollierte seine
linke Hand den rechten Ellenbogen des Angreifers, so dass
er nun im rechten Winkel zu ihm stand.
Noch bevor sich der Gegner nach dem unwirksam gewordenen Schnitt wieder Yaro zuwenden konnte, schlug ihm
dieser mit rechts den Ast so heftig ins Gesicht, dass der Angreifer die Waffe fallen ließ und röchelnd zusammenbrach.
Trotz der schnellen Verteidigung fand der zweite Mann die
Gelegenheit, sich hinter Yaro aufzustellen, um ihn mit einem schrägen Schnitt über den Rücken tödlich zu verletzen.

Doch bevor er nahe genug bei Yaro war, hörte er einen kurz-
en Schrei des Angreifers und sah ihn mit ungläubigem Blick
und einem Pfeil im Hals bereits leblos nach vorne fallen.
Shimido, ein ebenso guter Bogenschütze wie sein Wegge-
fährte Hatama, hatte sich entschlossen, mit Pfeil und Bogen einzugreifen.
Doch Tugaso nutzte das Kampfgeschehen, um in sein Haus
zurück zu fliehen und sich von dort aus zu verteidigen.

Ein Mann der Leibgarde wollte Tugasos Flucht verhindern
und ihm ins Haus folgen. Gerade noch rechtzeitig konnte
Yaro den jungen Mann zurückrufen.
„Warte, es ist zu gefährlich, spontan ins Haus zu gehen. Wir
wissen nicht, wie er sich im Inneren gegen Eindringlinge gerüstet hat. Das weitere Vorgehen muss gut überlegt sein."
Dann ging Yaro vorsichtig zum Hauseingang, wo er sich geschützt neben den Eingang stellte und versuchte, mit Tugaso Kontakt aufzunehmen.
„Tugaso-san, ich bin es, Yamato Ichiro, kommt aus dem
Haus und ich werde euch unversehrt nach Jatsuma brin-
gen."
„Lasst mich in Ruhe. Ihr werdet mich schon fangen müssen.

Aber bis ihr mich habt, werde ich einige von euch mit in den Tod nehmen. Kommt, ich warte. Ihr könnt euren Ast mitnehmen, wenn ihr euch dann sicherer fühlt. Aber diesmal werden eure Bogenschützen euren Tod nicht verhindern können."

„Gut, dann komme ich euch holen", beendete Yaro das Gespräch und ging auf Kaito zu, der immer noch bei seinem Trupp stand. Nachdem er sich bei Shimido für den lebensrettenden Pfeilschuss bedankt hatte, rief Yaro Aiko zu sich und Kaito.

„Da Tugaso das Haus nicht freiwillig verlassen will, müssen wir ihn holen. Obwohl er es sich in seiner Selbstgefälligkeit bequem gemacht hat, halte ich ihn für gefährlich. Ich weiß nicht, wie gut er mit dem Schwert umgehen kann. Aber wenn er jahrelang die Dorfbewohner in ihre Schranken verwiesen hat, muss er über eine überdurchschnittliche Durchsetzungskraft verfügen."

„Was sollen wir jetzt tun?", fragte Kaito.

Ohne zu antworten, wandte sich Yaro an Aiko: „Kannst du herausfinden, wie das Haus aufgeteilt ist und wo gefährliche Stellen für hinterhältige Angriffe sind?"

„Ja. Vom Dach aus sollte das möglich sein. Aber dafür muss ich mich noch umziehen", antwortete Aiko und zog sich schnell zurück.

„Ich muss mich auch noch umziehen", sagte Yaro zu Kaito, „besorge du mir ein stabiles Holzbrett, das ich eine kurze Strecke alleine tragen kann und das die Klinge eines Schwertes nicht durchdringen kann. Ich denke da an eine stabile Tischplatte aus Holz."

Wenig später stand Yaro in einem braunen Yukata bereit. Er hatte eine Kordel über die Schulter gekreuzt, dass die dazu hochgebundenen Ärmel ihn nicht daran hinderten, das Schwert sicher zu führen. Zusätzlich trug er ein Stirnband mit einem Metallstreifen, um seine Stirn vor Schlägen zu schützen, und Waraji, Sandalen mit Schnürriemen, die im Kampf einen sicheren Stand ermöglichen. Er trug nur sein Wakizashi, das Kurzschwert, da sich der Gebrauch eines Langschwertes in engen Räumen als eher ungeeignet erwiesen hatte.

Dann trat Aiko in einem engen schwarzen Anzug zu ihm. Sie trug schwarze Handschuhe, was das Interesse der Samurai der Leibgarde an ihr noch steigerte, denn ihre Kleidung erinnerte an die der Ninja. Nach einem kurzen Gespräch mit Yaro machte sie sich auf den Weg zu Tugasos Haus. Mit schnellen Schritten und leicht nach vorn gebeugt erreichte sie im Nu das Haus. Ohne zu zögern kletterte sie wie eine Spinne zügig über die linke Hausecke auf das Dach und verharrte dort einige Augenblicke kniend in einer Lauerstellung.

Die Samurai der Leibgarde, die sie beobachteten, waren sprachlos und tief beeindruckt. Die Leichtigkeit, mit der Aiko das Dach erklomm, hatten sie noch nie gesehen. Am Fürstenhof und in der Leibgarde wurde oft hinter vorgehaltener Hand über ihre angeblichen Fähigkeiten gesprochen, was vor allem von den Männern als übertrieben abgetan wurde. Doch nun konnten sie sich selbst ein Bild machen. Jetzt wurde auch ihnen klar, warum Yaro immer wieder ihre Unterstützung suchte und warum Aiko zur Leibwächterin von Chie, der Frau des Fürsten, auserwählt worden war.

Die gespannten Beobachter sahen nun, wie Aiko katzengleich über das Dach schlich. Ab und zu verharrte sie in ihrer Bewegung, wenn sie eine Stelle entdeckte, von der aus sie in das Haus hineinsehen konnte. Kurze Zeit später machte sie sich wieder auf den Rückweg und kletterte mühelos die Hausfassade hinunter, ohne dass Tugaso etwas von ihrem Besuch bemerkt hatte. Sie ging zu Yaro und berichtete.

„Das Haus ist mit Shoji in einen großen und zwei kleine
Räume unterteilt. In den Räumen befinden sich zwei Stützpfeiler für das Dach. In einem der kleinen Räume befindet
sich die Kochstelle. Die Räume sind nicht verwinkelt. Gefährlich erscheint mir der Weg vom Hauseingang zu den
Wohnräumen. Denn wenn man das Haus betritt, führt nach
links ein langer, schmaler Flur, an dessen Ende man nach
rechts in den großen Wohnraum gelangt. Der Gang verläuft
parallel zur Hausfassade. Ich vermute, dass die Innenwand
des Flurs so transparent verkleidet ist, dass man am Schatten erkennen kann, wo sich der Besucher im Flur befindet.
Dann ist es ein Leichtes, den Besucher mit dem Schwert
durch die dünne Innenwand zu erstechen.”
Nach einem kurzen Moment fragte sie:„ Kann ich sonst noch
helfen?”
„Danke Aiko, du hast mir schon sehr geholfen. Jetzt werde
ich mir den Burschen schnappen”, sagte Yaro.
„Pass auf dich auf”, bat Aiko ihn besorgt und berührte seinen Unterarm. Sie fühlte sich mit Yaro eng verbunden. Dem
Mann ihrer Schwester Ayumi, der sie als Zehnjährige in sei-
ne neue Familie aufgenommen hatte und sie wie seine eigene
Tochter aufzog.
Yaro nickte nur stumm und war mit seinen Gedanken schon
bei der bevorstehenden Aufgabe.

Tatsächlich hatte Kaito eine rechteckige, stabile Holzplatte
gefunden, die groß genug war, um hochkant gestellt Yaros
Körper von den Schultern bis zu den Schienbeinen zu bedecken. Damit machte sich Yaro auf den Weg. Als er das
Haus erreichte, stellte er sich vorsichtshalber wieder rechts
neben den Eingang, mit dem Rücken eng an der Hauswand
angelehnt. Um Tugaso aus seiner scheinbaren Sicherheit zu
locken, rief er für alle hörbar ins Haus:
„Tugaso, hast du es dir überlegt und gibst auf? Es hat kei-

nen Sinn, sich zu verteidigen, du kannst nicht gewinnen. Leg deine Waffe nieder und komm mit erhobenen Händen heraus."

„Behalte deine weisen Ratschläge für dich und komm herein, wenn du wirklich der tapfere Samurai bist, für den du dich hältst. Mein Schwert wartet auf dich."

Tugaso versuchte, Yaro vor den anderen zu provozieren und ihn als Feigling darzustellen, der unter Erfolgsdruck steht und sich gegen seinen Willen entscheiden muss, das Haus zu betreten. Yaro spielte mit und stellte sich als unentschlossenen Gegner dar.

„Hör zu, ich will nicht mit dir kämpfen. Lass uns den Streit ohne Waffen lösen."

„Rede nicht so viel, du Schwätzer. Komm rein, wenn du dich traust", rief Tugaso vor Selbstbewusstsein strotzend.

„Gut, du willst es nicht anders. Ich komme jetzt, um dich zu holen", rief Yaro zum Erstaunen der Anwesenden, denn Yaro kündigte seinen Eintritt ins Haus an und verzichtete auf einen möglichen Überraschungsmoment.

Yaro bewegte sich von der Seite in den Eingang, bis er aufrecht stehend, mit seinen Rücken an der linken Seite des Flurs lehnte. Das Holzbrett hielt er so vor seinen Körper, dass es ihn von der Schultern bis zu den Schienbeinen abdeckte. Yaro hatte sich bewusst für ein stabiles Holzbrett entschieden, das nicht über seine Körperbreite hinausragte. So hoffte er, dass Tugaso zwar den Schatten seiner Person wahrnehmen würde, nicht aber das Brett, welches er vor sich hielt.

Die linke Seite des Ganges war gleichzeitig die Hauswand, die nur wenig Licht von außen durchließ, so dass dieser Teil des Hauses im Dunkeln lag. Yaro vermutete, dass der Gang bewusst so angelegt war, um ungebetene Personen am Betreten der Wohnräume frühzeitig zu hindern.

Doch in der Hälfte des langen Ganges entdeckte Yaro einen

schwachen Lichteinfall durch die bereits verwitterten Holzbretter der Hauswand, der einem unbedarften Besucher nicht aufgefallen wäre, aber ausreichte, um seinen Schatten auf die Wandverkleidung der gegenüberliegenden Wand zu werfen. Hier erwartete Yaro den Angriff. Er bewegte sich langsam im Gleitschritt auf diese gefährliche Stelle zu. Es herrschte Totenstille im Haus. Yaro wusste, dass auf der anderen Seite der dünnen Wandverkleidung aus Reispapier der zum Töten bereitstehende Gegner wartete.

Als Yaro mit seinem Körper den Lichteinfall unterbrach, ertönte ein Kampfschrei aus dem Wohnbereich und eine Schwertklinge durchstach die Wandverkleidung.. Die Spitze der Klinge traf hart auf das Holzbrett. Mit einer kurzen Drehbewegung aus dem Handgelenk riss Tugaso die Klinge aus dem Brett. Er zog sie vollständig durch die Wandverkleidung zurück, um sie gleich darauf, etwa zwei Handbreit daneben, erneut durch die Wandverkleidung zu stechen und den Gegner zu treffen.

Tugaso war sich sicher, Yaro ernsthaft verletzt zu haben, denn beide Male spürte er den Widerstand mit der Klinge und hörte Yaros gepresstes Stöhnen. Zumal nach dem zweiten Stich der Schatten, begleitet von einem lauten Krachen, nach unten verschwand. Nun herrschte wieder Totenstille. Um sich zu vergewissern, dass er Yaro getötet hatte, durchschnitt er mit einem schrägen Schwertschnitt die durchbohrte Trennwand, hinter der er Yaro am Boden liegend vermutete. Doch zu seinem Erstaunen lag nur ein Holzbrett auf dem Boden.

„Es ist nicht alles so, wie es oft scheint", rief Yaro ihm aus der dunklen Ecke des Raumes zu, dort, wo der Gang endete und in den großen Wohnraum überging.

Verblüfft starrte Tugaso ihn an. Er konnte sich nicht erklären, warum Yaro trotz seiner Angriffe überlebt hatte. Wie konnte das geschehen?

Dies war nur möglich wegen Yaros durchdachter Vorgehensweise. Denn je näher Yaro dem Lichteinfall kam, desto stärker spürte er die Anspannung seines Gegners hinter der Trennwand. Als Tugaso seinen Kiai, den Angriffsschrei, ausstieß, hatte Yaro als geübter Schwertkämpfer noch genügend Zeit, sich auf den Angriff vorzubereiten.

Der Einsatz eines Kiai, um die eigene Körperenergie zu bündeln und den Gegner mental zu verunsichern, kann in einem offenen Zweikampf mitunter hilfreich sein. Aber Yaro wusste, dass für einen Angriff aus dem Hinterhalt der Kampfschrei weniger geeignet ist. Denn zwischen der mentalen Sammlung zu einem Kiai und dem tatsächlichen Angriff liegt zwar immer nur ein sehr kurzer Moment, der aber für einen geübten Kämpfer lang genug ist, um sich auf den Angriff vorzubereiten. So konnte Yaro die Angriffe mit dem Holzbrett abwehren und einen Sturz als Verletzter vortäuschen.

Als Tugaso die Täuschung wahrnahm, legte er sein Katana blitzschnell beiseite, denn auch er wusste, dass dieses Langschwert in Räumen mit niedrigen Zimmerdecken wenig geeignet war. Wütend über die gelungene Täuschung stürmte Tugaso vor und zog mit einem horizontalen Schnitt sein Kurzschwert aus der Scheide, die er am Gürtel trug. Yaro erwartete den Angriff in dieser Form und stellte wiederum sein Kurzschwert mit der Breitseite so senkrecht auf, dass er Tugasos Angriff gleich zu Beginn des Schnitts unterbrechen konnte. Dabei trafen die Klingen ihrer Wakizashi klirrend aufeinander, wobei sich ihre Stichblätter einander berührten.

Mit beiden Händen hielten sie ihre Schwerter zwischen sich und versuchten, den Gegner so weit wie möglich von sich wegzustoßen, um ihn dann in dem so entstandenen Abstand einen tödlichen Schnitt ausführen zu können. Es war meist nur eine Frage der Zeit, bis einem der beiden die Kraft ausging.

Tugaso war sehr stark. Bei Yaro schien die Kraft nachzulassen, was Tugaso sofort bemerkte und ihn ermutigte, noch einmal seine letzten Kraftreserven einzusetzen. Dann, in dem Moment, als Yaros Widerstand zu brechen schien, machte dieser, ohne den Druck auf die Waffe aufzugeben, mit seinem rechten Fuß einen Gleitschritt rechts an Tugaso vorbei. Als Yaro nun neben ihm stand, leitete er sofort eine als Irimi-ashi bezeichnete Kehrtwendung des gesamten Körpers ein.

Der erwartete Effekt war, dass Tugaso plötzlich keinen Widerstand mehr gegen seine Kraft fand und wie in ein Loch fiel. Worauf er sein Gleichgewicht nach vorne verlor und auf seiner Angriffslinie zu Fall kam. Die Ausführung dieser Verteidigungstechnik erfordert ein hohes Maß an Konzentration. Denn der Verteidiger muss sich im richtigen Moment blitzschnell vom noch bewaffneten Angreifer abwenden, um im Fallen von dessen noch ausreichend langer Klinge nicht verletzt zu werden.

Doch hier stolperte Tugaso, von seinem Angriffsdruck beschleunigt, unaufhaltsam geradeaus gegen die Trennwand, die mit einem lauten Krachen durchbrach und er hart auf dem Boden des Nebenraumes aufschlug. Yaro schob daraufhin sein Kurzschwert wieder in die Scheide, die er immer noch im Gürtel trug, um Tugaso am Boden mit einem Hebelgriff zu kontrollieren.

Einen Moment lang lag Tugaso benommen und waffenlos mit schmerzverzerrtem Gesicht am Boden. Offensichtlich hatte Tugaso bei dem harten Sturz sein Wakizashi verloren, das nun irgendwo unter den Holzteilen der zertrümmerten Holzwände verborgen lag.

Doch getrieben von seinem unbändigen Hass rappelte sich Tugaso auf und griff nach einer stabilen, armlangen Holzlatte aus den Trümmern. Nun ging er wieder auf Yaro zu.

Er hielt sie mit beiden Händen fast waagerecht auf seinen Gegner gerichtet. Mit schwingenden Bewegungen nach links und rechts versuchte er Yaro zu verunsichern. Er führte die provisorische Waffe wie ein Bokuto, wie eine Hiebwaffe.

Voller Ungeduld stürmte Tugaso dann nach vorne und schlug die Waffe senkrecht, um Yaro den Schädel zu zertrümmern. Dieser glitt jedoch rechtzeitig mit einem kaum wahrnehmbaren Ausfallschritt nach links von Tugasos Angriffslinie und griff blitzschnell mit seinem vorderen linken Arm von oben auf dessen vorderen Arm, mit dem die Waffe geführt wurde.

Mit dem Druck von oben verstärkte Yaro den Angriffsschwung nach unten, so dass die Spitze der Waffe zum Boden zeigte. Dies führte dazu, dass Tugasos Kopf und Oberkörper für einen Moment ungeschützt blieben. Dann, mit einer kurzen, dynamischen Körperdrehung zum Gegner hin, schlug Yaro im Halbkreis mit der Innenkante seines ausgestreckten rechten Arms gegen Tugasos Hals, woraufhin dieser keuchend zusammenbrach und stöhnend am Boden liegen blieb.

Der Kampf war zu Ende.

Tugasos Zeit als Oberhaupt der Familie Tugaso war abgelaufen.

Als die Anspannung bei Yaro nachließ, machte sich bei ihm eine geistige und körperliche Erschöpfung breit. So stand er an einem der beiden Stützpfeiler gelehnt und blickte auf den niedergeschlagenen Tugaso. Beide sahen sich eine Weile in die Augen, ohne dass ein Wort fiel. Alles war gesagt und getan.

Stöhnend stieß sich Yaro von der Säule ab und rief nach Kaito. Nur einen Augenblick später hörte er Kaitos Stimme ganz nah, der vor dem Haus gestanden haben musste, um abzuwarten, was passieren würde.

„Yaro, ist alles in Ordnung? Kann ich reinkommen?", hörte

Yaro die besorgte Stimme seines Freundes.

„Ja, du kannst kommen. Es ist vorbei", antwortete Yaro. Dann hörte er laute Schritte und Kaito betrat die vom Kampf verwüsteten Wohnräume.

„Hier sieht es ja aus, habt ihr euch gut unterhalten", scherzte Kaito schon wieder und ging auf Yaro zu, um ihn zu umarmen.

„Ich bin sehr froh, dass du alles gut überstanden hast."

„Das hätte uns allen erspart bleiben können, wenn dieser Idiot nicht gewesen wäre", sagte Kaito und gab dem am Boden kauernden Tugaso einen vorsichtigen Tritt.

Dann rief Kaito seine Männer, ließ Tugaso gefangen nehmen und sofort nach Jatsuma bringen.

Als Yaro aus dem Haus trat, blieb er einen Moment stehen und nahm die warmen Sonnenstrahlen in sich auf. Er hatte das Gefühl, dass die Sonne seinen Körper von dem gerade Erlebten reinigte und die zerstörerische Energie seines Gegners von ihm abfiel.

Alle Menschen, die gespannt das Geschehen vor dem Haus verfolgten, verbeugten sich so lange schweigend vor ihm, bis auch Yaro sich vor ihnen dankend verbeugte. Er war gerührt von der Anteilnahme der Menschen an seinem Wohlergehen.

Dann ging er auf die Personen zu, die ihn auf dem Transport begleitet hatten, und dankte ihnen für ihre Unterstützung, die zum Gelingen des Unternehmens beigetragen hatte.

Nach einem kurzen Meinungsaustausch legte Yaro fest, dass Aoi so lange im Dorf bleibt, bis Todoma und die anderen Dorfbewohner in das Dorf zurückgekehrt sind, um das Zusammenleben der Dorfbewohner aller Dörfer neu zu gestalten. Wenn ein tragfähiger Plan erarbeitet worden sei, solle Aoi mit Todoma nach Jatsuma kommen und diesem dem Daimyo vorlegen. Bis dahin sollten zehn Samurai unter der Führung von Kaitos Stellvertreter, Abe Kenji, in den 'Stillen Bergen' bleiben.

Dann betrachtete Yaro seinen Auftrag als erfüllt und machte sich mit Kaito, Aiko und seinen treuen Begleitern Hatama und Shimido auf den Weg nach Jatsuma. Bald fielen ihre Pferde in einen schnellem Trab, um noch vor Einbruch der Dunkelheit zu Hause zu sein.

六

In Jatsuma angekommen, trennten sich ihre Wege. Yaro hatte das Bedürfnis, so schnell wie möglich im Kreis seiner Familie zu sein. Deshalb verzichtete er darauf, den Daimyo aufzusuchen, um ihm über den erfolgreichen Verlauf zu berichten. Diese Aufgabe überließ er seinem Freund Kaito, der seinen Schwager, den Daimyo Iroda Akira, am Abend in der Residenz treffen sollte.

Aiko begleitete Yaro zu seinem Haus, wo es immer einen Schlafplatz für sie im Kinderzimmer gab. Da ihr Freund Aoi in den 'Stillen Bergen' noch seinen Auftrag zu erledigen hatte, war sie nicht in der Stimmung, allein in ihrer Unterkunft zu übernachten. Hier in Yaros Haus war sie seit dem gemeinsamen Einzug mit ihrer Schwester Ayumi immer ein Teil der jungen Familie.

Das Familienglück wurde perfekt, als Ayumis Eltern später auf das Grundstück zogen, wo sie in einem kleinen Nebenhaus wohnten und sich um Yaros Haus und den angrenzenden Gemüsegarten kümmerten.

Bei ihrer Ankunft auf dem Grundstück waren die Kinder bereits zu Bett gebracht worden. So nutzte Yaro die Gelegenheit, ihnen kurz vor dem Einschlafen noch eine gute Nacht zu wünschen. Mit dem guten Gefühl, dass die Familie wieder vereint war, schliefen die Kinder selig ein. Dann setzte sich Yaro zu den beiden Frauen, um noch etwas zu essen und sich bei einem Tee zu entspannen. Aiko hatte ihrer älteren Schwester bereits erzählt, was in den 'Stillen Bergen' geschehen war. Besorgt hatte Ayumi sich den Bericht über den Zweikampf zwischen Yaro und Tugaso angehört. Umso größer war ihre Freude, ihren Mann wieder wohlbehalten bei sich zu haben. Nachdem Aiko sich bald zum

Schlafen verabschiedete, gingen auch Yaro und Ayumi zu
Bett. Beide sehnten sich danach, ihre nackten Körper eng
umschlungen zu spüren und sich zu vereinen. Als sie später
eng umschlungen einschliefen, fühlten sie sich glücklich und
geborgen.

Am nächsten Morgen, als sich die Kinder nach dem gemeinsamen Frühstück auf den Weg zur Schule machten, erzählte Yaro seiner Frau ausführlich von dem Geschehen in
den 'Stillen Bergen' und seinen Bemühungen, die Gegend in
einen menschenwürdigen und sicheren Lebensraum zu verwandeln. Geduldig beantwortete er die vielen Fragen, die
Ayumi stellte. Ihre Fragen ließen erkennen, dass sie gerne
dabei gewesen wäre, um vielleicht Aikos Rolle zu übernehmen. Yaro war sich sicher, dass sie die gestellten Aufgaben
genauso gut hätte erfüllen können. Denn als Kunoichi, also
als weiblicher Ninja, sehnte sich noch immer nach gefährlichen Abenteuern.
Um jederzeit für solche Unternehmungen gewappnet zu sein,
übte sie weiterhin ernsthaft und intensiv täglich die gehei-
men Techniken des Ninjutsu auf ihrem von außen nicht ein-
sehbaren Grundstück. Yaro konnte daher ihren Unmut teilweise verstehen, wenn Aiko bei gefährlichen Unternehmungen bevorzugt wurde. Aber Yaro wollte nicht, dass Ayumi
und er sich bei gefährlichen Missionen gemeinsam in Gefahr
brachten und ihre Kinder im schlimmsten Fall zu Vollwai-
sen machten.

◇

Am Nachmittag desselben Tages traf sich Daimyo Iroda
Akira mit seinen Beratern im Audienzsaal der Residenz. Er
wirkte entspannt, nachdem er am Abend zuvor von seinem
Schwager und Leibwächter Sugita Kaito über den erfolgreichen Ausgang der Mission informiert worden war. Er war

89

froh, dass es dank Yaros umsichtiger Planung keine Opfer unter der Dorfbevölkerung gegeben hatte und dass der Rädelsführer Tugaso Kami gefasst werden konnte.

Zufrieden bat er daher die Anwesenden, es sich im Agura gemütlich zu machen und forderte Yaro auf, aus seiner Sicht über die Geschehnisse in den 'Stillen Bergen' zu berichten. Was dieser dann auch ausführlich tat. Denn Yaro wusste, dass alle Anwesenden großes Interesse an seinen Berichten über die erfüllten Aufträge seines Daimyo zeigten.

Sie waren immer wieder beeindruckt, mit welcher Weitsicht er Entwicklungen erkannte und seine Strategien und Taktiken danach ausrichtete. Seine sachlich vorgetragenen Berichte über die Erledigung der Aufträge klangen in diesem Kreis weniger gefährlich, als sie tatsächlich waren. Dennoch wussten alle Anwesenden, welchen Gefahren Yaro bei seinen Einsätzen immer wieder ausgesetzt war, die er meist nur aufgrund seiner mentalen Stabilität und seiner außergewöhnlichen Geschicklichkeit im Umgang mit dem Schwert unbeschadet überstand.

Nachdem Yaro seinen Bericht beendet und viele Fragen beantwortet hatte, bat er Akira, ein Thema anzusprechen, das ihm wichtig erschien. Der war erstaunt über diese formelle Bitte und erteilte Yaro das Wort.

Daraufhin begann Yaro von der Armut zu erzählen, die er bei den Männern, Frauen und Kindern im Dorf Tatame der Familie Tugaso festgestellt hatte. Er berichtete von den baufälligen Häusern und dem vorherrschenden Hunger, obwohl das Familienoberhaupt Tugaso Kami und seine engen Kumpane es sich gut gehen ließen.

Gelegentliche Einkünfte behielt er für sich und machte sich die Dorfbewohner mit Gewalt gefügig. Kein Wunder, dass sich die im Grunde anständige Menschen zu verwerflichen Taten hinreißen lassen, damit ihre Familienangehörigen nicht im Elend verhungern. So ist anzunehmen, dass die Not in den anderen vier Dörfern der 'Stillen Berge' noch größer war. Denn auch diese Dörfer litten unter der Willkür von Tugaso Kami.

„Deshalb müssen wir etwas unternehmen, damit dieser Landstrich nicht weiter wie ein krankes Geschwür unkontrolliert vor sich hin vegetiert, von dem immer eine Bedrohung für unsere Präfektur Tagai ausgehen kann", schloss Yaro seine Bitte.

Nach einem kurzen Schweigen, ergriff Akira das Wort.
„Anscheinend sind die Verhältnisse in den Dörfern sehr besorgniserregend, sonst hätte Yaro nicht diesen Appell an uns gerichtet. Ich muss zugestehen, dass ich den 'Stillen Bergen' beim Regieren eher selten die notwendige Beachtung geschenkt habe."
„Oder war es bei euch anders?", fragte Akira in die Runde. Es herrschte anfangs betretenes Schweigen und dann kleinlaute Bestätigungen, dass auch die anderen Anwesenden dieser Gegend zu wenig Aufmerksamkeit geschenkt haben.
„Gut jetzt wissen wir, wie es dort um die Bewohner bestellt ist", ergriff Akira wieder das Wort, „jetzt sollten wir auch entsprechend handeln. Ich höre, was sind eure Vorschläge?"

„Als Verantwortlicher für die Verwaltung in unserer Präfektur, gehören Belange, welche die 'Stillen Berge' betreffen, auch zu meinem Arbeitsressort", begann Nakayama-san.
„Ich bin bereit Maßnahmen zu ergreifen, welche das Leben der Menschen dort im Wald verbessern. Dennoch bin ich dafür, dass Yaro-san hierzu Vorschläge macht, die wir übernehmen. Denn er kennt jetzt die Örtlichkeiten und Menschen in dieser Gegend, was die Beurteilung der Lage vereinfacht." Von allen Angesprochenen kam ein zustimmendes Nicken.
Akira wandte sich Yaro zu und sagte:
„Wenn du Vorschläge hast, lasse uns daran teilhaben."

„Wir sollten den Dorfbewohnern Saatgut aus den Beständen
des Zentralen Speicheramtes zur Verfügung stellen und sie
ermutigen, ihre Anbauflächen auf den Lichtungen zu vergrößern", begann Yaro.

„Auf diese Weise könnten sie ausreichend Nahrungsmitteln
für sich ernten und eventuell bei Überschüssen Handel treiben. Bis zur ersten zufriedenstellenden Ernte können die
Bewohner beispielsweise mit Hirse aus dem Speicheramt
vor Hunger und Verelendung bewahrt werden. Die Anführer
der fünf Familien müssen eine Gemeinschaft bilden, die untereinander abgestimmt handelt und nach außen mit einer
Stimme auftritt. Nur so können sie sich in Zukunft Gehör
verschaffen und nach außen als gleichberechtigte Gesprächs-
und Handelspartner auftreten.

Als Sprecher der Gemeinschaft schlage ich nun Todoma Kaya, ein Mitglied der Familie Tugaso, vor, der sich als Anführer des Geleitschutzes als aufrichtiger Mensch auch gegenüber den Drohungen von Tugaso Kami erwiesen hat. In
einem kurzen Gespräch sagte er seine Unterstützung für
den Neuanfang zu.

Deshalb habe ich veranlasst, dass Kusami noch zwei Wo-
chen im Dorf Tatame bleibt, um mit den Dorfverantwort-
lichen einen Plan zu erarbeiten, wie die Zukunft in dieser
Gegend gestaltet werden soll. Danach sollen Kusami und
Todoma nach Jatsuma kommen und Nakayama-san ihren
Plan vorlegen."

„Danke Yaro, deine Vorschläge scheinen der Situation angemessen und umsetzbar zu sein", sagte Nakayama.

„Die kostenlose Verteilung von Saatgut und Nahrungsmitteln aus unseren Beständen an die Dörfer können wir ermöglichen. Aber um Unzufriedenheit bei der übrigen Bevölkerung zu vermeiden, sollten wir die derzeit kostenlose
Abgabe als Leihgabe darstellen, die bei Erfolg des Plans
zurückgezahlt wird. Ich bin gerne bereit, den Plan zu un-

terstützen, wenn er mir vorliegt."
„Gibt es jemanden, der gegen den Plan ist, die 'Stillen Berge' so zu verändern, dass Männer und Frauen die Gegend in Zukunft ohne Schaden betreten oder durchqueren können?", fragte Akira.
Als sich kein Widerspruch erhob, sagte Akira: „Dann sei es beschlossen. Nakayama-san, bitte halten Sie uns über die Entwicklung auf dem Laufenden, Arigato gozaimasu."

◇

Da Aoi noch in den 'Stillen Bergen' beschäftigt war, übernahm Yaro stellvertretend die praktische Aufsicht über das Zentrale Speicheramt, dessen Amt als Leiter er noch immer bekleidete. Erst vor wenigen Jahren hatte er Aoi zu seinem Stellvertreter ernannt und es nie bereut, ihn mit dieser verantwortungsvollen Aufgabe betraut zu haben.
Mit Wehmut dachte Yaro an die Zeit zurück, als sein Sensei Okimoto Kiochi mit ihm ein Meister-Schüler-Verhältnis eingegangen war und er seinen Meister nie enttäuscht hatte. Sorgfältig ging er mit dem erworbenen Wissen um, wenn er es an seinen Schüler weitergab.
Erst als Yaro mit Aoi eine enge Meister-Schüler-Bindung einging, konnte er die Freude und Genugtuung erahnen, die ein Meister empfindet, wenn er seinen Schüler zu einem ehrbaren Samurai und hervorragenden Schwertkämpfer heranwachsen sieht.
So wie es sein Sensei Okimoto Kiochi mit ihm erlebt hatte, erfuhr es Yaro nun mit Aoi. Dieser hatte sich in den Jahren ihrer engen geistigen Verbundenheit zu einem tugendhaften Samurai entwickelt, ohne dabei die Freuden des Lebens zu vernachlässigen.

Abwechselnd mit seinem Freund Kaito leitete Yaro nun weiterhin das Üben der Samurai der Leibgarde. Wann im-

mer möglich, nutzten beide die Gelegenheit gegeneinander mit Holzschwertern zu kämpfen. Die mit höchstem Respekt aber voller Härte geführtem Zweikämpfe verlangten eine hohe Konzentration und Kondition, um den Übungspartner nicht ernsthaft zu verletzten. Wenn sie im Kampf aufeinanderprallten, konnte ihre Freundschaft nie enger sein.
Diese Kämpfe dienten dazu, frei von gedanklichen Zwängen dem Gegner zu widerstehen. Wenn beide gegeneinander kämpften, setzten die anwesenden Samurai sich ab, um die Auseinandersetzung beeindruckt zu beobachten. Hierbei wurde ihnen aufgezeigt, dass sie noch viele Übungsstunden benötigen, um den Leistungsstand ihrer Lehrer zu erreichen.

Yaro besuchte weiterhin regelmäßig das Kloster Sakuraji, das nicht weit von der Residenz entfernt lag. Hier fand er die Ruhe, um zu sich selbst zu finden und zu meditieren, meist allein, manchmal aber auch mit den Mönchen. Nicht selten gesellte sich der Abt, Mori Renzi, der im Laufe der Jahre zu einem väterlichen Freund wurde, dazu, wenn Yaro sich im Zen-Garten niederließ, um gemeinsam die Stille zu genießen.

†

Betrübt blickte Akira seine Berater an, die er überraschend noch am Abend zu einer Besprechung in den Audienzsaal hatte rufen lassen, bei der diesmal auch seine Frau Chie anwesend war.

„Nun ist es soweit", begann Akira, „was sich lange angekündigt hat, ist nun eingetreten. Wie ihr sicher erfahren habt, sind heute Mittag zwei Beamte unseres Shoguns, Tokugawa Iemitsu, aus Edo bei uns eingetroffen. Sie erschienen ohne Voranmeldung und legten Dokumente vor, die sie als Beamte der Zentralregierung auswiesen. Sie kommen in deren Auftrag, um uns mitzuteilen, dass sich auch unsere Präfektur den strengen Vorgaben des Shoguns unterwerfen muss, was für mich und meine Familie erhebliche Belastungen mit sich bringen wird.

Wenn es soweit ist, müssen ich, Chie und die Kinder nach Edo umziehen. Ich bin dann gezwungen, ein Jahr in Edo zu bleiben und das folgende Jahr hier in Tagai. Die Familie wird, so möchte ich es nennen, als Geisel gehalten, um mein Wohlverhalten gegenüber dem Shogun zu sichern. Im Moment bleibt uns nichts anderes übrig, als abzuwarten, welche detaillierten Forderungen die Beamten morgen an uns stellen werden, um sie eventuell etwas abzuschwächen."

„Ich habe nicht viel Hoffnung, dass wir bei dem morgigen Gespräch etwas für uns Günstiges aushandeln können", antwortete Nakayama-san eher skeptisch. „ Denn diese Beamten sind meist nur Überbringer von Nachrichten und verfügen wahrscheinlich über keine Entscheidungsgewalt."

„Vielleicht ergeben sich dennoch aus dem Gespräch einige Möglichkeiten, die zu einer Verbesserung unserer Lage beitragen können", ergänzte Yaro die Ausführungen seines

Vorredners.

„Gut, dann belassen wir es dabei und sehen uns morgen früh an dieser Stelle wieder", sagte Akira und beendete das Treffen.

Am nächsten Tag, zur Stunde der Schlange, saßen die Beamten des Shogun Akira und seinen Beratern gegenüber, die auf dem erhöhten Podest im Seiza Platz genommen hatten. Die beiden Abgesandten trugen über ihre taubengrauen Gi und Hakama eine indigoblaue Haori mit dem weißen Wappen der Tokugawa-Familie, drei Haselwurzblätter im Kreis. Der offensichtlich Ältere war klein und stellte sich als Ukame Hiroto vor, während der andere überdurchschnittlich groß war und seinen Namen mit Sanomo Ritsu angab.

Nach der gegenseitigen Vorstellung und der einleitenden Begrüßung ergriff Ukame das Wort in einem leicht arroganten Ton, wie man ihn oft bei Personen antrifft, die sich mangels Persönlichkeit auf diese Weise Respekt verschaffen wollen, wohl wissend, dass sie aufgrund des ihnen zugewiesenen Ranges unangreifbar sind.

„Wie ihr wisst hat sich die Zentralregierung auf Anweisung der Shogune der Familie Tokugawa, nach ihrem glorreichen Sieg in der Schlacht von Sekigahara im Jahr 1600, zur Aufgabe gestellt, die bis dahin über Jahrhunderte stattgefundenen und blutigen Kriege der Daimyo ein Ende zu setzen. Die aus wirtschaftlichen oder oft nur aus persönlichen Interesse geführten Kriege der Daimyo haben zu großem Leid und Elend bei der Bevölkerung geführt.
Deshalb sollen sich die Daimyo künftig in der Nähe des Shogun und der Zentralregierung aufhalten, um bei Auflehnung eines Daimyo gegen die Weisungen des Shogun sofort mit harten Strafmaßnahmen gegen ihn oder seine Familie ahnden zu können".

Was jedoch die Beamten nicht erwähnten aber für alle Anwesenden offensichtlich war, dass die neue Regelung zusätzlich hohe Kosten verursachte, die von den Daimyo selbst getragen werden mussten. So wie die Unterhaltung eines zusätzlichen Hofstaates und die Zahlung der steigenden Reisekosten, um den Kontakt zwischen den beiden Regierungssitzen aufrechtzuerhalten.

Die Folge war, wie vom Shogun gewollt, dass bei diesen hohen Kosten den Daimyo nicht mehr genug Geld zur Verfügung stand, um wie bisher untereinander Kriege zu führen.

.

„Bitte nehmt diesen Umstand zur Kenntnis", fügte der jüngere Beamte in unverbindlichem Ton hinzu, „bevor ihr vorschnell die Einschränkungen kritisiert, die sich daraus für euch ergeben. Letztlich haben sich die Daimyo diese Entwicklung durch ihr früheres kriegerisches Verhalten selbst zuzuschreiben.

Für das Shogunat haben Wohlstand und Frieden des Landes Vorrang vor den Befindlichkeiten der betroffenen Daimyo, insbesondere dann, wenn diese in der Schlacht von Sekigahara nicht an der Seite der Tokugawa-Familie kämpften. Oder sich, wie in eurem Fall, nicht zu einer Kriegspartei bekannten, um abzuwarten und dann dem Sieger zu folgen."

Diese berechtigte, aber in diesem Rahmen geäußerte respektlose Bemerkung führte zu einem kurzen, betroffenen Schweigen unter den Anwesenden, bis Akira das Wort ergriff.

„Was geschehen ist, ist geschehen, also müssen wir uns der Gegenwart zuwenden. Was wird vom Fürstenhof der Präfektur Tagai erwartet, welche Forderungen stellt der Shogun und damit die Zentralregierung?"

„Geht selbst oder schickt einen Abgesandten mit den nötigen Vollmachten an den Fürstenhof des Daimyo der Präfektur Kaisame, des ehrenwerten Herrn Tasakome Masao, in der Hauptstadt Kaitasami", antwortete Ukame.

„Seine Familie war ein zuverlässiger Verbündeter der Tokugawa in der Schlacht von Sekigahara und ist seitdem ein enger Vertrauter und Berater des Shoguns. Er hat alle Vollmachten zu entscheiden, was in eurem Fall zu tun ist."

„Bis wann müssen wir bei Tasakome-san erscheinen?", fragte Akira.

„Innerhalb eines Jahres, von heute an gerechnet", setzte Sanomo den Termin fest, den Ukame mit einem Nicken bestätigte.

„Wir befinden uns hier in einer besonderen Situation", nahm Akira das Gespräch auf.

„Wie ihr vielleicht wisst, ist meine Frau Chie eine geborene Mikamoro und die Tochter des Daimyo von Tairuyama, Mikamoro Benjiro, zu dem wir eine besonders enge und friedliche Beziehung haben. Wäre es daher möglich, dass unser Abgesandter, zusätzlich mit einer Vollmacht von Mikamoro-san, die Interessen der Präfektur Tairuyama vor Tasakome-san mitvertreten könnte?"

Ukame und Sanomo waren erstaunt über diese ungewöhnliche Frage und steckten ihre Köpfe zusammen, um sich zu beraten, auch wenn es unhöflich war. Dann richteten sie sich wieder auf und erklärten, dass sie nichts gegen diese Vorgehensweise einzuwenden hätten, wenn aus der Vollmacht die Befugnisse des Gesandten klar hervorgingen.

Zum Ende der Besprechung überreichten die Beamten die notwendigen Unterlagen, um bei Tasakome-san vorsprechen zu dürfen, und ließen sich die Verkündigung ihrer Anweisungen von Akira unterzeichnen. Dann begaben sie sich zurück, in den ihnen zur Verfügung gestellten Räumen. Ohne den Kontakt mit Bewohnern der Residenz zu suchen, verließen sie am nächsten Vormittag den Fürstenhof ohne sich zu verabschieden.

Bereits am darauffolgenden Tag schickte Akira einen Reiter mit einem Schreiben nach Taisa, der Hauptstadt von Tairuyama, um dem Daimyo und seinem Schwiegervater, Mikamoro Benjiro, von dem Treffen mit den Beamten der Zentralregierung und dem Ergebnis des Gespräches zu unterrichten. Dabei schlug er die Möglichkeit vor, dass sie einen Abgesandten schicken, der beide Präfekturen vertritt.
Als Abgesandten zog Akira seinen Freund und Berater Yaro in Erwägung, ohne dies vorher mit ihm abgesprochen zu haben. Aber er ist in ihrem Umfeld der einzige, der über die geistigen und körperlichen Fähigkeiten verfügt, um solch eine Reise gut zu bestehen und diesen Auftrag erfolgreich zum Abschluss zu bringen.

Bei einen Tee in seinem Haus erzählte Yaro seiner Frau Ayumi von dem Besuch der Beamten und über die zu erwartenden Veränderungen am Fürstenhof, die wahrscheinlich auch Einfluss auf ihr Familienleben nehmen werden. So konnten und wollten sie sich noch nicht vorstellen, wie es sein wird, wenn Akira, Chie und deren Kinder nicht mehr in der Residenz wohnen. Wobei auch noch nicht gesichert ist, ob Kazumi als Akiras Schwester mit ihrem Ehemann Kaito und ihren Kindern ebenfalls unter diese Regelung fallen.

Yaro ahnte bereits, dass ihm die Rolle des Abgesandten zufallen wird, nachdem er in den zurückliegenden Jahren alle gefährlichen Aufträge mit Raffinesse und Besonnenheit erfolgreich ausgeführt hatte. Wenn so entschieden wird, kann sich Yaro dem Auftrag seines Herren, dem Daimyo Iroda Akira, nicht verweigern, so gerne er es Ayumi und seinen Kindern zuliebe tun würde. Zunehmend fiel es ihm immer schwerer, von seinen Lieben Abschied zunehmen, um sich in gefährliche Abenteuer zu stürzen.

Nach sieben Tagen kehrte der Reiter aus Tairuyama mit dem ersehnten Antwortschreiben und persönlichen Briefen für Chie von ihren Eltern zurück. Bevor Akira seine Berater informierte, zog er sich in seine Privatgemächer zurück und bat Yaro, zu ihm zu kommen.

„Mein Schwiegervater hat auf meinen Brief geantwortet", begrüßte er Yaro.

„Er ist mit meinem Vorschlag einverstanden, einen gemeinsamen Gesandten an den Fürstenhof von Tasakome-san zu entsenden. Er ist auch damit einverstanden, dass du diese Aufgabe übernimmst. Er hat volles Vertrauen zu dir, nachdem du damals seinem Sohn Isamu das Leben gerettet, seine Tochter und meine Frau Chie aus der Gefangenschaft befreit und seine Position als Daimyo an seinem Hof gestärkt hast."

Verunsichert und mit einem schlechten Gewissen achtete Akira auf Yaros Gesichtsausdruck, um seine Gefühle zu erkennen. Doch Yaros Miene blieb ausdruckslos und eine bedrückende Stille folgte, woraufhin Akira mit seiner Rede fortfuhr.

„Ja, ich habe dich meinem Schwiegervater für diese Aufgabe empfohlen, ohne dich zu fragen, weil ich mir dann seiner Zustimmung sicher war. Denn wie ich hat auch er volles Vertrauen zu dir.

Deshalb befehle ich dir als dein Herr und bitte dich als dein Freund, diese Aufgabe zu übernehmen. Verzeih mir meine Worte, aber auch ich bin den Zwängen meines Amtes unterworfen und für mich steht jetzt das Wohl der Präfektur und unserer Bevölkerung im Vordergrund, auch wenn ich mir der Belastungen für deine Familie bewusst bin, die ich nach Möglichkeit vermeiden wollte."

Dann legte Akira eine Hand auf Yaros Unterarm und flehte: „Bitte hilf mir und nimm den Auftrag an. Ich möchte dich nicht dazu zwingen und dadurch deine Freundschaft verlieren."

Yaro legte schweigend seine Hand auf Akiras und sah ihm ohne Groll in die Augen.

„Ich bin bereit, die Aufgabe zu erfüllen. Unsere Freundschaft wird nicht darunter leiden."

Nach einem Moment des Schweigens standen beide auf und gingen gemeinsam in den Audienzsaal, wo die anderen Berater bereits versammelt waren.

„Wir haben das Antwortschreiben meines Schwiegervaters erhalten", kam Akira gleich zur Sache. „Er hat unserem Vorschlag zugestimmt, mit einem gemeinsamen Gesandten beim Daimyo von Kaisame, Tasakome Masao, vorzusprechen. Als Gesandten haben wir uns auf Yaro-san geeinigt, der sich auf meine Bitte hin für diese Aufgabe zur Verfügung stellt. Gibt es Einwände gegen diese Entscheidung?"

„Die Wahl von Yaro-san hätte nicht besser sein können. Vielen Dank Yaro-san für deine Bereitschaft, diese Aufgabe zu übernehmen", ergriff Nakayama-san das Wort.

Ihm folgte Sugita Masahiro, der ebenfalls der Wahl von Yaro zustimmte und fortfuhr.

„Wenn das geklärt ist, müssen wir uns Gedanken darüber machen, wie Yaro-san mit dem Pferd nach Kaitasami gelangt. Denn er muss die Präfekturen Yasatama, Ryusato und teilweise noch Kaisame durchqueren, bis er sein Ziel erreicht. Die vor ihm liegenden Präfekturen sind alle mindestens doppelt so groß wie Tagai. Die wenigen Verkehrswege führen durch Gebiete, deren Beschaffenheit wir nicht kennen.

Wir kennen nur eine Straße, die von Jatsuma über Aisume in Yasatama nach Ryuzenshi in Ryusato führt. Wie die Verkehrswege von dort aus weiter verlaufen, ist uns nicht bekannt. Vielleicht können wir weitere Erkenntnisse von Kaufleuten erhalten, die in Jatsuma tätig sind, Geschäftsbeziehungen nach Edo pflegen und die Wege dorthin schon benutzt haben."

„Aber es gibt noch eine andere Möglichkeit, wie Yaro Shisamo erreichen kann, nämlich auf dem Seeweg", sagt Akira.
„Der Vorschlag kam von meinem Schwiegervater. Denn an der Nordküste verkehren Küstensegler, die Fracht von Togara, einer Hafenstadt in Tairuyama, nach Shisamo, einer Hafenstadt in Kaisame, regelmäßig transportieren. Von Shisamo führt dann mindestens eine Straße zur Hauptstadt Kaitasami, die mit dem Pferd erreicht werden kann. Als Daimyo kann er dafür sorgen, dass auch Yaros Pferd sicher auf dem Schiff untergebracht wird.
Das nächste für unsere Zwecke geeignete Schiff, die 'Haiku', verlässt in drei Wochen den Hafen von Togara. Wir sollten also schnell zu einer Lösung kommen, wenn Yaro den Seeweg wählt, bevor die saisonalen Stürme kommen, die die Seereise erschweren. Was hältst du von dem Vorschlag, den Seeweg zu wählen", fragte er Yaro.
„Ich kann dem Vorschlag zustimmen, es scheint der einfachste und sicherste Weg zu sein. Einige Zeit auf dem Meer zu verbringen, wie in meiner Kindheit mit meinem Vater, weckt schöne Erinnerungen in mir", antwortete Yaro.
„Gut, dann lasse ich die 'Haiku' für dich reservieren und schicke noch heute einen Boten zu meinem Schwiegervater nach Taisa, damit er alles Weitere veranlasst", antwortete Akira überraschend schnell, als fürchte er, Yaro könnte es sich anders überlegen.

Vor seiner Abreise besuchte Yaro das Sakuraji-Kloster, wie er es immer tat, wenn neue Abenteuer bevorstanden. Er hatte das Bedürfnis, sich noch einmal am Anblick des Zen-Gartens zu erfreuen und zu meditieren. Wie so oft erschien der Abt des Klosters, Mori Renzo, und setzte sich schweigend neben ihn. Erst als Yaro nach einer Weile seine Meditation mit einer leichten Verbeugung beendete, sprach ihn der Abt an.

„Wie immer erfreut sich mein Herz, dich wiederzusehen und mit dir an diesem besonderen Ort zu sein. Wie ich gehört habe, machen die politischen Veränderungen auch vor unserer Präfektur nicht halt.

Das ist nicht ungewöhnlich, denn alles ist ständig im Wandel und wird oft von Menschen beeinflusst, die die Macht dazu haben. Meistens nehmen wir den Wandel erst wahr, wenn er uns persönlich und zu unserem Nachteil trifft. Dann ist es hilfreich, über eine stabile Persönlichkeit zu verfügen, um sich dem Wandel, den man nicht verhindern kann, anzupassen, anstatt sich im falschen Moment dagegen zu wehren.

Wie der Bambus, der auch bei starkem Wind nicht bricht. Warten, was kommt, und dann richtig handeln, wie es in den Kampfkünsten gelehrt wird.

Schickt man dich wieder auf eine lange Reise mit ungewissem Ausgang? Aber du bist erfahren genug, dass ich dir keine Ratschläge geben muss. Folge wie immer deinem Gefühl, verhalte dich tugendhaft und vergiss nicht, deine Shakuhachi mitzunehmen. Ich wünsche dir gutes Gelingen und eine gesunde Rückkehr", sagte der inzwischen in die Jahre gekommene Abt und legte seine knochige Hand auf Yaros Arm, was er noch nie getan hatte.

Dann begleitete er Yaro zum Ausgang und blieb auf der Terrasse stehen, bis Yaro das Ende der Lichtung erreicht hatte und sich umdrehte. Der Abt blieb auf der Terrasse stehen und winkte ihm zu, als wäre es ein Abschied für immer.

◇

Nach einem tränenreichen Abschied der Kinder von ihrem Vater und einem wortlosen Abschied von Ayumi ritt Yaro auf seinem Pferd Aiki nach Taisa zur Residenz des Daimyo

Mikamoro Benjiro. Die Trennung tat ihm in der Seele weh, aber er konnte sich diesem Auftrag nicht verweigern. Am Abend zuvor hatte er sich von Akira verabschiedet und die von ihm ausgestellte Vollmacht in Empfang genommen. Er trug sie, in Wachspapier eingewickelt und so vor Feuchtigkeit geschützt, in einem Brustbeutel bei sich, ebenso wie die für die Reise notwendigen Münzen. Zur Sicherheit befestigte er den Beutel zusätzlich mit einer Kordel um seinen Oberkörper.

Yaro hatte sich vorgenommen, die Strecke in drei Tagen zurückzulegen. Sein erstes Ziel war die Stadt Yoshima, die er in westlicher Richtung über die Daitodo-Straße erreichte. Dort wurde er am späten Nachmittag vom Leiter der örtlichen Polizei, Herrn Hamata, und dem Dorfvorsteher, Herrn Okano, herzlich empfangen und sofort in einer geeigneten Unterkunft untergebracht. Sie hatten sich viel zu erzählen und kamen erst spät zur Ruhe. Yaro wusste, dass der Weg zu seiner nächsten Station, dem Kloster Satomoji, nicht allzu weit war.
So konnte er sich am nächsten Tag etwas später auf den Weg machen. Über die Sadoto-Straße erreichte er das Kloster, wo ihn der Abt Kogame-san mit ausgebreiteten Armen empfing, den Yaro von ihren gemeinsamen Meditationsübungen im Kloster Sakuraji unter der Leitung von Mori-san kannte. Ihre emotionale Verbindung vertiefte sich, als Yaro auf Mori-sans Bitte hin die Mönche im Stockkampf und in der waffenlosen Verteidigung Taijutsu unterrichtete, um das Kloster gegen Gewalt von außen zu verteidigen.
Gerne nahm Yaro die Einladung des Abtes an, mit den Mönchen zu meditieren. Mit einer wenig formellen Teezeremonie ließen sie den Tag ausklingen.

Schon in den frühen Morgenstunden machte sich Yaro durch den dunklen, noch nebelverhangenen Wald auf den Weg in die Präfektur Tairuyama. Deren Grenzposten passierte er

gegen Mittag, wo ihn der Chef der Grenzpolizei zum Tee
einlud. Er hatte Yaro noch in guter Erinnerung, da er vor
einigen Jahren wegen der Entführung und Gefangennahme
von Chie ermitteln und den Grenzposten öfter passieren
musste. Yaro blieb so lange wie nötig, um dem Chef seine Dankbarkeit zu zeigen, denn er hatte noch einen langen
Weg nach Taisa vor sich.
Gegen Abend erreichte er die Residenz des Daimyo Mikamoro Benjiro in der Hauptstadt der Präfektur, die von einer
leicht hügeligen Graslandschaft mit alten Zedern umgeben
war, in der Rehe ungestört grasten.

Als Yaro in den Audienzsaal des Daimyo geführt wurde,
saß Mikamoro Benjiro auf dem erhöhten Podest. Gemeinsam mit seinen Beratern und seinem Sohn Isamu, dem er
bei seinem letzten Besuch das Leben gerettet hatte, als sein
Cousin ihn an dieser Stelle vor den Augen seiner Eltern tö-
ten wollte.
„Yamato-san, es ist mir eine große Freude, Sie nach langer
Zeit wieder bei uns begrüßen zu dürfen", empfing ihn der
Daimyo. Yaro bedankte sich mit einer angemessenen Ver-
beugung.
„Auch ich freue mich, Sie und Ihre Familie gesund zu sehen.
Ich soll Sie von ihrer Familie grüßen und habe einige Briefe
von ihr mitgebracht."
Dabei zog er mehrere Umschläge aus seinem Gi und legte
sie vor sich auf die Matte. Aufgeregt ließ sich Gema, die
Frau des Daimyo, die Briefe von einem Diener bringen und
verließ mit diesen eilig den Raum, wobei sich Vater und
Sohn lächelnd ansahen.

„Ich danke Ihnen, Yamato-san, dass Sie sich bereit erklärt
haben, nach Kaisame zu reisen und auch die Interessen unserer Präfektur Tairuyama zu vertreten. Wir kennen Ihre
Fähigkeiten und haben volles Vertrauen in Ihre Arbeit.
Wir haben bereits eine entsprechende Vollmacht ausgestellt

und den Kapitän des Schiffes über ihre Ankunft in Togara informiert, so dass sie in zwei Tagen mit ihrem Pferd an Bord der 'Haiku' gehen können. Ich habe sie nur als meinen Abgesandten angekündigt, der in meinem Auftrag unterwegs ist. Ich hoffe, das ist in ihrem Sinne?"
Yaro nickte zustimmend.
Dann fuhr der Daimyo fort: „Genießen sie noch den morgigen Tag in unserer Residenz. Wir werden uns bemühen, ihnen den Aufenthalt bei uns so angenehm wie möglich zu gestalten."

◇

Am nächsten Tag hatte sich Yaro in den Park der Residenz zurückgezogen, um sich die Zeit mit den Spielen auf der Shinobue, einer kleinen Querflöte aus Bambus, zu vertreiben. Der Park hatte es ihm angetan, als er zum ersten Mal den Fürstenhof in Taisa besuchte. Er war beeindruckt, wie die Rehe dort ohne Scheu mit den Menschen zusammenlebten, was den friedlichen Eindruck beim Betreten der Residenz noch verstärkte. Es war ihm ein Bedürfnis, in dieser Umgebung seine Melodien zu spielen, um ein Teil des harmonischen Ganzen zu werden. Immer wieder beobachtete er, dass Tiere, überrascht von den sanften Klängen, in ihrer Bewegung kurz innehielten und lauschten. Die Rehe unterbrachen sogar das Fressen, hoben den Kopf und spitzten die Ohren.

Dann sah Yaro beim Spielen ein Tier, das er noch nie gesehen, aber auf das man ihn am Fürstenhof schon vorbereitet hatte. Das Tier schien eine Kreuzung aus Hund und Wolf zu sein, mit einer spitzen Schnauze und einem glatten, völlig schwarzen Fell, was es noch gefährlicher aussehen ließ. Im Gegensatz zu den in Japan beheimateten Hunden hatte es eine lange, schwungvoll geformte Rute. Das so exo-

106

tisch wirkende Tier bewegte sich selbstbewusst zwischen den anderen Tieren, ohne dass sie von diesem eine Gefahr verspürten. Im Gegenteil, sie schienen sich in seiner Gegenwart noch unbeschwerter zu bewegen.

Wie am Fürstenhof berichtet wurde, brachte ein holländischer Kaufmann dieses Tier nach Japan, das ihn ständig begleitete und gehorsam seinen Befehlen folgte. Nach seinen Erzählungen handelt es sich um eine Hunderasse, die in Europa von Schafhirten abgerichtet wird, um die Schafherden zusammenzuhalten und vor natürlichen Feinden wie Wölfen oder großen Wildkatzen zu schützen. Das Fell der Hunde ist meist hellbraun mit schwarzen Flecken. Ein komplett schwarzes Fell sei bei dieser Rasse eher selten.

Überraschend war der Holländer einige Wochen zuvor während seines Besuches am Fürstenhof verstorben, so dass der Hund seinen Herrn verloren hatte. Es war schwierig, den Toten zu bestatten, da der Hund zunächst nicht von seiner Seite wich. Da das Tier so selten und schön war, brachte es niemand übers Herz, es zu töten. Inzwischen lässt sich der Hund füttern. Aber wenn man ihm zu nahe kommt, fletscht er gefährlich die Zähne. Dann verletzte sich der Hund an der rechten Vorderpfote. Seitdem kann er nicht mehr schmerzfrei laufen und ist in seiner Bewegung eingeschränkt.

Als Yaro sich im Schatten einer Zeder niederließ, beobachtete der Hund seine Bewegungen aus sicherer Entfernung, als wolle er die Rehe vor dem Fremden schützen und bereit sein, bei Gefahr sofort anzugreifen, wie er es als Schäferhund gelernt hatte. Dann begann Yaro sein Spiel mit einer lieblichen Melodie. Die hohen, langgezogenen Töne stimmten nicht nur die Zuhörer fröhlich.
So in sein Spiel vertieft, hörte Yaro ein Rascheln neben sich. Als sein Blick nach rechts schweifte, blickte er erschrocken in die Augen des Hundes, der sich wie aus dem Nichts drei Schritte entfernt mit ausgestreckten Vorderbeinen nieder-

gelegt hatte und mit wachen Augen dem Spiel lauschte.

Als Yaro das nächste Lied anstimmte, spielte er es dem Hund zugewandt. Plötzlich begann der Hund vor Freude mit dem Schwanz auf den Boden zu schlagen. Wahrscheinlich erinnerte ihn das Flötenspiel an die Zeit, als er an der Seite seines Flöte spielenden Hirten durch die europäischen Landschaften zog.

Als Yaro sein Lied beendet hatte, saß er im Agura und ließ seine Hand über sein rechtes Knie baumeln und bot dem Hund dabei seinen Handrücken an. Auf den Vorderbeinen nach vorne robbend, näherte sich seine Schnauze Yaros Hand, bis er sie schnüffelnd berührte. So zutraulich geworden, strich Yaro mit der Hand über seinen Kopf, bis er den vorderen Hals erreichte, den er mit seinen Fingern zu kraulen begann, um den Bauch zu streicheln. Von der vertrauten Berührung angetan, legte sich der Hund mit dem Rücken zu Yaro auf die Seite. Yaro tat dies mit Absicht, denn so konnte er die Verletzung an der rechten Vorderpfote untersuchen. Schnell fand er die Ursache der Schmerzen. Der Hund hatte sich einen Dorn eingetreten.

Also strich Yaro scheinbar absichtslos über die rechte Vorderpfote, um sie blitzschnell festzuhalten und den Dorn zu entfernen. Der dabei verursachte Schmerz veranlasste den Hund, sich loszureißen und ihn beißen zu wollen. Doch bevor ihm dies gelang, stieß ihn Yaro nach dem Entfernen des Dorns sofort mit voller Wucht von sich. Worauf der Hund sich in sicherer Entfernung wütend bellend und mit aufgestelltem Rückenhaar vor ihm aufbaute. Vielleicht fühlte er sich verraten, weil Yaro ihm unmittelbar nach dem Streicheln Schmerzen zugefügt hatte.

Wie von Yaro erhofft, spürte der Hund sofort, dass er sich wieder schmerzfrei bewegen konnte. Nun freudig bellend und Haken schlagend rannte er durch den Park, so wie er es früher getan hatte, wenn er eine Schafherde getrieben hatte. Aufgeschreckt von dem ungewöhnlichen Treiben kamen die Anwohner aus ihren Häusern und staunten über die Energie und Kraft, die das Tier ausstrahlte. Dann als Yaro aufstand, um zu seiner Unterkunft, einem kleinen separaten Gästehaus, zu gehen, stürmte der Hund auf ihn zu, um dann an seiner Seite mit ihm Schritt zu halten.

Als Yaro am nächsten Morgen das Haus verlassen wollte, lag der Hund erwartungsvoll vor der Türschwelle. Er sprang auf und begrüßte ihn freudig bellend. Dabei stellte er sich auf die Hinterbeine, legte die Vorderpfoten auf Yaros Brust und wartete, bis Yaro ihm das Brustfell kraulte. Der Hund hatte Yaro zu seinem neuen Herrn erkoren. Beeindruckt von dieser offen gezeigten Zuneigung war Yaro bereit, die Rolle zu übernehmen und nannte den Hund fortan Toshi.

Am späten Nachmittag, zur Stunde des Affen, erreichte Yaro den Hafen von Togara, wo sein Schiff 'Haiku' zusammen mit zwei weiteren Schiffen für die morgige Abfahrt beladen und vorbereitet wurde. Er ging zur Laderampe und erkundigte sich nach dem Kapitän.

„Was willst du von ihm?", fragte der Seemann mürrisch.

„Ich möchte als Passagier mit meinem Pferd nach Kaisame mitgenommen werden", antwortete Yaro geduldig.

„Für dein Pferd haben wir noch Platz, aber sonst sind wir ausgebucht", erwiderte der Seemann lachend und fügte hinzu, „oder du musst während der Fahrt auf deinem Pferd sitzen."

„Das kann passieren, aber dann schwimmst du deinem Schiff hinterher."

„Warum sollte das geschehen?"

„Weil ich dich ins Hafenbecken werfen werde, wenn ich nicht bald mit dem Kapitän sprechen kann."

„Oh, ein Mann der Tat. Das lobe ich mir. Einer, der anpackt und nicht nur redet. Aber ich will dir keine falschen Hoffnungen machen, wir sind wirklich voll beladen. Ich werde

trotzdem den Kapitän holen, mein Freund", sagte der Mann
und entfernte sich auf das Schiff, nachdem er Yaro im Vor-
beigehen beschwichtigend auf die Schulter geklopft hatte.
Kurz darauf erschien ein großer, kräftig wirkender Mann
mit Spitzbart an Deck und sah sich suchend um. Der Seemann von vorhin stand hinter ihm und deutete auf Yaro.
Leichtfüßig bewegte sich der Mann in grauem Gi und Hakama über den schwankenden Steg an Land und verbeugte
sich respektvoll vor Yaro.
„Konnichiwa, sind Sie der ehrenwerte Yamato-san, der uns
bereits vom Daimyo Mikamoro Benjiro als Passagier angekündigt wurde?"
„Ja, der bin ich", antwortete Yaro.
„Ich bin Obata Haru, der Kapitän des Schiffes. Ich bitte
um Verzeihung, dass wir Sie nicht so empfangen können,
wie Sie es vielleicht gewohnt sind. Aber auf See gelten andere Regeln. Wir werden uns jedoch bemühen, Ihnen die
Reise so angenehm wie möglich zu gestalten."
„Machen Sie wegen mir keine großen Umstände. Behandeln
Sie mich wie einen normalen Passagier. Ich möchte uner-
kannt bleiben und nur wohlbehalten meinen Zielhafen Shi-
samo erreichen."
„Ich werde sie zu ihrer Unterkunft bringen lassen, die in der
Nähe des Hafens liegt und wo die Tiere gut versorgt wer-
den. Der Mann, den sie vorhin kennengelernt haben, das ist
Kano Yio, unser Bootsmann", er deutete auf seinen Beglei-
ter, „er ist ein lustiger Geselle, aber absolut zuverlässig."
Verlegen und unbeholfen verbeugte sich Yio vor Yaro.
„Ja, ein ehrliches Lachen hat noch nie geschadet", sagte
Yaro und nickte dem Bootsmann verzeihend zu.
Nachdem Yio einen Mann bestimmt hatte, der Yaro zu
seiner Unterkunft bringen sollte, verabschiedeten sich die
Männer mit dem Hinweis des Kapitäns, dass das Schiff mor-
gen früh zur Stunde des Drachens ausläuft.

Nur wenige Gehminuten vom Liegeplatz des Schiffes entfernt befand sich eine Unterkunft ohne Komfort, den er in einer Hafengegend auch nicht erwartet hatte. Offenbar wurden hier ebenfalls die Passagiere einquartiert, die am nächsten Tag mit Yaro die Reise antreten wollten. Nachdem er sein Pferd untergebracht hatte, betrat er die Gaststube. Yaro erblickte neben Kaufleuten auch Handwerksgesellen, die sich lautstark unterhielten. Abseits, an einem Nebentisch, fielen ihm sofort drei Personen auf, eine Frau mit einem Jungen und einem Mädchen. Nach ihrer Kleidung zu urteilen, stammten sie aus wohlhabenden Kreisen. Vermutlich die Zofe mit ihren jungen Schützlingen.

Als Yaro den Raum betrat, verstummten die Gespräche beim Anblick des ungewöhnlichen Hundes, der sich gehorsam an seiner Seite hielt. Übermütig sprang einer der Gesellen sofort auf und kam mit ausgebreiteten Armen auf Toshi zu, um ihn zu erschrecken und einzuschüchtern. Doch er kam nicht weit, denn der Hund sah in seinem Verhalten einen Angriff auf seinen Herrn. Ohne den Mann zu berühren, sprang Toshi mit einem Satz vor und fletschte die Zähne. Der Geselle erschrak so sehr, dass er sich auf den Hosenboden setzte. Seine Kameraden bogen sich vor Lachen. Als der noch auf dem Boden Sitzende ebenfalls zu lachen begann, stimmten die anderen Gäste in das Gelächter ein. Danach setzte sich Yaro zu den Leuten und unterhielt sich mit ihnen in aller Ruhe, während Toshi ruhig neben ihm lag. Natürlich musste er viele Fragen über den besonderen Hund und den Grund seiner Reise beantworten. Er erklärte, dass er im Auftrag seines Herrn organisatorische Vorgespräche in Kaitasami führen müsse.

Es stellte sich heraus, die Handwerker waren Schreinergesellen, die sich auf den Innenausbau von Tempeln spezialisiert hatten und ebenfalls, auf dem Weg nach Kaisame waren. Einige der Handwerker kannten sich, da sie die Schiffsroute regelmäßig benutzten. Die Frau sagte nur, sie habe den

Auftrag, die Kinder zu ihren Eltern zu bringen.

Am darauffolgenden Morgen versammelten sich die Passagiere pünktlich an der Anlegestelle, wo das Schiff zur Abfahrt bereitstand. Das Schiff war für das Befahren von Küstengewässer gebaut. Es war ein Segelschiff mit zwei Masten, die mit jeweils drei rechteckigen Segeln bestückt waren. Das Schiff konnte auch von acht Ruderern vorangetrieben werden, die je nach Bedarf aus allen Teilen der Besatzung rekrutiert wurden. Das Schiff war knapp dreißig Schritte lang und etwa zwölf Schritte breit. Es war sehr flach gebaut, so dass höhere Aufbauten zur Aufnahme der Ladung erforderlich waren.

Unter Deck waren die Räume gerade einmal drei Schritte hoch und daher nicht für Passagiere vorgesehen. Wer sich doch für ein Mitfahren entschied, musste die damit verbundenen Erschwernisse in Kauf nehmen. Die Besatzung zählte zwanzig Seeleute.

Die Besonderheit dieses Schiffes lag in seinem eckigen Heck, um die Ladefläche zu vergrößern.

Diesmal war auf der Ebene des Hauptdecks ein teilweise umschlossener und mit Lüftungsschlitzen versehener Verschlag für drei Pferde geschaffen worden, in dem auch Yaros Pferd Aiki die Reise überstehen musste. In den Aufbauten kurz hinter dem Bug lagen die Räume für die Besatzung. Obwohl der Kapitän für Yaro ein separates Abteil im Vorderschiff reserviert hatte, entschied er sich, zusammen mit Toshi bei Aiki zu übernachten. Seine Unterkunft stellte er der Zofe und den Kindern zur Verfügung. Endlich, als alle Passagiere ihre Unterkünfte gefunden und die Männer der Besatzung ihre Positionen eingenommen hatten, kam das Kommando zum Ablegen.

Innerhalb des Hafens wurde auf Zuruf gerudert, bis die offene See erreicht war, um dann mit einer Trommel den Takt vorzugeben. Als wie erhofft bei ruhiger See der Wind auffrischte und die Segel sich blähten, machte sich Zufriedenheit beim Kapitän und vor allem unter den Ruderern breit, denn nun konnte das Rudern eingestellt werden. Die Naturgewalt sorgte für den nötigen Anschub.

Der erste Teil der Reise verlief ohne besondere Vorkommnisse. Als Sohn eines Fischers machte Yaro der leichte Seegang nichts aus. Doch einige der Zimmerleute wurden seekrank und mussten sich unter dem Gelächter ihrer Arbeitskollegen über die Reling von ihren verzehrten Mahlzeiten verabschieden. Die Besatzung achtete darauf, dass dies auf der windabgewandten Seite geschah, um Verschmutzungen an der Bordwand zu vermeiden.
Nachdem die notwendigen Arbeiten an Bord erledigt waren und Ruhe auf dem Schiff eingekehrt war, setzte sich Yaro mit Toshi an Deck und spielte auf seiner Shinoue beruhigende Melodien, die so manchen Seemann zum Träumen brachten und die Passagiere zum Hinzusetzen animierten. Auch das Zofe und ihre Schützlinge fühlten sich von der Musik angezogen.
Als Toshi sich mit Yaros Einverständnis von den Kindern streicheln ließ, hatten sie sich in den Hund verliebt und es fiel ihnen schwer, den Anweisungen der Zofe zu folgen, um sich zurückzuziehen. So oft es auf der Reise möglich war, suchten sie die Nähe des Hundes. Yaro erlaubte es ihnen, da er inzwischen den guten Charakter des Tieres erkannt hatte. Seine Gefährlichkeit konnte er jedoch nur erahnen.

Unbehelligt auf ihrem Seeweg nach Osten passierten sie Yasatama, die östliche Nachbarpräfektur von Tagai. Dabei behielt der Steuermann stets den nahen Küstenstreifen auf der Steuerbordseite, also rechts der Fahrtrichtung, im Auge.
Noch immer nur vom Wind getrieben, sahen sie in der Abenddämmerung die Leuchtfeuer in der Bucht von Notame, der Hafenstadt der Präfektur Ryusato. Die Bucht lag teilweise im Windschatten. So mussten die Ruderer ihr

Schiff mit Muskelkraft in den Hafen bugsieren. Zwei der Kaufleute hatten ihr Ziel erreicht und verließen mit ihren Pferden das Schiff. Außerdem wurde Ladung gelöscht und neue wieder an Bord genommen und die Frischwasservorräte aufgefüllt. Yaro nutzte den Aufenthalt, um Aiki an Land den nötigen Auslauf zu verschaffen.

Die Passagiere blieben über Nacht an Bord, da die Reise am nächsten Morgen bei Sonnenaufgang fortgesetzt werden sollte. Im Hafen erreichte der Seewind das Schiff nicht und die Nachttemperaturen waren zum Schlafen angenehm.

Wie geplant verließ das Schiff 'Haiku' noch vor Sonnenaufgang den Hafen. Die Sonne erhellte bereits den Himmel mit ihren orangeroten Strahlen, bevor sie am Horizont zu sehen war. In der Bucht war es zu diesem Zeitpunkt noch leicht diesig und ruhig. Nur das Knarren des Schiffs und das rhythmische Eintauchen der Riemen waren zu hören. Sobald sie die Bucht verlassen hatten, erfasste sie wieder der Wind, als hätte er sie erwartet, und trieb sie vorwärts. Dennoch verhüllten dichte Nebelschwaden die Küste der Präfektur Kaisame, die sie inzwischen erreicht hatten.

Die nun über den Horizont getretene Sonne färbte den Küstennebel orangerot und ließ die Schwaden noch dichter erscheinen. Der Kapitän war gezwungen, näher an der Küste zu bleiben, als ihm lieb war, um den Sichtkontakt zum Land nicht zu verlieren. Ihm war bewusst, dass die Gefahr, auf Grund zu laufen oder von Piraten überfallen zu werden, umso größer war, je näher man der Küste kam. So arbeiteten die Seeleute konzentriert, um sofort auf die Befehle ihres Kapitäns reagieren zu können, in der Hoffnung, den Morgennebel so schnell wie möglich hinter sich zu lassen.

„Schiff von Steuerbord. Nähert sich von achtern!", rief der Seemann vom Ausguck des vorderen Mastes. Tatsächlich tauchte hinter ihnen ein flaches Boot mit vollen Segeln aus dem Nebel auf und näherte sich schnell ihrer 'Haiku'.

Der erfahrene Kapitän erkannte sofort, dass es sich um Piraten handelte und dass sie aufgrund der unterschiedlichen Bauart ihrer Schiffe keine Chance hatten zu entkommen. Sofort ließ er die Segel einholen, um zu verhindern, dass sie durch Brandpfeile zerstört werden.

„Verdammte Piraten", schimpfte der Kapitän und befahl seinem Bootsmann, die Passagiere von Deck zu holen. Yio gab den Befehl an die Mannschaft weiter, die eilig die Passagiere von Deck scheuchte, um sie bei einem bewaffneten Angriff nicht in Gefahr zu bringen. Yaro gesellte sich zu Aiki und Toshi, die sich bis dahin tapfer in der engen und dunklen Umgebung gehalten hatten. Dazu trug sicher auch bei, dass Yaro sein Nachtlager bei den beiden Tieren aufgeschlagen hatte. Toshi sperrte er in den Zwinger, in dem der Hund die Nächte verbrachte. Vorsichtshalber legte Yaro seine Schwerter und Wurfpfeile ab und versteckte sie in Toshis Behausung.

Yaros Plan war es, den Piraten als unscheinbarer und damit ungefährlicher Reisender entgegenzutreten. Nur die Shakuhachi behielt er bei sich. Eine dicke und lange Flöte aus der Wurzel des Madake-Bambus, die tiefe Töne erzeugt und ursprünglich zur Meditation und Atemstärkung eingesetzt wurde. Nicht selten spielte Yaro die Shakuhachi auf Bitten der Mönche des Sakuraji-Klosters in Jatsuma, um sie bei ihren Meditationsübungen zu begleiten.

Der Abt des Klosters, Mori Renzo, schenkte Yaro vor Jahren diese besondere Shakuhachi, als er einen gefährlichen Auftrag des Daimyo, Iroda Akira, zu erfüllen hatte. Da Yaro als unbewaffneter Zen-Mönch verkleidet auftrat, übergab ihm der Abt dieses Instrument mit einer verborgenen, beidseitig scharfen Klinge. Yaro musste die Waffe noch nie benutzen.

Aber er schloss nicht aus, dass es diesmal nötig sein könnte.

Als das schnelle Piratenschiff parallel zur 'Haiku' auflief, schossen die Piraten vereinzelt Brandpfeile ab, die ohne großen Schaden anzurichten an Deck einschlugen aber von der Besatzung schnell gelöscht werden konnten. Dieses Vorgehen diente den Piraten eher dazu, ihre Überlegenheit zu demonstrieren. Nachdem der Kapitän seinen Widerstand aufgegeben und dies durch das Einholen der Segel signalisiert hatte, legten die Piraten längsseits an und vertäuten ihr Schiff.

Sofort sprangen fünf finster dreinblickende, mit Kurzschwertern bewaffnete Piraten an Deck und drängten die unbewaffnete Mannschaft und den Kapitän in eine Ecke. Währenddessen kamen noch weitere Piraten zur Verstärkung an Bord. Der Anführer der ersten Gruppe befahl ihnen, das Schiff zu durchsuchen. Unter Deck war ein lautes Stimmengewirr und Poltern zu hören, bis alle Passagiere an Deck gebracht worden waren. Dort wurden den widerspenstigen Zimmerleute sowie der Schiffsbesatzung die Hände gefesselt und sie wurden zum Absitzen aufgefordert. Voller Angst standen die Kaufleute und die Zofe mit den Kindern unmittelbar daneben.

„Habt ihr alles durchsucht? Was ist da hinten mit dem Verschlag?", fragte der Anführer und deutete auf die Unterkunft der Tiere.

„Da steht ein Pferd und stinkt. Meine Kleider riechen schon nach Pferdemist", antwortete einer der Männer, „aber du kannst ja selbst nachsehen und in den Mist treten, dann stinke ich wenigstens nicht allein."

Dann ging der Anführer an die Reling, auf deren Seite das Piratenschiff lag, und gab ein Handzeichen. Kurz darauf betrat ein wohlbeleibter Mann in grauem Gi und Hakama theatralisch das Deck. Er trug sein langes Haar offen, dazu Ohrringe und mehrere Ringe an den Fingern. In seinem Gürtel steckte ein kostbares Schwert.

Das unterwürfige Verhalten der Piraten ließ darauf schließen, dass es sich um ihren Kapitän und Anführer handelte.

Selbstverliebt stolzierte er voller Arroganz wie ein Gockel über das Deck und betrachtete die Gefangenen. Dabei strich er den Kindern übertrieben herzlich über die Haare.

Breitbeinig stellte er sich dann in die Mitte des Decks und sagte:
„Ich bin Tenza Gozo - man nennt mich Tengo, den Piraten - und ich bin das Oberhaupt unserer Tenza-Familie, die seit acht Generationen hier an der Küste lebt und den Schiffsverkehr kontrolliert. Ich entscheide, welches der vorbeifahrenden Schiffe wir entern, zerstören oder weiterfahren lassen. Je besser meine Laune ist, desto wahrscheinlicher ist es, dass ich euch am Leben lasse. Oder auch nicht, wer weiß."
Abrupt wandte er sich an den Kapitän der 'Haiku': „Sagt mir, was habt ihr geladen?"

„Wir haben hauptsächlich Reis, Hirse und Trockengemüse in Säcken geladen und eine kleine Menge an Tuchwaren. Die Passagiere fahren mit uns bis nach Shisamo", antwortete der Kapitän.
„Aber nur wenn ich es will", antwortete der Pirat arrogant, „im Augenblick sieht es nicht danach aus. Ihr enttäuscht mich mit eurer Ladung. Ich hatte mir mehr erhofft."
„Bitte seid großzügig und lasst uns weiterfahren", bat der Kapitän inständig.
„Wie stellt ihr euch das vor? Ich bin Tengo, der Pirat, und meine zukünftigen Kinder werden diese Tradition der Piraterie fortsetzen. Deshalb werde und kann ich euch nicht gehen lassen. Das gebietet mein Ruf als Tengo, der gefürchtetste Pirat der Familie Tenza."

Yaro hatte sich hinter seinem Pferd Aiki versteckt, als der Pirat das Schiff durchsuchte und den behelfsmäßigen Stall betrat. Vorsichtshalber hatte Yaro den Pferdemist am Eingang verteilt, so dass der Pirat beim Betreten des dunklen

Raumes in diesen hineintrat. Wie erhofft, drehte dieser fluchend um und verzichtete darauf, den Stall gründlich zu durchsuchen. Yaro hockte nun am Durchgang zum Deck und lauschte dem Gespräch, das nur vier Schritte entfernt stattfand. Durch einen Spalt in der Holzwand konnte er das beklemmende Geschehen beobachten.

Yaro vermutete, dass Tengo wegen seiner Familienbande zum Anführer gewählt worden war und nicht, weil er sich bei den Überfällen durch Kühnheit ausgezeichnet hatte. Ein guter Schwertkämpfer würde in einer solchen Situation niemals ein derart dekoriertes Katana tragen, das aufgrund der Verzierungen am Griff für den Kampf ungeeignet ist.

An der Art und Weise, wie das Gespräch geführt wurde, erkannte Yaro, dass die Angelegenheit nicht friedlich enden würde. Bevor die Verhandlung emotional aus dem Ruder lief, entschloss sich Yaro, strategisch überlegt zu handeln, um an den Piratenanführer heranzukommen.

Yaro hockte sich in den Durchgang vom Stall zum Deck und begann auf der Shakuhachi zu spielen.

„Was ist das?", fragte Tengo überrascht und sah sich unruhig um. Er befürchtete das Signal eines herannahenden Schiffes. Der Anführer der ersten Gruppe erkannte jedoch schnell, dass die Töne aus dem Stall kamen und befahl seinem kräftigen Nebenmann, dort nachzusehen.

Kaum war das Spiel unterbrochen, erschien der Pirat mit Yaro. Er hatte sein Schwert gezogen und Yaro am Kragen gepackt. So trieb er Yaro stolpernd über das Deck, bis er ihn vor Tengo zum Stehen brachte.

„Seht, was ich hier gefunden habe. Einen Flötenspieler, der im Pferdemist hockt", sagte der Pirat unter dem Gelächter seiner Gefährten.

„Warum habt ihr ihn nicht früher entdeckt?", fragte Tengo mit drohender Stimme, worauf das Gelächter sofort abbrach.

„Ja, warum?", fragte Ando, der Anführer, und drehte sich zu dem Piraten um, der den Stall kontrollieren sollte. Unvermittelt schlug er ihm ins Gesicht, dass dieser zurücktaumelte und erst an der Reling abgestützt wieder Halt fand. Ando folgte ihm und stieß ihn mit ausgestreckten Armen über die Reling, wohl wissend, dass er nicht schwimmen konnte. Da die Hilferufe des Ertrinkenden nicht verstummen wollten, fragte Tengo angespannt: „Wie lange soll ich mir das Gejammer noch anhören?"
Da griff der Ando kurz entschlossen nach Pfeil und Bogen, trat an die Reling und brachte die Ertrinkenden mit einem gezielten Schuss zum Schweigen.
„Seht ihr", wandte sich Tengo zu den Gefangenen, „Ungehorsam wird bei uns sofort bestraft."

Dann drehte er sich zu Yaro, der noch immer wie ein Häufchen Elend am Kragen festgehalten wurde.
„Wer bist du und was machst du?"
„Man nennt mich Chio und ich muss nach Kaisame, um Aufträge für meinen Herren auszuführen", antwortete Yaro und benutzte wieder seinen Decknamen, den er schon als verkleideter Zen-Mönch benutzt hatte.
„Wenn ich in guter Stimmung bin, spiele ich gerne Flöte."
„Dann hoffe ich für dich, dass du heute in guter Stimmung bist. Spiel uns etwas Schönes. Lass ihn los, er wird uns nicht weglaufen", sagte Tengo plötzlich gut gelaunt.

Yaro begann so zart und einfühlsam zu spielen, dass selbst die Piraten gerührt zuhörten, denn solche Klänge aus einem solchen Instrument hatten sie alle noch nie gehört. Als er am Ende des Liedes das Instrument von seinen Lippen nahm, herrschte ein Moment der Rührung an Deck.
„Du spielst gut auf der Flöte", sagte Tengo, „das muss ich zugeben, was ist das für eine Flöte?"
„Das ist eine Shakuhachi, die aus der Wurzel des Madake-Bambus hergestellt wird."

„Die Flöte ist sehr schön. Ich will sie haben. Gib sie mir", befahl Tengo im strengen Ton und streckte seine rechte Hand nach ihr aus.

Yaro zog die Flöte wie ein kleines Kind ängstlich an die Brust.

„Aber ihr könnt doch gar nicht darauf spielen. Das ist ein Geschenk für mich von einem lieben Menschen, der mir nahe steht", antwortete Yaro scheinbar ängstlich.

„Na los, gib sie mir, denn du wirst keine Gelegenheit mehr haben, darauf zu spielen."

Während Tengo seine Drohung aussprach, bekam Yaro von dem Piraten, der immer noch hinter ihm stand, einen auffordernden Stoß in den Rücken.

„Verzeihung", entschuldigte sich Yaro und verbeugte sich vor Tengo.

Dann hielt er Tengo die Flöte mit beiden Händen am unteren Ende so hin, dass er sie am Mundstück fassen musste. Als Tengo die Flöte ergriff und zu sich heranzog, drehte Yaro das untere Teil der Flöte kurz nach links und löste die Klinge aus dem Instrument. Zur Überraschung seines Gegenübers sprang Yaro sofort links an Tengo vorbei, um hinter ihn zu gelangen. Dabei legte er die Klinge an seinen Hals und nutzte dessen Körper als Schutzschild.

Der dicht hinter ihm stehende Pirat versuchte noch, Yaros Aktion mit einem großen Schritt nach vorne zu verhindern. Doch er reagierte zu spät und konnte Yaros Angriff nicht verhindern.

Alle an Deck waren sprachlos über das, was gerade geschehen war. Ando fand als erster das Wort: „Was soll das? Schau dich um, wir sind zu viele. Gegen uns hast du keine Chance."

„Warte Ando", meldete sich Tengo mit krächzender Stimme, „hör dir erst an, was er vorhat."

„Das ist eine gute Entscheidung. Aber zuerst befreit den

Kapitän und den Bootsmann von ihren Fesseln", kam die Anweisung von Yaro.

Als dies geschehen war, wies er Yio an, den Hundezwinger zu öffnen. Kurze Zeit später erschien er wieder an Deck und signalisierte Yaro, dass er den Befehl ausgeführt hatte.

Yaro rief „Toshi" und ließ einen schrillen Pfiff folgen. Sofort hörten alle an Deck ein Gepolter aus dem Stall und erschraken vor der „schwarzen Bestie" als Toshi an Deck auftauchte. Schnell wie ein Blitz und kraftvoll schoss er durch die Reihen der erschrockenen Piraten, dass einige ihr Gleichgewicht verloren und ins Stolpern gerieten, um sich angriffsbereit neben Yaro aufzustellen.

„Damit ihr euch über das Kräfteverhältnis im Klaren seid, will ich nicht unerwähnt lassen, dass der Hund jeden von euch packt, wenn er von mir das Kommando erhält. Seid versichert, dass der Hund denjenigen so zurichtet, dass er seine heimatliche Küste nie wieder sieht.

Wenn ihr wollt, dass Tengo am Leben bleibt, dann befolgt meine Anweisungen. Ich will kein unnötiges Blutvergießen und hoffe, dass ihr euch kampflos zurückzieht.

Tengo, was hältst du von meinem Vorschlag?", fragte ihn Yaro mit der Klinge an seinem Hals.

„Ich bin mit deinem Vorschlag einverstanden", antwortete Tengo und befahl, „Folgt seinen Anweisungen."

„Danke für deine Einsicht und Weitsicht", antwortete Yaro.

„Yio, befreie die Gefangenen von ihren Fesseln", befahl Yaro dem Bootsmann, „und bringt die Kinder und ihre Begleitung zu mir. Besorge große, feste Säcke, in denen die Waffen der Piraten sicher verwahrt werden können."

Dann sprach er zu den Piraten: „Legt alle eure Waffen ab und übergebt sie uns zur Aufbewahrung. Die Pfeile und Bögen nehmen wir in Besitz, und wenn ihr meine Anweisungen befolgt, erhaltet ihr später eure anderen Waffen zurück und könnt an den Küstenstrand zurückkehren.

Wenn nicht, wird euer Familienoberhaupt Tengo früher oder später auf dem Schiff durch meine Klinge sterben und ihr müsst an Land schwimmen. Damit ihr nicht auf dumme Gedanken kommt, werden wir euch kurz an den Händen fesseln."

„Wer sagt uns, dass du dein Versprechen hältst?", fragte Ando misstrauisch, immer noch in angespannter Angriffshaltung.

„Du musst und kannst mir vertrauen, denn ich bin kein Pirat, sondern ein aufrechter Samurai. Ich bin Yamato Ichiro, Berater des Daimyo Iroda Akira aus der Präfektur Tagai, und ich stehe zu meinen Versprechen", sagte Yaro mit der Klinge noch immer an Tengos Hals.

Nach einem Moment des Zweifelns begann der Ando, seine Waffen in einem der bereits ausgebreiteten Säcke aus festem Segeltuch zu verstauen. Die anderen Piraten folgten ihm schweigend und ließen sich mit grimmigen Gesichtern die Hände fesseln, bevor sie sich im Agura an Deck absetzten. Dann fesselten sie auch Tengo die Hände, worauf Yaro die Klinge vom Hals nahm.

Als alle Piraten an Deck versammelt waren, brachte Yaro seinen Hund zu der Gruppe und befahl: „Pass gut auf sie auf!"

Daraufhin legte sich Toshi vor die Gefangenen und beobachtete sie aufmerksam. Bei jedem Geräusch, das aus der Gruppe kam, hob er den Kopf und spitzte die Ohren, oder er stand auf und ging knurrend um sie herum. Inzwischen waren einige der nun befreiten Männer der Besatzung auf das leere Piratenschiff gewechselt, um es nicht unkontrolliert dem Meer zu überlassen.

Währenddessen zog sich Yaro mit dem Kapitän zurück, um abzuklären, wie sie mit Tengo weiter verfahren wollen. Die Meinung des Kapitäns war ihm wichtig, denn er war es, der in Zukunft die Route entlang der Küste von Kaisame weiterfahren würde. So einigten sich beide darauf, Tengo mit seiner Mannschaft an die Küste zurückkehren zu lassen, da bei dem Überfall niemand der 'Haiku' körperlich zu Schaden gekommen war. Der Kapitän erhoffte sich von dieser Maßnahme, dass Tengo sich nun in seiner Schuld stehen sieht und sich verpflichtet fühlt, sein Schiff in Zukunft vor Überfällen zu verschonen.

Als Yaro und der Kapitän wieder das Deck betraten, stieg die Spannung unter den Gefangenen, wie über ihr Schicksal entschieden wurde. Beide stellten sich vor die Gefangenen und Yaro begann zu sprechen.

„Der Kapitän Obata-san hat nach Bewertung des Geschehens entschieden, wie mit euch zu verfahren ist. Trotz eures schweren Verbrechens der Piraterie hat er entschieden, dass ihr wieder an Land gehen dürft. Das gilt auch für dich, Tengo, obwohl wir dich mit nach Kaisame hätten nehmen können, um dich vor den Richter zu stellen. Du kannst dir denken, wie das Urteil dann ausgefallen wäre.
Ich vertraue darauf, dass du dich dem Kapitän und seiner Besatzung gegenüber, aufgrund seiner gezeigten Großzügigkeit, künftig wohlwollend verhältst, wenn er wieder dieses Küstengewässer durchquert.
Habe ich darauf dein Wort, dass du und deine Leute sich künftig so verhalten und Überfälle auf dieses Schiff unterlassen?”
„Ja, darauf hast du mein Wort”, entgegnete Tengo mit schmalen Lippen.

Wie Yaro es erwartet hatte, starrten ihn die Piraten mit unbewegten Mienen an. Auch Tengo ließ sich nun zu keinen weiteren Äußerungen mehr hinreißen. Wahrscheinlich nahmen sie ihre Entwaffnung und Gefangennahme ohne Kampf, sondern durch überlegtes Handeln, als ein besondere Schmach hin.

Dann fuhr Yaro fort: „Bevor ihr euer Schiff wieder betreten könnt, werden wir in der Nähe des Kiels ein Leck in die Schiffswand schlagen."
„Du willst uns ersaufen lassen", fuhr ihn Ando unbeherrscht an, „du Heuchler. Ich hielt dich für einen tugendhaften Samurai, der zu seinem Wort steht. Stattdessen bist du ein Feigling und ein Lügner. Einer, der sich hinter seinem Hund versteckt."
„Hüte deine Zunge", unterbrach Yio den Wutausbruch, „sonst lasse ich dich gefesselt über Bord werfen."

Unbeeindruckt von den Anfeindungen fuhr Yaro mit seiner Erklärung fort:
„Das Leck wird so groß sein, dass ihr es provisorisch abdichten könnt, um das rettende Ufer zu erreichen. Allerdings wird es zu groß sein, dass eine Verfolgung unseres Schiffes auf See zu eurem Untergang führen wird.
Yio, nimm zwei von den Zimmerleuten und macht eure Arbeit auf dem Piratenschiff."

Kurz darauf betraten die drei das andere Schiff und verschwanden unter Deck. Ihr Klopfen und Hämmern war auf der 'Haiku' laut zu hören und brachte Unruhe unter die Gefangenen. Zumindest so lange bis wieder Stille einkehrte, die Männer an Deck erschienen und auf ihr Schiff zurückkehrten.

Yaro befahl den Piraten, aufzustehen und über die Reling auf ihr Schiff zu klettern. Die Männer mussten dem Befehl einzeln folgen, denn erst als sie auf der Reling saßen, wurden ihnen die Handfesseln abgenommen. Tengo blieb solange als Pfand an Bord, bis alle seine Männer auf ihrem Schiff waren.
Noch bevor Tengo die Reling überquerte, hörten sie aus dem Schiffsinneren bereits die Reparaturarbeiten.
Yaro durchtrennte Tengos Handfesseln und sagte:

„Ich rate euch, den kürzesten Weg zur Küste zu nehmen.
Solltet ihr dennoch auf die absurde Idee kommen, uns zu
verfolgen und erneut anzugreifen, werden wir eure Segel mit
euren eigenen Pfeilen in Brand setzen.”
Mit Zorn in den Augen verließ Tengo schweigend die 'Haiku'.

Bevor die Leinen gekappt wurden, warfen die Seeleute der
'Haiku' die Säcke mit den Waffen der Piraten mit lautem
Krachen auf das Deck des anderen Schiffes. Dann setzten
die Ruderer alles daran, um einen ausreichenden Abstand
zum Piratenschiff herzustellen. Als die Gefahr gebannt war,
entrollten sie die Segel und ließen sich vom Wind vorwärts
treiben.

八

Bei zusätzlich leichtem Seegang von achtern bewegte sich das Schiff sanft vorwärts. Nach der gefährlichen Begegnung mit den Piraten verspürte keiner der Passagiere das Bedürfnis, das Geschehene noch einmal in ausführlichen Gesprächen untereinander aufzuarbeiten. Alle wollten zur Ruhe kommen. Einige saßen schweigend an Deck und blickten über die Backbordseite auf das offene Meer. Auch die Kinder fanden ihre Ruhe, indem sie ganz nah bei Toshi saßen und dem Tier ihre Liebe zeigten, indem sie es streichelten, was Toshi stillliegend über sich ergehen ließ.

In diesen Momenten konnten die Passagiere erahnen, warum es den Seemann immer wieder aufs Meer zog. Warum er lange an der Reling steht und aufs Meer schaut, wo es außer Wasser nichts zu sehen gibt, was seiner Seele aber gut tut. Weil er sich in solchen Momenten wohl und mit der Natur verbunden fühlt. Er vertraut darauf, dass das Meer es gut mit ihm meint, auch wenn er seinen Launen ausgeliefert ist.

In dieser Ruhe erschien Kapitän Obata an Deck und trat vor die Passagiere.

„Wir haben durch den Überfall viel Zeit verloren und werden unseren Zielhafen Shisamo nicht mehr vor Sonnenuntergang erreichen. Eine Nachtfahrt in Küstennähe ist wegen fehlender Orientierungspunkte an Land und der vielen Sandbänke zu gefährlich. Wir können auch nicht auf das offene Meer ausweichen, da unser Schiff dafür nicht ausgerüstet ist.

Deshalb werden wir rechtzeitig vor Sonnenuntergang in einem kleinen Fischerhafen namens Hasage anlegen und dort die Nacht verbringen. Diesen Ort habe ich schon mehrmals gewählt, wenn bei plötzlich aufkommender schwerer See eine Weiterfahrt zu gefährlich erschien. Dort können wir an Land gehen und im Meer baden. Zu Yaro gewandt fuhr er fort. „Yamato-san, dort habt ihr auch die Möglichkeit, euer Pferd über eine breite Rampe an Land zu lassen, um dem Tier den nötigen Auslauf zu verschaffen."

Als die Sonne noch etwa drei Handbreit über dem Horizont stand, legte die 'Haiku' am Steg des Fischerdorfes Hasage an. Das Dorf lag in der Mitte einer kleinen, fast kreisrunden Bucht, wenn nicht die etwa hundert Schritte breite Öffnung zum Meer gewesen wäre. Vom Dorf aus erstreckten sich nach beiden Seiten lange Sandstrände. Dahinter erhob sich eine sanfte, bewaldete Hügellandschaft. Ein dreißig Schritte langer, stabiler Holzsteg führte vom Ufer in die Bucht, an dem die 'Haiku' festmachte.
Kurz nachdem das Schiff in der Bucht aufgetaucht war, sah Yaro von Bord aus, wie einige Einheimische zum Ende des Stegs liefen und das Winken des Kapitäns wie alte Bekannte erwiderten. Er sah auch einige Fischerboote und Netze, die zum Trocknen am Strand ausgebreitet waren. Als Sohn eines Fischers erinnerte ihn dieser Anblick an seine Kindheit in Satama. Alles schien so weit weg zu sein, als er mit zweiundzwanzig Jahren seinen Geburtsort verließ, um an den Fürstenhof von Jatsuma zu gehen.

Nachdem die 'Haiku' am Steg vertäut war, ging der Kapitän von Bord und begrüßte vertraut einen der Männer, mit dem er ein längeres Gespräch führte. Zurück an Bord teilte er den Passagieren mit, dass die Einheimischen etwas zum Essen vorbereiten. Leider hätten sie keine Übernachtungsmöglichkeiten, so dass alle an Bord übernachten müssten. Sobald es möglich war, ging Yaro mit Aiki vorsichtig über eine breite Rampe an Land. Als sie den Steg verlassen hatten, gab Yaro die Zügel frei. Sofort stürmte Aiki laut wiehernd über den verlassenen Strand. Toshi schloss sich Aiki mit lautem Bellen an. Voller Übermut umkreisten sich beide gegenseitig, um dann leicht erschöpft auf Yaro zuzugehen und sich von ihm streicheln zu lassen.

Als Yaro weit genug von der Anlegestelle und den Menschen entfernt war, entledigte er sich seiner Kleider und ging nackt ins Meer, um sich zu erfrischen und gründlich zu waschen, was auf dem Boot nicht in der gewünschten Weise möglich war.

Erfrischt vom Baden holte Yaro aus dem Dorf Reiskuchen für sich und gekochte Hirse für Toshi, um am Strand zu essen. Nach der Enge an Bord genoss er die Abgeschiedenheit, um seine Mahlzeit einzunehmen. Ein Leben als Seemann in der Enge und mit den Einschränkungen, welche die Seefahrt mit sich bringt, käme für ihn nie in Betracht.

Nach dem Essen griff Yaro zu seiner Shinobue und spielte Melodien, die ihm gerade in den Sinn kamen. Während er spielte, setzte sich Toshi auf und spitzte die Ohren, woraufhin Yaro seine Flöte weglegte und Toshis Blickrichtung folgte. Dort sah er, wie die Zofe mit den beiden Kindern am Ufer entlang ging und auf ihn zukam. Als sie nahe genug waren, erhob sich Yaro, um sie im Stehen mit einer angemessenen Verbeugung begrüßen zu können.

„Yamato-san, bitte entschuldigt, dass ich Sie beim Spielen störe, denn der Klang ihrer Töne lässt vermuten, dass das Flötenspiel für Sie auch eine Art Meditation ist", sagte die Zofe, die sich bisher im Hintergrund gehalten und nur selten das Wort ergriffen hatte.

„Ja, sie haben Recht mit ihrer Vermutung, denn das Flötenspiel kann durchaus eine Meditation unterstützen. Gleichzeitig kann man mit dem Flötenspiel aber auch seine Gefühle ausdrücken oder einfach nur spielen, um sich absichtslos an den Tönen zu erfreuen, die man der Flöte entlockt."

Während die Zofe Yaros Ausführungen lauschte, begann das Mädchen hinter ihr an ihrem Kimono zu zupfen, um auf sich aufmerksam zu machen.

„Ja Naomi", sagte die Zofe verständnisvoll und wandte sich ihr zu, „ich habe nicht vergessen, euren Wunsch zu äußern."

Dann zu Yaro: „Dürfen die Kinder noch ein bisschen bei Toshi bleiben?"

„Ich glaube Toshi hat nichts dagegen", antwortete Yaro lachend zu den Kindern.

Sofort setzten sich die Kinder zu Toshi und kuschelten sich an ihn, der aufrecht sitzend ihre Umarmungen ertrug.

Dann ließen sich die Zofe und Yaro im Sand nieder und genossen den Anblick der friedlich daliegenden Bucht. Erst als ihr Schiff diese direkt ansteuerte, entdeckte Yaro die Einfahrt. 'In dieser Bucht könnte man eher ein Piratennest vermuten als ein friedliches Fischerdorf', dachte Yaro bei sich.

„Yamato-san", riss ihn die Zofe Yaro aus seinen Gedanken, „ich bin aus einem bestimmten Grund hierher gekommen. Dieser Ort schien mir geeignet, um ein ungestörtes Gespräch zu führen. Hier kann ich mich gebührend dafür bedanken, dass sie durch ihr besonnenes Handeln den Kindern und mir das Leben gerettet haben."

Dann verbeugte sie sich im Seiza vor Yaro, ergriff überraschend seine Hände und legte ihre Stirn länger darauf, als es die höfische Etikette zuließ.

„Sie haben uns vor dem sicheren Tod bewahrt und mich vor den quälenden Gelüsten der Männer, Arigato gozaimasu", sagte sie mit Tränen in den Augen.

„Da ich Sie für einen rechtschaffenen und verschwiegenen Samurai halte, möchte auch ich ehrlich zu Ihnen sein.

Mein Name ist Tosei Izumi und ich bin die Zofe der beiden Kinder am Hofe des Shogun in Edo, die beiden sind Kinder der Familie Tokugawa, demnach nahe Verwandte des Shogun.

Wir sind auf dem Rückweg von ihren Großeltern mütterli-

cherseits, die in Togara leben und die wir alle zwei Jahre unerkannt besuchen. Ich vermute, sie können erahnen, wie wichtig die Befreiung der Kinder für uns alle ist."
Überrascht von der Eröffnung nickte Yaro ihr nur stumm zu.

Sie war etwa in seinem Alter und von ihr ging eine natürliche Würde aus, die anziehend auf Yaro wirkte. Unter anderen Umständen hätte er sich nicht gewehrt ihrem Liebreiz zu verfallen. Als sie sich für einen kurzen Moment tief die Augen blickten, war er sich sicher, dass auch Tosei Izumi in diesem Augenblick für intime Berührungen empfänglich war.
„Ich und die Familie des Shoguns stehen in ihrer Schuld, wenn wir ihnen in irgendeiner Angelegenheit helfen können, lasst es uns wissen. Als Zofe habe ich mehr Einfluss, als man von außen vermuten würde.
Ihr guter Ruf wird ihnen vorauseilen.
Aber sagt, was ist der Grund für Eure Seereise nach Shisamo?"

„Ich bin im Auftrag meines Daimyo der Präfektur Tagai, Iroda Akira, und seines Schwiegervaters, des Daimyo von Tairuyama, Mikamoro Benjiro, unterwegs, um in Kaisame beim Daimyo Tasakome Masao vorzusprechen."
So berichtete Yaro kurz von seiner Mission und seinem Anliegen.
Als Yaro geendet hatte, erhob sich Tosei Izumi und rief die Kinder zum Aufbruch. Da es schon dunkel geworden war und nur noch die Lichter des Dorfes und des Schiffes zu sehen waren, fragte sie erstaunt, ob er noch länger am Strand bleiben würde, worauf Yaro antwortete: „Ich bleibe am Strand und werde hier bei den Tieren schlafen."
„Das würde mir auch gefallen, aber es geht leider nicht", sagte sie bedauernd. „Oyasumi nasai, gute Nacht, schlaft gut." Dann ging sie mit den Kindern zum Schiff.

Mit Hilfe der Ruderer verließ die 'Haiku' am nächsten Morgen die Bucht, als die Sonne in vollem Umfang den Horizont überschritten hatte. Außerhalb der Bucht nahm sie der Wind wieder auf, blähte die Segel und trieb das Schiff bei leichtem Wellengang zügig voran. Die Fahrt verlief ohne Zwischenfälle, so dass kurz nach Mittag der Hafen von Shisamo erreicht wurde und das Schiff längsseits an einem breiten Ladesteg anlegte.

Noch während das Schiff mit dicken Tauen festgezurrt wurde, erschien ein Trupp von sechs Samurai, die sich in der Nähe des Schiffes am Kai bereit hielten. Alle trugen zu ihrem weißen Gi und grauen Hakama eine braune Haori mit dem weißen Wappen der Tokugawa, bestehend aus drei Haselwurz-Blättern im Kreis. Dann blickten Tosei Izumi und die Kinder über die Reling und winkten dem Trupp zu. Der Anführer winkte zurück.

Während Yaro das Treiben beobachtete, wurde er unterbrochen, als plötzlich die Kaufleute auf ihn zukamen, um sich zu verabschieden. Einer von ihnen verbeugte sich respektvoll und begann zu sprechen.
„Yamato-san, bevor wir das Schiff verlassen und uns trennen, möchten wir Ihnen dafür danken, dass Sie uns das Leben gerettet haben. Ohne ihr mutiges Eingreifen wären wir jetzt nicht hier und alles, was wir uns erarbeitet haben, wäre umsonst gewesen und für uns ohne Bedeutung geworden. Sie wissen, dass wir Kaufleute andere Ziele verfolgen wie sie als Samurai. Dennoch möchten wir uns bei ihnen mit dem bedanken, was für uns von großer Bedeutung ist, nämlich mit Geld.
Bitte nehmt es von uns an und verwendet es für Dinge, die euch wichtig sind, denn ihr wisst nicht, was euch auf eurem weiteren Weg noch alles widerfahren wird. Arigato gozaimasu, ehrenwerter Yamato-san", sagte er und überreichte Yaro einen prall gefüllte Lederbeutel.

Mit respektvollen und langen Verbeugungen zogen sich die Kaufleute zurück. Als Yaro später den Inhalt untersuchte, fand er Silbermünzen und sogar einige Goldmünzen.

Der Anführer des Trupps war inzwischen an Deck gekommen und unterhielt sich mit Tosei Izumi, wobei sein Blick immer wieder auf Yaro fiel. Nach dem Gespräch ging er auf Yaro zu und verbeugte sich respektvoll.
„Mein Name ist Sotome Ken und ich gehöre zur Leibwache des Shogun. Ich habe soeben erfahren, was auf der Reise geschehen ist und wie sie das Leben der Menschen und hier insbesondere der Kinder der Familie des Shogun gerettet haben. In seinem Namen und im Namen der Zentralregierung danke ich ihnen für ihre ehrenvolle Tat. Ich würde gerne noch weiter mit ihnen sprechen, aber wir haben noch eine lange Reise nach Edo vor uns, wo wir die Kinder wohlbehalten ihren Eltern übergeben wollen".

Nach einer kurzen Verbeugung drehte er sich um und ging zur Rampe, um das Schiff zu verlassen. Bevor Tosei Izumi ihm folgte, verabschiedete er sich noch einmal dankbar mit einer Verbeugung aus der Ferne von Yaro.

Nun war es an Yaro, das Schiff zu verlassen. Vorher wollte er sich aber noch von Kapitän Obata verabschieden. Auf dem Weg zu dessen Kammer kam er mit einem Mann entgegen, der als erster nach dem Anlegen an Bord gekommen war und mit Obata in dessen Kammer verschwand. Beide kamen auf Yaro zu, als ob sie ihn gesucht hätten. Yaro verbeugte sich und sprach den Kapitän an.
„Hauptmann Obata, ich wollte mich von ihnen verabschieden, bevor ich meine Reise nach Kaitasami fortsetze, um beim Daimyo Tasakome Masao vorzusprechen."
„Yamato-san, ich danke Ihnen für alles, was Sie für das Gelingen der Reise und unseren Schutz getan haben", antwortete der Kapitän dankbar in knappen Worten, wie es bei

der Seefahrt üblich ist.

Als Yaro sich mit einer Verbeugung zurückziehen wollte, meldete sich der Begleiter des Kapitäns zu Wort.

„Yamato-san wartet bitte. Verzeihen Sie, dass ich mich auf diese Weise an Sie wende. Mein Name ist Manabu Hikari und ich bin der Direktor der Reederei für unsere Schiffe, die die Nordküste befahren. Ich bin gegenüber dem Eigentümer, dem Damiyo von Kaisame Tasakome Masao, verantwortlich. Wie mir Kapitän Obata berichtete, haben sie durch ihr beherztes Eingreifen großen Schaden von der Reederei und damit auch von meiner Familie abgewendet, wofür ich ihnen nicht genug danken kann.

Deshalb biete ich ihnen an, sie während ihres Aufenthalts in Shisamo in meinem Haus zu beherbergen. Es wäre für mich und meine Familie eine große Ehre, sie bei uns aufzunehmen. Es würde mich nicht überraschen, wenn ich sie bei ihrer Mission unterstützen könnte."

Für Yaro war das Angebot verlockend, da er sich keine Sorgen um eine geeignete Unterkunft für sich und seine Tiere machen musste. Außerdem machte ihn der Hinweis auf eine mögliche Unterstützung bei seinem Vorhaben neugierig.

„Arigato gozaimasu Manabu-san, gerne nehme ich Ihre Einladung an", antwortete Yaro und verbeugte sich.

Kurze Zeit später machten sich Yaro und Manabu auf den Weg zum Haus des Direktors. Sie gingen zu Fuß zum nahe gelegenen Grundstück. Yaro führte Aiki an den Zügeln und Toshi bewegte sich geschmeidig an seiner Seite über das Hafengelände. Nicht wenige sprangen erschrocken zur Seite, wenn sie Toshi erst kurz vor sich erblickten, oder machten zumindest einen großen Bogen um das Tier. Sogar Yaro war immer wieder erstaunt, wie viel Respekt der Hund den Menschen einflößte. Sogar Manabu begleitete sie angespannt zu seinem Haus.

Es war ein einstöckiges Gebäude, umgeben von einem saftig grünen Rasen. Auch dieses Haus stand auf Pfeilern, um es vor den ständigen Erdstößen zu schützen, die das Land ständig heimsuchten. Die Außenwände des Hauses waren mit dunklem Holz verkleidet, das im Erdgeschoss von verschiebbaren Shoji unterbrochen wurde. Das Haus umschloss eine schmale aber begehbare Terrasse. Wie Yaro später erfuhr, lagen im Erdgeschoss die Geschäftsräume und Schlafräume für Gäste, während sich im ersten Stock die Privaträume befanden.
Auch Yaros Raum hatte eine verschiebbare Gitterwand, die nach außen auf die Terrasse führte. Mit einem freien Blick in den Park sah er auch im hinterem Teil die eingezäunte Wiese für Aiki.

Bis zum Abend blieben Yaro und Toshi in der Nähe von Aiki. Wie so oft nutzte Yaro die Gelegenheit, sich die Zeit mit Flötenspiel auf der Shinobue zu vertreiben.

Beim Abendessen lernte Yaro die Familie des Direktors kennen, seine Frau Reiko, seinen Sohn Ryo und dessen jüngere Schwestern Yoshiko und Kimiko. Die Dankesrede von Manabu-san für Yaros gute Tat schien kein Ende zu nehmen. Danach wollten alle wissen, was für ein Tier Toshi sei. Nachdem Yaro den Schwestern ausführlich über den Hund Auskunft erteilt hatte, baten sie schüchtern darum, ihn am nächsten Tag streicheln zu dürfen. Yaro willigte ein und die beiden verabschiedeten sich glücklich. Yaro und Manabu zogen sich in einen anderen Raum zurück und ließen sich Tee bringen.

„Yamato-san, darf ich fragen, was für eine Mission sie an den Hof unseres Daimyo Tasakome führt?", begann der Direktor.
„Es ist ein Erlass des Shogun, der auch meinem Daimyo befiehlt, sich künftig mit seiner Familie in dessen Nähe auf-

zuhalten. Im Namen des Shoguns wird uns Tasame-san die
notwendigen Verhaltensregeln und Vorgehensweisen erklären, die wir dann zu befolgen haben.”
„Ich kann mir vorstellen, dass diese Regelung bei ihnen nicht
auf Gegenliebe stößt”, erkundigte sich Manabu-san vorsichtig.
„Für kleine Präfekturen wie Tagai ist es sehr schwierig, die
neue Regelung anzunehmen. Mein Daimyo, Iroda Akira, ist
für einen Daimyo noch jung. Seine engere Familie besteht
nur aus seiner Frau und zwei Kindern. Von der Präfektur
Taigai geht schon alleine wegen ihrer geringen Fläche keine
Gefahr für Verschwörungen gegen den Shogun aus.
Während andere große Präfekturen aufgefordert wurden,
die Zahl ihrer Burgen und Festungen auf jeweils eine zu
reduzieren, haben wir in Tagai nicht einmal eine Burg, sondern nur eine Residenz in der Hauptstadt Jatsuma. Auch
können und wollen wir uns aus finanziellen Gründen keine
Landstreitkräfte leisten. Wir hatten bisher nur eine starke
Leibgarde von vierzig Samurai und Milizen in den größeren
Orten. Unser Fürst und seine Berater sind von den Lehren
des Zen-Buddhismus geprägt und gehen deshalb den Weg
des Friedens.”
„Beeindruckend, was hat Euren Daimyo Iroda dazu bewo-
gen, diesen Weg des Friedens einzuschlagen?”, fragte Manabu.
„Als Iroda-san das Amt des Daimyo übernahm, bat er mich,
ihm neben meiner Tätigkeit als Leiter des Zentralen Speicheramtes auch als persönlicher Berater in besonderen Angelegenheiten zur Verfügung zu stehen. Aufgrund meiner
friedvollen Lebenseinstellung und meiner durch die Kampfkünste geprägten tugendhaften Geisteshaltung wurde er auf
mich aufmerksam.
Wir wurden Freunde, Brüder im Geiste, und er wurde mein
Schüler in den Kampfkünsten. Seine menschenfreundlichen
und lebensbejahenden Werte prägen über Jahre hinweg sei-

nen Regierungsstil. Er hat sich zu einem tugendhaften und aufrechten Samurai und Daimyo entwickelt, zum Wohle seines Volkes. Als ein Samurai, der sich dem Kampf stellt, ihn aber nicht sucht."

„Vielen Dank für Ihre ausführlichen Einschätzungen zum Erlass des Shogun und der Situation in Ihrer Präfektur Tagai", fuhr Herr Manabu fort.
„Als älterer Mann, der durch seine Tätigkeit genügend Erfahrung im Umgang mit Menschen gesammelt hat, schätze ich ihre Offenheit und das Vertrauen, das sie mir in so kurzer Zeit entgegengebracht haben. Ich kann die Charaktere der Menschen, denen ich begegne, schon nach kurzer Zeit sehr gut einschätzen, ob ich einen aufrechten oder einen nicht ehrlichen Menschen vor mir habe.
So spürte ich bereits bei unserer ersten Begegnung auf dem Schiff, dass sie ein Mensch sind, dem ein aufrichtiges Verhalten wichtig ist. Ihr Daimyo kann sich glücklich schätzen, einen Mann wie Sie an seiner Seite zu haben, dem man vorbehaltlos vertrauen kann.
Mit einer leichten Verbeugung bedankte sich Yaro für die lobenden Worte.

„Yamato-san, mit ihrer selbstlosen Rettung des Schiffes und der Kinder aus der Familie des Shogun, sind ihnen wichtige und einflussreiche Menschen zu großem Dank verpflichtet. Die Menschen stehen in ihrer Schuld und sind bereit, ihnen zu helfen, wann und wo immer es möglich ist. So will auch ich im Rahmen meiner Möglichkeiten dazu beitragen, dass sie ihre Mission zu ihrer Zufriedenheit erfüllen können.

Wie Sie bereits erfahren haben, ist der Daimyo von Kaisame, Tasakome Masao, auch der Eigentümer der Schiffe, die die Nordküste befahren. Der Daimyo und ich haben über die Jahrzehnte ein Vertrauensverhältnis aufgebaut, das sich auch darin widerspiegelt, dass er mir seit langer Zeit die Leitung der Reederei anvertraut hat.

In nicht allzu ferner Zukunft werden wir wohl auch familiäre Bande knüpfen, denn mein Sohn Ryo und die Tochter des Daimyo Hanami wollen heiraten. Er hat seine Jugend am Hof des Daimyo verbracht und ist als Zwanzigjähriger zurückgekehrt, um mich in Shisamo bei meiner Arbeit in der Reederei zu unterstützen. Am Fürstenhof wurde er zum Samurai ausgebildet. Wann immer es möglich ist, versucht er, bei seiner zukünftigen Frau zu sein. So wollte er sie in den nächsten Tagen wieder besuchen.

Wenn es ihnen recht wäre, würde mein Sohn sie an den Fürstenhof in Kaitasami begleiten. Er kennt den Weg dorthin und weiß, wo man gut übernachten kann. Er kann sie auch an die richtigen Stellen führen, um eine Audienz beim Daimyo zu beschleunigen."

„Danke, dass Sie daran gedacht haben, die Begleitung ihres Sohnes wäre mir eine große Hilfe", antwortete Yaro.

„Ich werde morgen früh einen Brief an den Daimyo aufsetzen, in dem ich ihn über die Geschehnisse auf dem Schiff informiere und ihre Person lobend vorstelle. Sie können den Brief dem Daimyo mit meinen besten Wünschen überreichen, wenn sie ihn treffen. Dann steht ihrer Abreise übermorgen nichts mehr im Wege. Bis dahin wünsche ich ihnen einen angenehmen Aufenthalt in meinem Hause."

Dann, ein wenig zögernd, fuhr er fort.

„Verzeiht Yamato-san, ich bin kein erfahrener Samurai wie Sie, der sicherlich schon mehrmals in Todesgefahr geraten ist und die Fähigkeit besitzt, solche bedrohlichen Momente siegreich zu bestehen.

Aber als langjähriger Geschäftsmann verfüge ich über genügend Erfahrung, wie man Gespräche führt, um sein Ziel zur beidseitigen Zufriedenheit zu erreichen.

Daher meine Frage. Haben sie schon einen Plan, mit welchen Argumenten sie den Daimyo von ihrem Anliegen überzeugen wollen?"

„Mir bleibt nichts anderes übrig, als die Rede des Daimyo abzuwarten und meine Überlegungen darauf aufzubauen", argumentierte Yaro.

„Dann noch ein gut gemeinter Rat zum Schluss. Vermeidet es, in eurer Argumentation zu betonen, dass Tagai eine kleine, unbedeutende Präfektur ist, von der keine Gefahr ausgeht. Allzu leicht könnte dies als Schwäche ausgelegt werden und Begehrlichkeiten bei der Zentralregierung wecken, Tagai aus organisatorischen Gründen einer der Nachbarpräfekturen einzuverleiben.

Seien Sie darauf vorbereitet, dass Tasakome-san Sie fragen wird, was er tun soll. Dann sollten sie in der Lage sein, ihr Anliegen in der gebotenen Form vorzubringen."

„Worum soll ich bitten? Wegen mir wird der Shogun sein Erlass nicht aufheben", antwortete Yaro.

„Sicher nicht", kam die schnelle Antwort des Direktors, „aber vielleicht könnt ihr einen Aufschub um einige Jahre erreichen. Was bis dahin passiert, steht in den Sternen."

Dann wurde es still im Raum. Über Manabus Anregungen nachdenkend, verharrte Yaro still im Seiza, bis er sich zu Manabu-san verbeugte und sich für das offene Gespräch und die hilfreichen Ratschläge bedankte.

◇

Am Morgen ging Yaro mit Toshi, der in der Nacht vor Yaros Schlafraum wachte, über den gepflegten Rasen, um Aiki zu begrüßen. Kurz darauf kamen die beiden Schwestern aus dem Haus und rannten voller Freude auf Yaro zu. Plötzlich blieben sie, beeindruckt von Toshis Wachsamkeit, auf halbem Weg schüchtern stehen. Erst als Yaro sie zu sich rief, entspannte sich Toshi und ließ sich von beiden streicheln. Dann suchte sich Yaro aus dem Bambushain, der direkt an das Grundstück grenzte, ein stabiles Bambusrohr, das er auf die Länge eines Katanas schnitt.

Am Rande des Grundstücks übte er mit dem Bambus den Umgang mit dem Langschwert. Er übte die vielfältigen Anwendungsformen und die dazugehörigen Schrittfolgen. Ohne Unterbrechung und immer mit den gleichen Bewegungen übte er intensiv, bis sich Ryo, der Sohn des Hauses, näherte, ohne Yaro zu stören. Bewegungslos aber interessiert schaute er zu, bis Yaro seine Übung unterbrach.

„Ohayo gozaimasu, guten Morgen Manabu-san, habt ihr Lust mit mir ein wenig zu üben", begrüßte ihn Yaro.

„Hai, ja sehr gerne", antwortete Ryo hocherfreut und eilte zum Bambushain, um sich ebenfalls einen geeigneten Bambusstab zu suchen.

Dann übten sie intensiv Schwertkampf, bis die Sonne im Zenit stand, während die Schwestern mit Toshi spielten, der wie immer alles über sich ergehen ließ. Im Kampf zeigte Ryo die nötige Wachsamkeit und Schnelligkeit, um Vorteile für sich zu nutzen. Er trainierte ernsthaft, ohne verbissen zu kämpfen. Sein Ehrgeiz wurde jedoch angestachelt, als Yaro ihm unbekannte Taijutsu-Techniken zeigte, um sich waffenlos gegen Schwertangriffe verteidigen zu können. Auch in ihrem Fall führte das partnerschaftliche Üben, das auf gegenseitiger Rücksichtnahme beruht, zu einer emotionalen Verbundenheit.

Noch vom Üben erhitzt, bedankte sich Ryo überschwänglich bei Yaro für die Gelegenheit, mit einem erfahrenen Schwertkämpfer zu trainieren und von ihm zu lernen.

Yaro mochte den jungen Mann, der gute Ansätze zeigte, ein aufrechter Samurai zu werden.

Gegen Abend übergab der Direktor Manabu-san sein Empfehlungsschreiben an den Daimyo. In der Hoffnung, dass es dazu beitragen könnte, den Daimyo für Yaros Anliegen zu gewinnen.

„Arigato gozaimasu", Yaro nahm das Dokument entgegen, „vielen Dank für Ihre Unterstützung und die großzügige Unterbringung in Ihrem Haus".

„Es ist nicht der Rede wert im Vergleich zu dem Schaden, den sie von der Reederei und damit von meiner Familie abgewendet haben. Meinetwegen können sie gerne noch länger unsere Gäste sein, zumal die Mädchen ihren Hund ins Herz geschlossen haben. Auch Ryo würde gerne noch öfter mit ihnen trainieren".

„Nochmals vielen Dank für das verlockende Angebot. Ich würde gerne noch etwas länger in ihrem Haus und in dieser Umgebung, so nahe am Meer, bleiben, aber ich habe einen Auftrag zu erfüllen, zumal ich es kaum erwarten kann, weiterzuziehen. Ich werde sie und ihre Familie in guter Erinnerung behalten."

In Absprache mit Ryo plante Yaro zwei Tage für ihre Reise ein. Der Weg nach Kaisame führte zunächst durch ausgedehnte Reisfelder und dann durch ein hügeliges, dicht bewaldetes Gebiet. Der Weg durch den Wald wurde von vielen gemieden. Er galt als gefährlich, weil sich dort Banditen herumtrieben, die meist nur Reisende aufhielten, deren Aussehen leichte Beute versprach.
Mit ausreichendem Glück kam man unbehelligt und unbemerkt durch den Wald. Ihr Tagesziel war der Ort Tima, der gleich hinter dem Wald lag. Am späten Nachmittag wollten sie dort ankommen, um in einer Herberge zu übernachten, wie Ryo es dort schon oft getan hatte.

Doch noch ritten sie in der wärmer werdenden Sonne an den Feldern vorbei. Wo es möglich war, hielten sie an einem Bach an, setzten sich in den Schatten eines Baumes und beobachteten die Tiere beim Trinken. Gegen Mittag erreichten sie den Wald, der ihnen den nötigen Schatten spendete und sie mit seiner Kühle empfing. Der Wald war dichter, als es von außen den Anschein hatte, denn der Waldboden zwischen den Bäumen war mit hohen Büschen bewachsen. Sie ritten wie durch eine Waldschneise, ohne sehen zu können, was sich in unmittelbarer Nähe neben ihnen abspielte.

Dann, als sie schon tief in den Wald eingedrungen waren, tauchten, für Yaro nicht unerwartet, drei Räuber auf. Zwei von ihnen hielten Langschwerter in den Händen, der dritte stand mit gespanntem Bogen am Wegesrand. Die Spitze des eingelegten Pfeils noch auf den Boden gerichtet, um die Arme zu entspannen. In der Gewissheit, den Pfeil im Bruchteil eines Augenblicks treffsicher abschießen zu können, hob einer der Schwertträger den Arm und rief: „Stehen bleiben!"

Yaro brachte Aiki zum Stehen. Aus den Augenwinkeln nahm er wahr, dass Ryo bereits die rechte Hand auf den Griff seines Katanas gelegt hatte. Um eine unüberlegte Handlung zu vermeiden, streckte Yaro beschwichtigend seinen rechten Arm in Ryos Richtung aus.
„Gut so", sagte der Bandit, der Yaros Zeichen an Ryo beobachtet hatte, „ihr scheint nicht nur reich, sondern auch klug zu sein."
„Was wollt ihr von uns?", fragte er. Diesmal wollte er kein Mitleid zeigen und kein Risiko eingehen, denn er wusste nicht, wie sich Ryo in einem Kampf auf Leben und Tod verhalten würde.
„Ja, was wollen wir denn?", kam die Antwort in einem Tonfall, wie man ihn bei kleinen Kindern benutzt. Doch dann veränderte sich seine Stimme und er sagte drohend: „Wir wollen euer Geld und eure Wertsachen. Gebt es schnell her oder ihr seid des Todes!"

Als Yaro sah, wie der Bogenschütze seinen Bogen spannte, um ihn zum Schießen zu heben, rief er laut: „Fass!"
Wie ein Taifun schoss Toshi zwischen den Pferden hindurch auf den Bogenschützen zu. Er sprang ihn an, warf ihn zu

Boden und verbiss sich in ihm. Dessen Schmerzensschreie hallten durch den Wald, bis Yaro den Hund nach wenigen Augenblicken mit einem schrillen Pfiff zurückrief.

Sofort ließ Toshi von dem Mann ab, der vor Schmerzen wimmernd und zusammengekrümmt am Boden lag, und bewegte sich knurrend zurück an Yaros Seite, der inzwischen von Aiki abgestiegen war. Die beiden anderen Banditen standen vor Yaro, tief erschrocken und mit weit aufgerissenen Augen, so etwas hatten sie noch nie erlebt.

„Steckt langsam eure Klingen in die Scheiden und gebt eure Schwerter nacheinander meinem Begleiter. Denkt daran, der Hund beobachtet jede eurer Bewegungen", betonte Yaro, um die Spannung unter den Banditen hoch zu halten.

Dann befahl er dem Anführer, ihm den Bogen zu bringen. Als er Yaro den Bogen am Griff senkrecht haltend geben wollte, zog dieser blitzschnell sein Kurzschwert. Nach einem waagerechten Schnitt oberhalb der Griffhand und einem zurückführenden Schnitt unterhalb der Hand steckte er die Klinge wieder in die Scheide. Als der Räuber bemerkte, dass er unverletzt geblieben war, aber nur noch den Griff in der Hand hielt, ließ er erschrocken das Stück Bogen fallen und sprang zurück, was Toshi mit einem Knurren wahrnahm.

„Ja, das war heute wohl nicht euer Tag. Jetzt kümmert euch um euren Kumpanen und macht endlich den Weg frei. Eure Schwerter findet ihr irgendwo am Wegesrand", sagte Yaro, bestieg sein Pferd und sie ritten los. Als sie einige hundert Schritte vom Ort des Überfalls entfernt waren, warf Ryo die Schwerter in die Büsche am Wegesrand,

Nach dem Vorfall ritten sie schweigend nebeneinander. Immer wenn Yaro ihn ansah, saß Ryo in sich gekehrt und wie abwesend im Sattel. Offensichtlich hatten ihn der Überfall und Yaros Reaktion erschüttert. Yaro machte eine Pause für die Pferde, um Ryo aus seinem Stimmungstief heraus-

zuholen. Als sie zusammen saßen, fragte Yaro:
„War das vorhin die erste bewaffnete Auseinandersetzung,
die ihr erlebt habt?"
„Ja, und es ärgert mich, dass mich dieses Ereignis innerlich so verunsichert. Obwohl ich schon unzählige harte und schmerzhafte Zweikämpfe mit dem Holzschwert geführt habe, war ich vor Angst und Sorge wie gelähmt. Ihr habt mir heute gezeigt, was es heißt, ein echter Samurai und ein guter Schwertkämpfer zu sein."
„Zunächst einmal ist es wichtig, dass ihr heute gelernt habt, dass es nicht ausreicht, das Schwert geschickt zu führen, um ein überdurchschnittlich guter Samurai zu sein. Dazu muss er durch intensives und immer wiederkehrendes Üben der Schwerttechniken seine Wachsamkeit und seine Fähigkeit verbessern, um gefährliche Entwicklungen und Momente vorauszusehen und darauf vorbereitet zu sein.
Der Überfall hat mich deshalb nicht überrascht, weil die örtlichen Gegebenheiten für eine solche Tat günstig waren und Räuber diesen Vorteil ausnutzen.

Es ist nicht ungewöhnlich, dass nach den ersten Auseinandersetzungen, bei denen es um Leben und Tod geht, Körper und Geist eine längere Zeit benötigen, um sich zu beruhigen. So findet man in den folgenden Nächten keine Ruhe. Auch ich erlebe das immer wieder, obwohl ich nach einer Auseinandersetzung, bei der ein Gegner zu Tode kommen kann, nach außen souverän und entspannt wirke.
Alles andere wäre nicht normal und besorgniserregend. Denn das wäre ein erstes Anzeichen dafür, dass einem ein Menschenleben nichts mehr bedeutet. Dann bist du verloren und deine Gedanken zerstören deine Seele. Du kannst nur überleben, wenn du dein Schwert benutzt, um dich zu verteidigen oder um Unheil von anderen abzuwenden.
Wenn du dir dieses Verhalten zum Maßstab setzt und in deinem Üben nicht nachlässt, bist du auf dem richtigen Weg

und wirst körperliche Auseinandersetzungen unbeschadet überstehen und geistige Anforderungen bestehen.
So wie heute, als der Bogenschütze seinen Bogen hob, um einen von uns beiden bewusst und mit voller Absicht zu töten. Ein Zögern oder Abwarten hätte für einen von uns auf den Pferden den sicheren Tod bedeutet. Zum Glück haben wir Toshi, der uns davor bewahrt hat.

Bei seinen letzten Worten legte Yaro seine Hand auf Ryos Brust, so wie es sein Vater bei ihm als Jugendlichen oft getan hatte, wenn ihm etwas auf dem Herz lag und seine Seele belastete.
Als ein Lächeln auf Ryos Gesicht erschien, sagte Yaro: „Lass uns weiter reiten.”

Nach dem Wald führte der Weg durch eine Landschaft mit sanften, grünen Hügeln, auf denen zum Teil Tee angebaut wurde, unterbrochen von leicht bewaldeten Wiesen und bewässerten Terrassen für den Reisanbau, die zum Teil in die Ebene hinunterreichten. Der Weg schlängelte sich durch die Felder, bis er in eine breite Straße mündete. Es war die Hauptstraße der Präfektur, die die Hafenstadt Shisamo mit der Hauptstadt Kaitasami verband und westlich den Wald umlief. An dieser Einmündung, etwa fünfzig Schritte von der Straße zurückgesetzt, lag das einstöckige Gasthaus, in dem sie übernachten wollten. Es war ein etwa zwanzig Schritte im Quadrat großes Gebäude aus dunklen Holzbrettern mit grauen Dachziegeln.

Der Wirt begrüßte Ryo freundlich und schnell waren die passenden Zimmer für sie hergerichtet. Nachdem die Tiere versorgt waren, Toshi blieb bei Aiki, betraten sie die gut besuchte Gaststube. Kaum hatten sie sich an einen Tisch gesetzt, brachte der Wirt auch schon Getränke, die sie nicht bestellt hatten. Auf Yaros Frage, was das zu bedeuten habe, deutete er auf einen Mann, der sich von einem Tisch in

der Ecke des Gastraumes erhoben hatte und zu ihm her-
über winkte. Jetzt erkannte Yaro den Mann. Es war einer
der Kaufleute, die sich auf der 'Haiku' großzügig bedankt
hatten.

Als sich Yaro ebenfalls erhob und sich in dessen Richtung
verbeugte, standen alle Männer seines Tisches auf und verneigten sich zu Yaro. Offensichtlich hatte der Kaufmann
bereits über seine Erlebnisse während der Seereise erzählt
und über die Rolle, die Yaro dabei spielte. Als sie ihr Essen
beendet hatten, es gab eingelegten Fisch, gekochtes Gemüse
und Reis, wollte Yaro mehr über den Daimyo von Kaisame,
Tasakome Masao, mehr erfahren. So bat er Ryo um die nötige Auskunft.

„Als was für einen Menschen schätzt ihr euren künftigen
Schwiegervater ein?", begann Yaro zu fragen.

„Ich kenne ihn schon seit meiner Kindheit und habe lange
Zeit am Fürstenhof verbracht, da mein Vater und Tasakome-
san so lange ich denken kann, in einem engen beruflichen
aber auch privaten, vertraulichen Verhältnis stehen. Ich
sollte die Erziehung erfahren, die am Fürstenhof gepflegt
wird.

Da mich der Daimyo offensichtlich mochte, sorgte er dafür,
dass meinen Ausbildung intensiv und erfolgreich verlief und
er mich in den Rang eines Samurai an seinem Hof hob. Seine Meinung über meine Person schient hoch zu sein, da er
mir seine älteste Tochter Hanami als Ehefrau anvertraut.

Ich kenne ihn als einen strengen aber gerechten Menschen,
der aber auch gutmütig und liebevoll zu den Menschen ist,
die ihm nahe stehen und die er in sein Herzen geschlossen
hat."

„Warum ist das Vertrauen des Shogun so groß, dass er bei
der Durchsetzung des Erlasses mit Vollmachten ausgestat-
tet wird, die einem Regenten zustehen?", hakte Yaro nach.

„In der Schlacht von Sekigahara, in der die Tokugawa siegten", begann Ryo, „kämpfte die Familie Tasakome an ihrer Seite. Schon Jahre vor der Schlacht hatte sie sich den Tokugawa gegenüber als zuverlässiger und treuer Verbündeter erwiesen. Nachdem die Tokugawa das Shogunat und damit die Macht im Land übernommen hatten, zeigte sich der Shogun großzügig gegenüber seinen treuen Mitstreitern. Er setzte sie als Daimyo ein und übertrug ihnen ausgedehnte und wehrhafte Präfekturen, die unmittelbar an die Hauptstadt Edo und damit an seinen Regierungssitz angrenzten. Mit dieser Maßnahme hatte er seine engsten Vertrauten um sich geschart und gleichzeitig mit getreuen Gefolgsleuten einen Schutzschild gegen mögliche Angriffe von außen geschaffen.

Einer der ersten dieser Daimyo, denen der Shogun neben großen Ländereien auch besondere Rechte verlieh, war der Vater des heutigen Daimyo von Kaisame. Nach dessen Tod gingen die Privilegien auf seinen Sohn und heutigen Fürsten Tasakome Masao über. Wie einst sein Vater genießt er heute als enger Berater des Shogun dessen Vertrauen. Er ist daher privilegiert, weitreichende Entscheidungen selbstständig und ohne Rücksprache zu treffen."
„Also ein kluger und mächtiger Mann ihr zukünftiger Schwiegervater."
„Das ist wohl wahr", antwortete Ryo zustimmend.

◇

九

Der Verkehr auf der breiten Straße nach Kaitasami, die nun durch flaches Land führte, wurde immer dichter, je näher sie der Hauptstadt kamen. Auf ihren Pferden kamen sie dennoch zügig voran, denn sie konnten die unzähligen Transportwagen überholen, wenn die schwerfälligen Ochsen beim Ziehen eine selbstgewählte Pause einlegten. Dann half auch kein lautes Antreiben der Kutscher. Erst wenn das Zugtier bereit war, ging es weiter. Dann konnten auch die nachfolgenden Gespanne wieder in Bewegung gesetzt werden.

Die Sonne näherte sich langsam dem Horizont, als sie die Dächer von Kaitasami erblickten. Nie zuvor hatte Yaro ein so großes Häusermeer gesehen, in dessen Mitte sich die Burg des Daimyo erhob. Yaro war tief beeindruckt von diesem Anblick. Zu groß war der Unterschied zu Jatsuma mit seiner beschaulichen Residenz. Doch Yaro hatte seine Gefühle schnell wieder unter Kontrolle und war von nun an nicht mehr bereit, sich von den neuen Eindrücken einschüchtern zu lassen.
Langsam schoben sie sich durch die Gassen und Hauptstraßen der Stadt. Ab und zu stiegen sie von den Pferden ab, um sie an den Zügeln zu führen, wenn das Gedränge ein Reiten erschwerte. Toshi blieb dicht an Yaros Seite. Auch hier half manchmal sein gefährliches Aussehen leichter durch das Gedränge zu kommen, weil die Leute, die ihnen entgegenkamen, freiwillig auswichen.
Am Ziel angekommen, hielten sie ihre Pferde vor einer hohen Mauer an, die das Burggelände umgab. Die aus Feldsteinen errichtete Mauer war so hoch, dass selbst große Menschen nicht hinübersehen konnten. Erst als sie meh-

147

rere Schritte zurücktraten, sahen sie über der Mauerkrone hinweg die mächtigen, weißen Gebäude der zurückgesetzten Burg.

Sie ritten noch ein kurzes Stück an der Mauer entlang, bis sie das bewachte Haupttor der Burg erreichten. Der wachhabende Leutnant der Leibgarde erkannte Ryo sofort und begrüßte ihn freundlich, ebenso wie Yaro, als Ryo ihn vorstellte.

„Schön, dass ihr uns wieder besucht, das wird die ehrenwerte Hanami besonders freuen", fügte der Wachhabende schmunzelnd seiner Begrüßung hinzu.

„Das hoffe ich auch", erwiderte Ryo, „aber ein weiterer Grund unseres Kommens ist, dass der ehrenwerte Yamato-san beim Daimyo Tasakome vorsprechen muss."

„Oh, das tut mir leid Yamato-san. Aber der Daimyo wird erst in zwei Tagen aus Edo zurückerwartet, nach seinem Besuch beim Shogun. Doch ich werde sie zu seinem Kammerdiener führen lassen, der für sie eine angemessene Unterkunft finden wird, bis der Daimyo eintrifft.

Aber verzeiht meine Frage, was soll mit dem Tier geschehen, ich vermute ein Hund, wie sollen wir ihn unterbringen?", erkundigte sich der Leutnant und deutete auf Toshi.

„Er ist es inzwischen gewohnt, bei meinem Pferd zu übernachten", antwortete Yaro.

„Ich werde die Tiere in den Stall führen lassen und die Stallknechte entsprechend anweisen."

Dann rief der Leutnant einen Wachmann zu sich und befahl, Yaro zuerst zu den Ställen und dann in das Büro des Kammerdieners zu führen.

Als Yaro das weitläufige Gelände hinter der Mauer betrat, blieb er kurz stehen, um den Anblick in sich aufzunehmen. Die Burg lag in ihrer beeindruckenden Größe vor ihm. Sie erinnerte ihn sofort an ein Storchennest auf einem

Hausdach. Hoch oben sah er zwei nebeneinander errichtete, mehrstöckige Gebäude von unterschiedlicher Größe und
Höhe, die auf einem leicht schrägen, vierstöckig hohen Fun-
damenten aus Felssteinen ruhten.
Mit jedem Stockwerk der auf den Steinmauern thronenden
Gebäude verjüngten sich die Aufbauten stufenförmig nach
oben. Die dabei auf jeder Etage entstandene schmalen Terrassen wurden mit überstehenden Dächern abgedeckt, deren Traufen sich nach oben wölbten.
Die Holzwände der Gebäude waren weiß und die Dächer
grün gestrichen, was ihnen im Sonnenlicht eine gewisse Leichtigkeit verlieh. Im Gegensatz dazu standen die braunen
Fundamente, die daran erinnerten, dass die Burg ursprünglich als Bollwerk gegen feindliche Angriffe diente.
Außerdem umgab ein Wassergraben die Burg, um Feinden
deren Einnahme zu erschweren. So konnte die Burg nur
über eine streng bewachte Holzbrücke betreten werden.

Auf dem Weg zur Burg erklärte Ryo die übrigen einstö-
ckigen, rechteckigen und mit dunklem Holz errichteten Gebäude, die zumeist nahe der Außenmauer platziert waren.
Neben den Ställen, die nur wenige Schritte vom Haupttor
aufgestellt waren, lagen links die Unterkünfte und Übungshalle für die Leibgarde und rechts die Arbeitsbereiche für
die Verwaltung der Präfektur.

◇

Schon beim Näherkommen winkten einige der wachhabenden Samurai Ryo von der Brücke aus zu. Mit vielen von
ihnen verband ihn ein freundschaftliches Verhältnis, denn
einige waren Spielkameraden aus seiner Kindheit am Fürstenhof, andere kannte er von den gemeinsamen Waffen-
übungen in den Räumen der Leibgarde. Er zeigte keiner-
lei Standesdünkel, wegen der kurz bevorstehenden Hochzeit

149

mit der Tochter des Daimyo. Yaro hatte sich in seiner ersten Einschätzung über Ryos aufrichtigen Charakter nicht getäuscht.

Der Samurai, der Yaro und Ryo über das Gelände begleitet hatte, trat an den Wachhabenden der Brückenwache heran und bat ihn, Yamato-san, der vom Daimyo einberufen worden war, zum Kammerdiener Nagone-san zu führen.

Nun wurde der Wachhabende dienstlich und ließ sich von Yaro die notwendigen Dokumente zeigen, die von den Beamten des Shoguns in Jatsuma ausgestellt wurden. Als die Richtigkeit der Dokumente bestätigt wurde, entfernte sich ihr Begleiter mit einer respektvollen Verbeugung.

„Hast du etwas dagegen, wenn ich Yamato-san zum Kammerdiener führe?", fragte Ryo den Anführer der Wache, einen ehemaligen Spielkameraden.

„Das kannst du gerne machen", kam die Antwort. Dann wandte er sich an Yaro.

„Yamato-san, ich bitte Sie, Ihr Daisho vor dem Betreten des Schlosses bei uns zur Aufbewahrung abzugeben. Bitte verstehen Sie diese Maßnahme nicht als Missachtung Ihrer Person. Es ist eine reine Vorsichtsmaßnahme, da wir sie noch nicht kennen."

Yaro nickte zustimmend und übergab dem Samurai seine beiden Schwerter. Beide gingen nun in Begleitung des Samurai über die etwa fünfzehn Schritt lange und fünf Schritt breite Holzbrücke. Der Wachmann schlug mit der Faust an das geschlossene Holztor der Burg.

Ächzend öffnete sich das schwere Tor soweit, dass Yaro und Ryo eintreten konnten. Nun führte Ryo seinen Begleiter über den Innenhof in das Gebäude des Fürsten. Viele verwinkelte Gänge und Treppen mussten sie durchschreiten, bis sie das Büro des Kammerdieners erreichten. Das Labyrinth aus Gängen und Treppen war bewusst so angelegt worden, um Unbefugten oder Angreifern den schnellen Zugang zu den oberen Räumen des Daimyo zu erschweren. Selbst in den Gängen versahen Wachen ihren Dienst. So auch vor dem Raum des Kammerdieners, wo ein Samurai im entspannten Schneidersitz Wache hielt. Als Yaro und Ryo sich ihm näherten, nahm er blitzschnell die Tatehiza-Position ein, bereit, sein Schwert zu ziehen. Als er Ryo erkannte, entspannte er sich und begrüßte ihn freundlich.

Dann öffnete er auf Knien das Shoji und kündigte die Ankunft von Ryo in Begleitung einer unbekannten Person an. Nachdem beide den Raum betreten hatten, knieten sie im Seiza ab und verbeugten sich. Sie verharrten in dieser Verbeugung, bis der Kammerdiener sie aufforderte, sich zu aufzurichten.
Der Kammerdiener Nagone war etwa fünfzig Jahre alt, von schlanker Figur und mit wachen Augen. Er trug ein braunen Kimono und machte einen selbstbewussten Eindruck ohne arrogant zu erscheinen. Mit einem Mann in Yaros Alter stand er an einem Tisch, auf dem Dokumente ausgebreitet lagen. Bevor Nagone ein Wort an die beiden richten konnte, kam ihm der andere zuvor.
„Ah, meinen Schwager treibt es wieder zu seiner Liebsten. Schön, dich wieder zu sehen. Ist die Reise ohne Zwischenfälle verlaufen?", fragte Tasakome Takeshi, der Erstgeborene des Daimyo, neugierig.
„Kann man so nicht sagen", antwortete Ryo ruhig.
„Komm, setzt dich und erzähl mir, was passiert ist", drängte ihn Takeshi.
Dann begann Ryo von ihrem Ritt nach Kaitasami zu erzählen, ohne zu vergessen, Yaro vorher vorzustellen. Nachdem Ryo geendet hatte, fragte der Sohn des Fürsten:
„Das heißt, ohne Yamato-san wärst du wahrscheinlich nicht mehr am Leben." Ryo nickte zustimmend.

Tasakome Taeshi wandte sich im Seiza zu Yaro und verbeugte sich betont länger als üblich.

„Arigato gozaimasu, vielen Dank, dass ihr meinem Schwager in der Not beigestanden und meine Schwester Hanami vor großem Leid bewahrt habt."

Bevor sich Yaro für die lobenden Worte bedanken konnte, ergriff Ryo wieder das Wort.

„Aber das ist noch nicht alles. Zuvor hatte Yamato-san im Alleingang verhindert, dass unser Schiff, die 'Haiku', in die Hände von Piraten fiel und alle Menschen an Bord ihr Leben verloren hätten."

„Yamoto-san, bitte erzähle, was geschehen ist", forderte ihn der Kammerdiener nun auf.

Yaro erzählte in kurzen Sätzen, was auf der Haiku geschehen war. Als er geendet hatte, herrschte für einen kurzen Moment Stille im Raum, bis der Kammerdiener fragte: „Und wo ist der außergewöhnliche Hund jetzt?"

„Im Stall bei meinem Pferd. Sie haben sich aneinander gewöhnt. Er verhält sich zahm, solange ich es will."

„Wenn wir den Hund bei uns haben, ist unsere Burg in Sicherheit", sagte Nagone-san scherzhaft und alle begannen zu lachen.

„So, ich lasse euch jetzt allein, denn es wartet noch jemand auf mich", verabschiedete sich Ryo grinsend. Zusammen mit Takeshi verließ er den Raum.

Überrascht von Ryos schnellem Aufbruch fragte Nagone den vor ihm knienden Yaro, was er noch für ihn tun könne. Daraufhin berichtete Yaro von seinem Auftrag und der Einbestellung zum Daimyo. Ergänzend legte er das Schreiben der Beamten des Shogun und die Vollmacht seines Daimyo Iroda Akira und die von Mikamoto Benjiro vor. Nachdem der Kammerdiener die Dokumente eingehend geprüft hatte, blickte er auf und sagte:

„Bis wir hier zu einer Entscheidung kommen, müssen sie sich leider noch etwas gedulden, denn unser Daimyo Tasakome-san wird erst in zwei Tagen von seinen Gesprächen mit dem

Shogun aus Edo zurückerwartet. Wir weisen Ihnen bis dahin eine angemessene Unterkunft im Nebengebäude zu. Sie dürfen sich frei bewegen, bis der Daimyo eintrifft. Ich hoffe, sie sind mit meinem Vorschlag einverstanden?"

„Arigato gozaimasu, vielen Dank, Nagone-san, dass Sie sich so um mich kümmern. Das ist mehr, als ich erwarten durfte. Für mich wäre es aber beruhigender, wenn ich mein Lager in der Nähe meiner Tiere bei den Ställen aufschlagen könnte", antwortete Yaro.

Überrascht von der Bitte entgegnete Nagone:

„Gut, dann machen wir das so wie sie es wünschen, sie werden ihre Gründe dafür haben. Aber es soll nicht der Eindruck entstehen, dass wir sie nicht genügend wertschätzen, wenn wir ihnen einen weniger komfortablen Schlafplatz zur Verfügung stellen.

Falls sie es wünschen, können sie auch die nahegelegenen Räumlichkeiten der Leibgarde benutzen, um sich dort ausreichend zu verpflegen. Ich werde den Hauptmann der Leibgarde umgehend informieren."

„Vielen Dank für ihr Verständnis und Entgegenkommen."

„Dann werde ich sie jetzt entlassen. Wenn unser Daimyo Tasakome Masao eingetroffen und zu einem Gespräch mit ihnen bereit ist, werde ich sie abholen lassen. Bis dahin wünsche ich ihnen einen angenehmen Aufenthalt bei uns. Eine Eskorte wird sie zu ihrer Unterkunft geleiten."

Nagone verbeugte sich länger als üblich vor Yaro und signalisierte damit das Ende des Gesprächs.

◇

Zwischen dem Haupttor des Geländes und den Pferdeställen fand Yaro eine Holzhütte zum Übernachten, die sauber und zweckmäßig war. Hier fühlte er sich wohler als in der Enge des Schlosses. Hier konnte er meditieren und seinem

Flötenspiel nachgehen. Außerdem hatte er Toshi an seiner Seite, der sich nach Yaro gesehnt hatte und nun nicht mehr von seiner Seite wich.

Beim Verlassen des Schlosses nahm Yaro respektvoll seine Schwerter entgegen, die er sofort an der linken Seite in den Gürtel steckte. An der Brücke zur Burg erwartete Yaro bereits ein Samurai, der ihn zu der einfachen Holzhütte führte. Als sie vor der Hütte standen, fragte der Samurai ungläubig, ob es wirklich Yaros Wunsch sei, dort zu übernachten, oder ob er seinen Auftrag falsch verstanden habe. Yaro überzeugte ihn von der Richtigkeit, worauf sich sein Begleiter verwundert verabschiedete und entfernte. Noch nie hatte er erlebt, dass sich eine hochrangige Persönlichkeit freiwillig mit einer so einfachen Unterkunft zufrieden gab.

Yaro verstaute seine wenigen Habseligkeiten in der Hütte. Die wichtigen Dokumente und die beträchtliche Summe an Münzen behielt er jedoch an seinem Körper versteckt. Dann ließ er sich auf einer Holzbank nieder, die vor der Hütte als Ablage diente. Nachdem die ersten Gespräche mit dem Kammerdiener und dem Erstgeborenen des Daimyo zu seiner Zufriedenheit verlaufen waren, fühlte er sich in guter Stimmung für sein Flötenspiel auf der kleinen Shinobue.

Er wusste, dass seine Melodien den Menschen in seiner Umgebung gefielen. Er erregte Aufmerksamkeit, man sprach wohlwollend über ihn, er wurde nicht übersehen. Die Zuhörerinnen und Zuhörer verbanden das Flötenspiel mit seiner Person und der guten Energie, die das Spielen auslöste, so auch diesmal. Denn bald jeder, der an ihm vorbeiging verlangsamte seine Schritte oder blieb einen Moment stehen, um den Klängen zu lauschen.

Kurze Zeit später näherte sich ein stattlich aussehender Samurai der Hütte. Er wartete, bis Yaro sein Spiel beendet hatte. Dann trat er vor und begrüßte Yaro:

„Konnichiwa Yamato-san, mein Name ist Hatamoto Gozo. Ich bin der Hauptmann und Leiter der Leibwache unseres Daimyo Tasakome-san. Der Kammerdiener Nagone-san hat mir bereits berichtet, was auf der Schiffsreise und auch auf dem Weg nach Kaitasami geschehen ist. Mein Schüler Ryo ist von ihren Taten begeistert. Es ist mir daher ein aufrichtiges Bedürfnis, sie aufzusuchen und ihnen für ihr umsichtiges Handeln zu danken, das der Familie Tasakome und uns, ihrer Gefolgschaft, viel Leid erspart hat. Arigato gozaimasu."
Dann verbeugte sich der Hauptmann respektvoll und stilvoll, wie es seinem inneren Empfinden entsprach. Yaro hatte sich inzwischen von seiner Bank erhoben und dankte seinem Gegenüber ebenfalls mit einer angemessenen Verbeugung für die lobenden Worte.

„Ryo erzählte von ihren technischen Fähigkeiten und ihr beeindruckendes, strategisches Verhalten gegenüber den Angreifern", fuhr Hatamoto fort. „Wenn sie mit dem Schwert so gut umgehen können wie mit der Flöte, dann müssen sie hervorragender Schwertkämpfer sein. Dann möchte ich sie nicht zum Gegner haben."
„An mir soll es nicht liegen Ich habe kein Verlangen zu kämpfen, aber ich scheue mich nicht davor, wenn ich dazu gezwungen werde, um mich sowie geistig und körperlich Schwächere zu beschützen", antwortete Yaro.
„Das ist ein guter Vorsatz, dem ich mich gerne anschließe", antwortete Hatamoto.
Dann deutete er auf Toshi, der entspannt neben Yaro lag, und fragte:
„Sagt Yamato-san, ist das der legendäre Hund, der so gefährlich ist, dass er eine Horde Piraten in Schach halten kann? Der so schnell ist, dass er einen Bogenschützen kampfunfähig macht, bevor dieser seinen Bogen in Schussposition bringen kann?"

„Ja, das kann mein Hund Toshi", sagte Yaro stolz und streichelte ihm liebevoll über das Fell.
„Er ist ein Hund, der mir zufällig begegnet ist und mir seitdem nicht mehr von der Seite weicht, nachdem er mich zu seinem Herrn erkoren hat. Ein außergewöhnlich intelligentes Tier, das weiß, wann und von wem Gefahr droht und wann es sich entspannen kann."
„Ich vermute", lachte Hatamoto, „dass Toshi in seinem, ersten Leben ein Samurai war. Aber bitte erzählt mir von eurer ersten Begegnung und was das für ein Hund ist, der so ungewöhnlich aussieht und sich so ungewöhnlich verhält. Ich bin wirklich neugierig, wie er so ein zuverlässiger Begleiter werden konnte."
Da Hatamotos Interesse offensichtlich aufrichtig war, erzählte Yaro von ihrer ersten Begegnung im Park der Residenz in Taisa und ihren Erlebnissen auf dem Schiff. Als er geendet hatte, sagte sein Gesprächspartner:
„So, jetzt wird es Zeit, dass sie etwas zu essen bekommen. Begleiten sie mich in den Speisesaal der Leibgarde, dort können wir uns weiter unterhalten."

Schon von weitem hörte Yaro die Kampfrufe der übenden Samurai aus der Trainingshalle der Leibgarde. Laute, die ihm vertraut waren und die ihn seit Jahren begleiten, wenn er selbst übte oder als Lehrer in Jatsuma unterrichtete. Laute, die aus den Übenden herausbrechen, wenn das Ki, die gesammelte Willenskraft, im finalen Schnitt mit dem Schwert den Körper verlässt.
Als er die Halle betrat, sah er etwa zwanzig Samurai, die paarweise im partnerschaftlichen Wettkampf trainierten, ohne sich gegenseitig verletzen zu wollen. Unter ihnen waren auch Ryo und Takeshi, die gemeinsam die vorgegebenen Techniken übten. Statt mit dem scharfen Katana führten auch sie ihre Techniken mit Holzschwertern, dem Bokuto, aus, um schwere Verletzungen zu vermeiden.

Wenn Hatamoto mit Yaro das Dojo betrat, unterbrachen die Übenden sofort ihr Training, knieten im Seiza ab und verbeugten sich. Sie verharrten in dieser Position, bis der Lehrer das Kommando gab, das Training fortzusetzen. Hatamoto stellte Yaro dem Lehrer vor und versäumte es nicht, Yaro als überdurchschnittlichen Schwertkämpfer hervorzuheben.

Danach verließen sie das Dojo und begaben sich in den Speisesaal, der im Gebäude neben dem Dojo eingerichtet war. Es gab gekochten Reis mit eingelegtem Gemüse und gegrillten Fisch. Nach dem Essen erhielt der Koch von Hatamoto die Anweisung, dem Hund, der vor dem Gebäude auf seinen Herrn wartete, etwas zu fressen zu geben. Als der Koch mit dem Fressen und mit vor Angst zitternden Knien auf Toshi zuging, stand Yaro auf, nahm es ihm verständnisvoll ab und stellte es vor Toshi hin, der sich schwanzwedelnd darüber hermachte.
Yaro und Hatamoto saßen noch eine Weile beim Tee zusammen. Der Samurai war sehr wissbegierig und hatte daher noch viele Fragen über Yaros Tätigkeit und war sehr überrascht, dass Yaro neben seiner Lehrtätigkeit auch noch als Leiter des Zentrallagers und als Berater seines Daimyos beschäftigt war. So unterhielten sie sich noch lange, bis es dunkel wurde. Bevor sie sich verabschiedeten, äußerte Yaro noch eine Bitte.
„Besteht die Möglichkeit, dass ich am Training eurer Samurai teilnehmen kann, bis euer Daimyo aus Edo zurückgekehrt ist?"
„Ja. Natürlich gerne. Es ist uns eine Ehre mit ihnen zu trainieren", antwortete Hatamoto begeistert.
„Aber behandelt mich bitte wie die anderen. Ich muss nur üben, um in meinen Bewegungen geschmeidig zu bleiben."
Kurz darauf verabschiedeten sich die beiden und bedankten sich für die guten Gespräche.

Am nächsten Morgen betrat Yaro mit einer Verbeugung das Dojo, wo er von Hatamoto freundlich begrüßt wurde. Wegen Yaros Teilnahme wollte er es sich nicht nehmen lassen, die Trainingseinheit zu leiten. Zu Beginn übten sie Schrittfolgen und Bewegungsabläufe, die sie schon unzählige Male geübt hatten, sowie Übungen aus der Grundschule des Schwertkampfes und des waffenlosen Kampfes. Nur so, durch intensives und wiederholtes Üben dieser bereits bekannten Abläufe, gelingt es den Übenden, die Techniken und Bewegungen zu verinnerlichen und sich zu guten Kämpfern zu entwickeln. So übten die Schüler die Techniken zunächst alleine mit dem Bokuto und später mit Trainingspartnern.

Die Partnerübungen wurden so intensiv vollzogen, dass die Ausdünstungen der Übenden die Luftfeuchtigkeit im Dojo erhöhte, obwohl alle Shoji geöffnet waren, um frische Luft hereinzulassen. Am Ende des Trainings bat Hatamoto Yaro, eine Kostprobe seines Könnens zu geben. Nach dem intensiven Training fühlte sich Yaro geistig und körperlich wohl, gut aufgewärmt und geschmeidig genug, um sich einem Zweikampf zu stellen.

Dann beendete der Hauptmann die Übungseinheit und ließ alle Schüler Platz nehmen.

„Wie ihr bemerkt habt, haben wir heute einen Gast, Yamato Ichiro aus Jatsuma. Er scheint ein bemerkenswerter Kämpfer zu sein, der nicht nur die technischen, sondern auch die mentalen Fähigkeiten besitzt, um einen Kampf strategisch und taktisch erfolgreich zu führen. Ich habe ihn noch nie kämpfen sehen, aber ich habe mich gestern Abend lange mit ihm unterhalten, um festzustellen, dass er ein tugendhafter Samurai ist, der über große Erfahrung in den Kampfkünsten verfügt."

Zu Yaro gewandt fuhr er fort: „Yamato-san, darf ich Euch

bitten, nach vorne zu kommen."
Yaro trat vor und stellte sich neben den Hauptmann. Dann
rief Hatamoto seinen besten Schüler Hasane Naoto zu sich
und forderte ihn auf, sich mit Yaro im Schwertkampf zu
messen. Der noch junge Mann verbeugte sich respektvoll
vor Yaro und bedankte sich, dass er als unbedeutender
Schüler gegen ihn antreten darf.

Dann stellten sich beide mit ihren Bokuto in sicherer Entfernung voneinander auf. Nach einer kurzen Verbeugung
glitten beide mit dem rechten Fuß nach vorne in die Position Migi-kamae und umkreisten sich. Beide hielten ihr
Bokuto vor dem Körper, die Spitze auf den Hals des Gegners gerichtet.
Wenn Hasane einen Ausfallschritt nach rechts machte, um
einen seitlichen Schlag vorzubereiten, folgte Yaro mit der
gleichen Bewegung, so dass sie immer wieder in die Ausgangsposition zurückkehrten.
Yaro bemerkte, wie sein Gegner ungeduldig wurde und plötzlich mit einem großen Ausfallschritt nach vorne sprang, um
ihn mit einem geraden Stich am Hals zu treffen. Verbunden
mit einem Ausfallschritt nach rechts schlug Yaro das Bokuto zur Seite, ohne weiter nachzusetzen.
Wegen Yaros defensiver Kampfweise verunsichert, versuchte Hasane seinen Gegner durch Scheinangriffe zu verunsichern, was ihm jedoch nicht gelang. Als er dann nach einem Täuschungsmanöver wieder in die Ausgangsposition
zurückkehren wollte, war er für einen Moment unaufmerk-
sam.
In diesem kurzen Augenblick schlug Yaro aus den Handge-
lenken die Schwertspitze hart nach links zur Seite, so dass
Hasane ungeschützt vor ihm stand. Mit einem blitzschnel-
len Ausfallschritt nach vorne und einem senkrechten Hieb
traf Yaro ihn am Kopf, wobei er den Treffer nur andeutete.
In einem Kampf auf Leben und Tod wäre der Schlag tödlich

gewesen oder er hätte ihn zumindest erheblich verletzt. Nun schon nervlich sehr angespannt, da Yaro ihm keinen Angriffspunkt bot, bemühte sich der junge Samurai, seine Konzentration nicht zu vernachlässigen.

Als Hasane nach einem weiteren Scheinangriff seine Waffe zu tief vor dem Körper hielt, nutzte Yaro die Gelegenheit. Ohne viel zum Schlag ausholen zu müssen, traf er mit seinem Bokuto beide Hände, die sich am Griff befanden, so dass Hasane die Waffe nur noch kraftlos nach unten halten konnte. Unmittelbar danach setzte Yaro zu einem waagerechten Schlag gegen den Kehlkopf an, um schließlich mit der Waffe über seinen Kopf hinweg drehend hinter Hasane trat und ihn mit einem schrägen Schlag im Genick traf.

Alle Anwesenden waren beeindruckt, wie Yaro seine Waffe beherrschte. Wie er es schaffte, schnell und hart zuzuschlagen, ohne seinen Gegner ernsthaft zu verletzen. Nun beendete Yaro den Kampf, indem er ein paar Schritte zurück trat und sich dankend vor Hasane verbeugte, weil er sich für den Kampf zur Verfügung gestellt hatte.

Hatamoto war beeindruckt von Yaros Geschicklichkeit im Umgang mit dem Schwert und seiner geistigen und körperlichen Stabilität. Als Yaro sich zum Kampf aufstellte, erkannte er sofort, dass hier ein Mann stand, der schon mehrere Kämpfe auf Leben und Tod überstanden hatte. Der Hauptmann war sehr froh, mit Yaro einen aufrechten Samurai und Menschen begegnet zu sein.

Am nächsten Tag, als die Sonne im Zenit stand, erreichte ein Reiter das Schloss. Er ritt zum Gebäude der Leibwache und teilte Hatamoto mit, dass der Daimyo am späten Nachmittag eintreffen würde. Sofort bemerkte Yaro eine aufkommende Unruhe und Hektik unter den Burgangestellten, die offenbar noch Vorbereitungen für den Empfang ihres Herrn treffen mussten. Zusammen mit Toshi beobachtete Yaro das Treiben entspannt von der Bank vor seiner Holzhütte aus.

Dann, wie angekündigt noch vor Beginn der Abenddämmerung, wurde das Haupttor weit geöffnet und der Daimyo Tasakome Masao ritt, gefolgt von berittenen Samurai der Leibwache, im langsamen Trab auf das Burggelände. Während er sich der hölzernen Brücke der Burg näherte, ließ er seinen Blick über das Gelände schweifen. Erstaunt blieb sein Blick an Yaro hängen, der aufgestanden war und sich vor der Hütte aufgestellt hatte.
Er verbeugte sich in Richtung des Fürsten, bis dieser an ihm vorbeigeritten war. Er und Toshi, der mit aufgestellten Ohren das Geschehen beobachtete, gaben ein ungewöhnliches Paar ab, dass sich der Daimyo länger als üblich anschaute. Vor der Brücke begrüßten sein Sohn Takeshi, der Kammerdiener Nagone und der Hauptmann Hatamoto den Fürsten formlos. Während sie sich unterhielten, blickten sie immer wieder zu Yaro hinüber. Er vermutete, dass sie über ihn sprachen. Dann betraten die vier das Schloss, während die Samurai der Eskorte ihre Pferde in den Stall brachten und sich in das Gebäude der Leibwache zurückzogen.

Yaro setzte sich wieder auf seine Bank und überlegte, ob sein bisheriges Verhalten unter Beachtung der Prinzipien „Erkennen des Augenblicks" und „Erkennen der Zusammenhänge" sich zu seinem Vorteil auswirken und seine Person vor der Begegnung mit dem Daimyo in einem guten Licht erscheinen lässt.
Prinzipien, die darauf ausgerichtet sind, zum richtigen Zeitpunkt das richtige zu tun und zu wissen, welches Handeln welche Auswirkungen zur Folge haben.
Er rechnete damit, dass sein Handeln auf der „Haiku', das den Verlust des Schiffes des Daimyo verhinderte, ihn wohlwollend stimmen würde. Er war sich auch sicher, dass er mit dem Kammerdiener Nagone, mit Takeshi, mit Hatamoto

und Ryo einflussreiche Fürsprecher auf seiner Seite hatte. Auch die vielen Bewohner des Schlosses, die sein Flötenspiel zu schätzen wussten, waren ihm wohlgesonnen. Doch letztlich hing alles davon ab, inwieweit sich der Daimyo von außen beeinflussen ließ.

◇

Am nächsten Tag, kurz bevor die Sonne ihren Zenit erreicht hatte, erschien ein Samurai, um Yaro abzuholen. Mit den wichtigen Dokumenten in der Hand, die er für die Besprechung wahrscheinlich benötigte, machten sie sich auf den Weg. Beim Betreten des Schlosses gab Yaro seine beiden Schwerter zur Aufbewahrung ab. Er folgte seinem Begleiter zunächst durch den Innenhof und dann über eine steile steinerne Freitreppe in den Gebäudeteil, der direkt auf dem hohen Felsfundament ruhte. Die Außentreppe und der Eingang des Damiyo-Gebäudes waren von Samurai der Leibgarde bewacht. Einige von ihnen, die Yaro vom gemeinsamen Üben erkannten, nickten ihm freundlich zu.

Als Yaro das Gebäude betrat, schlüpfte er aus seinen Zori, den Strohsandalen, und betrat auf Socken, den Tabi, die Gänge, die zum Audienzsaal führten. Sie gingen lange, verwinkelte Korridore entlang und stiegen Treppen hinauf und wieder hinab, bis sie endlich den Gang erreichten, an dem der Audienzsaal lag.

Vor diesem Saal saßen zwei Samurai, die ihn bewachten. Als die Besucher von den Wachen bemerkt wurden, änderten sie wieder ihre Position und gingen halb kniend in den Tatehiza, wobei sie nur ihr rechtes Bein aufstellten und ihre rechte Hand verteidigungsbereit auf den Griff ihres Katana legten. Erst als sie die Besucher erkannten, entspannten sie sich und setzten sich wieder in den Seiza.

„Konnichiwa Yamato-san", begrüßte ihn einer der Samurai. Yaro erwiderte den Gruß, als er in dem dunklen Gang

Hasane Naoto erkannte, seinen Übungsgegner vom Vortag.

„Bitte haben sie noch etwa Geduld, unser Daimyo Tasakome Masao wird sie gleich empfangen. Nehmt bitte noch kurz Platz hier im Nebenraum", wobei er mit der Hand auf eine gegenüberliegende Shoji wies.
„Ich werde den Fürsten über ihr Eintreffen in Kenntnis setzen." Yaros Begleiter öffnete die Shoji des Nebenraumes und überließ Yaro als ersten den Eintritt.

Yaro hatte nicht lange gewartet als Hasane ihm abholte und in den Audienzsaal führte, der nur geringfügig größer war wie der in Jatsuma. Auch hier hatte der Raum eine rechteckige Grundfläche, der von der Längsseite aus betreten werden konnte. Er wies eine Tiefe von etwa zehn Schritten auf. Die hintere Hälfte des Fußbodens, der in seiner gesamten Fläche mit hellbraunen Tatami ausgelegt war, lag um eine Stufe erhöht.
Die Wände zeigten sich in einem goldigen Farbton wie Honig, die mit zart aufgetragenen Landschaftsbildern verziert und von hellbraunen Stützbalken unterbrochen waren. Die Raumdecke war mit hellem Holz verkleidet.
Hier wurde offensichtlich auf eine prunkvolle Ausgestaltung des Audienzsaales verzichtet, was einen ersten Hinweis auf den Charakter des Daimyo ermöglichte. Anscheinend war eine prunkvolle Darstellung seiner Person und Macht, nicht das, was er anstrebte.

Nach dem Betreten des Saales setzte sich Yaro an der nun wieder geschlossenen Shoji im Seiza ab. Er verbeugte sich respektvoll in Richtung des Daimyo und blieb in dieser Position abwartend sitzen.
„Yamato-san, richten sie sich bitte wieder auf und kommt näher zu uns heran", vernahm Yaro die tiefe Stimme des Fürsten.
Im Agura beobachtete der Daimyo wie Yaro sich aufrich-

tete und auf den Knien näherkam, um den Fürsten nicht körperlich zu überragen.

Yaro schätzte den Daimyo auf knapp über fünfzig Jahre. Tasakome Masao hielt sich gerade. Er hatte ein schmales, noch faltenfreies Gesicht und einen klaren Blick. Er schien sich körperlich in Form zu halten.
Tasakome trug einen hellgrauen Gi und einen dunkelblauen Hakama. Sein langes, noch schwarzes Haar war streng nach hinten gekämmt und zu einem Zopf geflochten, der traditionsgemäß mit dem Haupthaar auf dem Kopf zusammengebunden war.
Von Yaro aus gesehen saßen gleich links neben dem Fürsten sein Sohn Takeshi, dann der Kammerdiener Nagone und der Hauptmann der Leibwache Hatamoto ebenfalls im Agura. Auf der rechten Seite hingegen saß ein bewaffneter Samurai der Leibwache aufmerksam im Seiza, der als Leibwächter des Fürsten den Besucher nicht aus den Augen ließ.

„Ihr seid also Yamato-san, der von Daimyo Iroda Akira aus Tagai zu Gesprächen an unseren Fürstenhof gesandt wurde. Eure Legitimation braucht ihr mir nicht mehr vorzulegen", sagte Tasakome, als er die Schriftstücke in Yaros Händen sah, „mein Kammerdiener hat sie bereits in eurer Gegenwart geprüft und für echt befunden. Oder habt ihr noch Dokumente, die uns noch nicht vorgelegt wurden?

‚Ja so ist es Tasakome-san. Im Auftrag von Manabu Hikari soll ich dieses Schreiben nur ihnen persönlich übergeben und ihnen gleichzeitig seine besten Grüße ausrichten", sagte Yaro und übergab das Schreiben einem Diener, der es an den Daimyo weiterreichte.
Überrascht öffnete der Fürst den Brief und begann zu lesen. Während er las, hob er manchmal erstaunt die Augenbrauen oder blickte über den Brief hinweg auf Yaro herab. Dann, als er offensichtlich mit dem Lesen fertig war, ließ er

den Brief langsam sinken, um seine Gedanken zu sammeln.
Dann reichte er die losen Blätter an seinen Sohn weiter.

„Yamato-san", begann der Daimyo, „in diesem Brief berichtet mein Direktor und Freund Manabu Hikari, was auf meinem Schiff, der 'Haiku', geschehen ist. Und was sie als Einzelner getan haben, damit mein Schiff nicht verloren ging und die Besatzung und die Passagiere mit dem Leben davonkamen.
Wie klug sind sie, dass sie das verhindern und die Piraten ohne Blutvergießen in ihre Schranken weisen konnten? Wie war das möglich? "
„Im Auftrag meines Fürsten hatte ich in der Vergangenheit nicht wenige gefährliche Auseinandersetzungen zu bestehen, bei denen es um Leben und Tod ging. Dabei ist es mir gelungen, manche Auseinandersetzung ohne Waffengewalt zu meinen Gunsten zu entscheiden. Denn es ist meine Maxime, meine oberste persönliche Lebensregel, Konflikte gewaltfrei zu lösen, wenn es die Umstände zulassen. Ich scheue mich aber auch nicht, mein Schwert mit aller Konsequenz einzusetzen, wenn ein Kampf unvermeidlich ist.

Durch die Kampfkünste lernt der Fortgeschrittene, dass das Leben einem Rhythmus unterliegt, dass jede Handlung ihre Wirkung zeigt, mal früher, mal später. So habe ich mir die Fähigkeit angeeignet, vorausschauend und wachsam zu handeln. Auch bei dem Konflikt auf dem Schiff kam es mir zugute, dass ich die Shakuhachi, die mir der Abt des Zen-Klosters Sakuraji für meine gefährlichen Einsätze schenkte, mit auf die Reise genommen habe."
„Fühlen Sie sich dem Kloster und seinem Abt emotional stark verbunden?", fragte der Daimyo.
„Das ist der Fall, denn die Begegnungen mit dem Abt und die regelmäßigen Meditationen mit den Mönchen bereiten mir immer große Freude und tun meiner Seele gut."
Erstaunt erkundigte sich Tasakome: „Gab es denn keinen

Unmut unter den Mönchen, dass sie als Außenstehende an ihren Meditationen teilnahmen?"
„Nein. Wir haben ein vertrautes Verhältnis zueinander, denn einerseits begleite ich manchmal ihre Meditationsübungen mit dem Flötenspiel auf der Sakuhachi, andererseits unterrichte ich die Mönche auf Wunsch des Abtes im Stockkampf und Taijutsu, um Abwechslung in ihren Alltag zu bringen und sie körperlich zu stärken."

„Sie scheinen ein interessantes Leben zu führen. Aber nun zurück zu ihrem Einsatz auf dem Schiff, für den ich ihnen nicht genug und angemessen danken kann, denn sie haben durch ihr Eingreifen großen Schaden von der Reederei und damit auch von meiner Familie abgewendet.
Die Familie bedankt sich auch dafür, dass sie meinen zukünftigen Schwiegersohn Manabu Ryo vor den Banditen beschützt haben. Ich hoffe, dass ich mich noch auf angemessene Weise dafür revanchieren kann."
Dann veränderte der Daimyo seine Sitzposition. Er und alle auf dem Podium setzten sich in den Seiza.
„Arigato gozaimasu Yamato-san, vielen Dank, dass Sie meine Familie vor einem großen Unglück bewahrt haben."
Dann verneigten sich alle dankbar und respektvoll vor Yaro.

Als es sich alle in der Agura gemütlich gemacht hatten, sagte der Daimyo zu Yaro: „Jetzt müsst Ihr mir nur noch erklären, warum Ihr darauf bestanden habt, in der Holzhütte am Eingang zu übernachten."
„Ich wollte in der Nähe bei meinem Pferd Aiki und meinem Hund Toshi übernachten, die Tiere sind mir ans Herz gewachsen und haben mich in mancher Gefahr beschützt. Außerdem konnte ich mich dort ungestört meinem Flötenspiel widmen, ohne damit die Ruhe anderer zu stören."
„Ich habe schon viel von ihrem Hund gehört, sie sollten ihn mir morgen zeigen."

Dann schlug sich der Daimyo anscheinend zufrieden auf die Oberschenkel und sagte nun im ernsten Ton: „Lasst mich jetzt mit Yamato-san allein, wir haben noch Wichtiges zu besprechen. Nagone-san, sie warten bitte in der Nähe."

$$+$$

„Wir müssen uns nun mit dem Erlass des Shogun befassen, dessen Konsequenzen zwei Beamte der Zentralregierung ihrem Daimyo Iroda Akira in Jatsuma schon vor Wochen hinreichend angekündigt haben", begann der Daimyo das Gespräch.

„Bei dieser Gelegenheit wurde Iroda-san aufgefordert, in Kürze selbst hier am Hof im Kaitasami zu erscheinen oder an seiner Stelle eine von ihm bevollmächtigte Person zu schicken. Was er auch getan hat. Nun gilt es zu entscheiden, wann, wo und in welcher Form die Errichtung eines zweiten Fürstenhofes in der Nähe des Shoguns erfolgen soll.

Doch bevor wir ins Detail gehen, erkläre ich ihnen, warum wir sie hierher zu mir gerufen haben und nicht an den Hof des Shogun nach Edo. Das hat vor allem organisatorische Gründe. Zum einen, um den Shogun von Verwaltungsaufgaben zu entlasten, zum anderen, um den betroffenen Daimyo nicht allzu weite Reisen zuzumuten.

Als Mitglied der Zentralregierung und enger Vertrauter des Shogun wurde ich mit der Durchsetzung seines Erlasses in den Präfekturen westlich meiner Präfektur Kaisame beauftragt."

Nachdem der Daimyo eine Schale Tee getrunken hatte, fuhr er mit seinen Ausführungen fort.

„Ihr müsst wissen, dass mein enges Vertrauen zum Shogun auf eine lange Freundschaft zwischen unseren Familien zurückgeht, die schon vor der Schlacht von Sekigahara bestand. Dass wir als Waffengefährten in die Schlacht zogen, vertiefte unser Vertrauensverhältnis.

So war es nicht verwunderlich, dass der damalige Shogun nach dem Sieg der Tokugawa die neu zu besetzenden hohen

Ämter in der Zentralregierung an seine engen und zuverlässigen Kampfgefährten vergab.
Mit der Machtübernahme der Tokugawa wurden auch die Ämter der Daimyo in den großen Präfekturen rund um die Hauptstadt mit Personen aus vertrauenswürdigen Familien neu besetzt.

So erhielt mein Vater dieses Lehen Kaisame, das ich seit fast dreißig Jahren als Daimyo innehabe. Der Shogun hat mir damit die Vollmacht erteilt, in seinem Auftrag Verhandlungen mit den Daimyo der westlichen Präfektur selbständig und eigenverantwortlich zu führen und die entsprechenden Bedingungen zu stellen. So gehört es in diesem Fall zu meinen Aufgaben, zu bestimmen, wie, wann und wo die Daimyo ihren zweiten Fürstenhof einrichten.
Um die Einhaltung der Bedingungen des Erlasses besser kontrollieren zu können, müssen die Daimyo ihren zweiten Hof in meiner Präfektur Kaisame einrichten. Wo genau, wird von Fall zu Fall entschieden."
Yaro hörte dem Daimyo unbewegt und abwartend den Ausführungen zu, woraufhin Tasakome weitersprach.

„Yamato-san, wir kennen uns noch nicht wirklich, dafür war die Zeit zu kurz. Dennoch habe ich erkannt, dass sie sich als Samurai aufrichtig und somit vorbildlich verhalten und uns gezeigt haben, dass sie ein kluger Mann sind, der Ereignisse oder Umstände gut einschätzen kann.
Daher bitte ich Sie, als jemand, der nicht zum engeren Kreis des Shogun gehört, uns Ihre Einschätzung zum Erlass des Shogun mitzuteilen. Mir ist bewusst, dass dieser bei den Daimyo auf wenig Gegenliebe stößt, weil er alte und liebgewonnene Strukturen aufbricht.
Ich gebe ihnen mein Ehrenwort, dass ihr Urteil unter uns bleibt und ihnen kein Nachteil daraus erwächst, wie auch immer es ausfällt."

„Vielen Dank für die wohlwollende Beurteilung meiner Person. Ich werde mich bemühen, ihr gerecht zu werden. Meine Beurteilung kann natürlich nur auf den Erkenntnissen beruhen, die ich als Außenstehender wahrnehme.
Da die Erkenntnis aber nur das Fundament der Weisheit ist, bleibt zu hoffen, dass dennoch meine Überlegungen ihnen bei ihren zukünftigen Entscheidungen hilfreich sein werden", begann Yaro zurückhaltend.

„Der Erlass des Shogun scheint mit seinen Vorgaben und Festlegungen eine gute Entwicklung eingeleitet zu haben, um die unsäglichen Kriege der Daimyo dauerhaft zu beenden. Kriege zwischen den Präfekturen, die über Jahrhunderte hinweg, meist aus Eitelkeit oder Habgier, weite Landstriche in Not und Elend gestürzt hatten.
Die Strategie, die Familien der Daimyo in die Nähe der Zentralregierung zu bringen, reicht bisher in den meisten Fällen aus, um die Daimyo ruhig zu stellen.
Ein weiterer gelungener Schachzug, um die Daimyo im Zaum zu halten, war der notwendige Aufbau eines zweiten, weit entfernten Hofes und die damit verbundenen Reisen, die dauerhaft hohe Kosten verursachen. Geld, welches die Präfekturen aus ihrem Etat entnehmen müssen.
Auf diese Weise, und das scheint der Plan zu sein, gehen den Präfekturen Gelder verloren, die vielleicht für kriegerische Aktionen hätten verwendet werden können. Es ist eine einfache Rechnung: 'Kein Geld - kein Krieg.'
Der Daimyo konnte sich bei diesen Ausführungen ein schwaches Lächeln nicht verkneifen, wie jemand, den es erheitert, dass die Überlegungen zu seinem erfolgreichen Plan offengelegt wurden.

„Zu kritisieren ist allerdings, dass der Erlass nur zum Vorteil der Zentralregierung und des Shogun ausgearbeitet wurde, ohne die Auswirkungen auf die betroffenen Präfekturen ausreichend zu berücksichtigen. Natürlich kann die Zentral-

regierung ihre Vorgaben mit Gewalt durchsetzen, was aber das Vertrauen und die notwendige Loyalität zum Shogun schädigt und auf Dauer unbefriedigend sein wird.
Leider unterscheidet der Erlass nicht ausreichend zwischen den großen und militärisch starken Präfekturen, die in der Vergangenheit zahlreiche Kriege gegeneinander geführt haben, und den im Verhältnis kleinen Präfekturen, die ihre Lehen geschickt und ehrlich verwalten. Von denen keine Aggressivität ausgeht und die sich nur kleine Truppen zur Selbstverteidigung oder Milizen zur Sicherung des inneren Friedens halten."
„Wollen Sie den Verfassern des Erlasses absprechen, dass sie bewusst nicht gerecht entschieden haben? Ich kann Ihnen versichern, dass man sich große Mühe gegeben hat, alle Präfekturen gleich zu behandeln", warf der Daimyo ein.

„Aber eine Gleichbehandlung kann nur gelingen", antwortete Yaro, „wenn gleiche Voraussetzungen gegeben sind, was hier bei den unterschiedlich strukturierten Präfekturen nicht der Fall ist und deshalb auch nicht gelingen konnte.
Eine genauere Differenzierung bei der Bewertung und den Anforderungen wäre in diesem Fall besser gewesen".
„Was wäre ihrer Meinung nach eine gerechte Vorgehensweise gegenüber den kleineren Präfekturen wie Tagai und Yasatama, die sie hier auch mit vertreten?"

„Da man die kleinen Präfekturen im Sinne der Gleichbehandlung nicht von den Vorgaben des Erlasses ausnehmen kann, sollte man ihnen mehr Zeit geben, um sich besser auf die Veränderungen und zusätzlichen Belastungen einstellen zu können. Dann hätten sie die Möglichkeit, in ihren ohnehin knappen Haushaltsetat Reserven zu schaffen, um den zweiten Hof unterhalten und die damit verbundenen Reisen finanzieren zu können.
Zudem sollte der Zentralregierung daran interessiert sein, dass den kleineren Präfekturen immer noch genügend Geld

zur Verfügung steht, um ihre Stabilität zu sichern, die für die Zukunft benötigt wird. Denn die Einflüsse von außen durch die ausländischen Kaufleute und Händler sollten auch von der Zentralregierung nicht außer acht gelassen werden", schloss Yaro.

„Vielen Dank für Ihre ehrliche Einschätzung", sagte der Daimyo, „es ehrt Sie, dass Sie sich unter diesen Umständen kritisch geäußert haben. Ich habe sie als aufrichtigen Samurai richtig eingeschätzt.

Ich glaube, dass es legitim ist, von der Gleichbehandlung abzuweichen, wenn man es begründen kann. Im Rahmen der mir vom Shogun übertragenen Befugnisse kann ich entscheiden, wie es mir als angemessen erscheint. Bei ihnen fällt mir die Rechtfertigung nicht so schwer, weil sie durch ihr Handeln ihre Loyalität gegenüber dem Shogun bewiesen haben.
Bei dieser Begründung runzelte Yaro fragend die Stirn.
„Wie soll der Shogun auf mich aufmerksam geworden sein?",
fragte Yaro.

„Wie Sie wissen, bin ich erst gestern vom Hof des Shogun zurückgekehrt, wo ich für einige Tage zu unseren regelmäßigen Gesprächen eingeladen war. Dabei wurde ich Zeuge, wie die Zofe Tosei Izumi dem Shogun von ihren Erlebnissen auf dem Schiff 'Haiku' berichtete. Dabei machte sie deutlich, dass sie und die Kinder der Tokugawa-Familie nur durch ihr mutiges Einschreiten vor Misshandlungen und dem sicheren Tod bewahrt wurden. Sie lobte sie in den höchsten Tönen, so dass wir den Eindruck hatten, sie habe sich in sie verliebt."

'Ja, diesen Eindruck hatte ich auch', dachte Yaro bei sich, 'als sie sich bei Sonnenuntergang am Strand des Fischerdorfes Hasage neben mir setzte und am liebsten noch länger geblieben wäre. Sie hatte Recht, als sie zum Abschied prophezeite „Ihr guter Ruf wird Ihnen vorauseilen." Danke Izumi, ich werde dich in guter Erinnerung behalten.'

„Als der Shogun erfuhr, dass sie auf dem Weg nach Kaitasami waren, um mit mir die Bestimmungen des Erlasses zu besprechen, erhielt ich den Auftrag, ihren Bitten wohlwollend zu erfüllen. Das Entgegenkommen sollte so großzügig sein, dass seine Schuld ihnen gegenüber wenigstens teilweise gemindert wird.
Und das werden wir jetzt machen," sagte der Daimyo und lies den Kammerdiener rufen.
Wenige Augenblicke später setzte sich der Kammerdiener zu ihnen.

Dann wandte sich der Daimyo an Nagone.
Ich werde nun einen Text für zwei Dokumente diktieren, die für den Daimyo von Tagai, Iroda Akira, und für den Daimyo von Tairuyama, Mikamoto Benjiro, bestimmt sind. Sorgt bitte dafür, dass mir die Briefe bis morgen Mittag zur Unterschrift vorgelegt werden."
„Ihr könnt Euch darauf verlassen", antwortete der Kammerdiener.

Dann begann der Daimyo zu diktieren.
„Im Auftrag unseres allseits verehrten und gerechten Shogun Tokugawa Ietsuna und in seinem Einvernehmen verfüge ich, der Daimyo von Kaisame, Tasakome Masao, Folgendes:
Aufgrund eines außergewöhnlichen Treuebeweises gegenüber unserem Shogun Tokugawa Ietsuna und seiner Familie werden die Präfekturen Tagai und Yasatama für die nächsten acht Jahre von der Erfüllung des Erlasses befreit, der sie zur sofortigen Errichtung eines zusätzlichen Fürstenhofes in der Präfektur Kaisame verpflichtet.
Diese Maßnahme gibt den Präfekturen genügend Zeit, um sich auf die geforderte Erfüllung des Erlasses ausreichend vorzubereiten. Dieses Privileg verliert ihre Gültigkeit, wenn

sich die Präfekturen ungebührlich verhalten und gegen die Gesetze der Zentralregierung verstoßen."

Dann entließ der Daimyo den Kammerdiener, die beiden waren wieder unter sich und der Fürst nahm das Gespräch wieder auf.

„Ich nehme an, dass sie mit dieser Anordnung zufrieden sein können, mehr kann und will ich ihren beiden Daimyo nicht zugestehen. Lassen sie ihre Fürsten wissen, dass unser Entgegenkommen nicht deren Verdienst ist. Es ist allein ihrer vorbildlichen Persönlichkeit und ihren guten Taten zum Wohle der Familie Tokugawa und meiner Familie zu verdanken."

Yaro verbeugte sich lange vor seinem Gegenüber, bevor er antwortete.

„Arigato gozaimasu Tasakome-san, im Namen meines Daimyos Iroda Akira und Mikamoro Benjiro danke ich Euch für diese wohlüberlegte Entscheidung und die Großzügigkeit, die sie auch den Einwohnern der Präfekturen haben zukommen lassen."

Dann ließ Tasakome Essen und Tee bringen. So saßen sie noch lange zusammen und sprachen unter anderem über die Stellung der Samurai in der Gesellschaft und über Moral und Ethik beim Regieren. Er interessierte sich auch für Yaros Werdegang und seine Stellung am Fürstenhof in Jatsuma sowie für seine Beziehung zu Iroda Akira als persönlichem Berater.

Zum Abschluss beschlossen beide, gemeinsam zu meditieren. Beim Abschied kündigte der Daimyo noch einmal seinen Besuch für den nächsten Tag an, um Toshi zu sehen.

In seiner Hütte auf seinem Lager ausgestreckt, ließ Yaro die Ereignisse des Tages noch einmal an sich vorbei ziehen. Er hatte nicht zu hoffen gewagt, dass der Daimyo ihm und den Präfekturen Tagai und Yasatama so wohlwollend und großzügig mit einem unerwarteten Aufschub von acht Jahren begegnen würde.

Die Nachwirkungen, die Yaros Handeln auf die 'Haiku' hatte, waren vorher nicht abzusehen. Hier wurde Yaro daran erinnert, dass der Mensch in den Rhythmus des Lebens mit seinen Höhen und Tiefen eingebunden ist, wie ein Ball auf dem Wasser, bei dem die Wellen die Richtung bestimmen. Dabei ist es nicht immer einfach, die Ursache, also unser Handeln, mit den erst später eintretenden Folgen in Verbindung zu bringen.
Dies sollte einen jedoch nicht davon abhalten, wichtige Handlungen im Voraus zu planen, um auf mögliche Folgen vorbereitet zu sein.
Es geht darum zu wissen, welches Verhalten welche Folgen nach sich zieht. Das in den Kampfkünsten angewandte Prinzip „Erkennen der Zusammenhänge" hatte Yaro im Laufe der Jahre verinnerlicht, um Entwicklungen, die auf körperliche Auseinandersetzungen hindeuten, frühzeitig zu erkennen und auf diese angemessen reagieren zu können.

Yaro beschloss am übernächsten Tag abzureisen, wenn er morgen die wichtigen Dokumente vom Daimyo ausgehändigt bekommt und diese vor Feuchtigkeit geschützt in Wachspapier eingeschlagen hat. Zudem wollte er die zahlreichen Münzen, die er von den Kaufleuten erhalten hatte und bisher nur locker in einem prallgefüllten Geldbeutel trug, gesichert verstauen.
Dafür hatte er sich ein Leinentuch besorgt, das groß genug war, um, einmal umgeschlagen, alle nebeneinander aufgereihten Münzen abzudecken. Dann nähte er die Ober- und Unterseite des Tuches gitterförmig zusammen. Damit waren die Münzen einzeln eingenäht und konnten kein verräterisches Geklimper abgeben. Yaro hatte vor, den breiten

aber flachen Leinenbeutel auf der Höhe der Schulterblätter mit Kordeln zu befestigen.

Noch über seine Rückreise nachdenkend schlief er doch bald ein.

Am nächsten Morgen beim Frühstück im Speisesaal der Leibgarde erschien auch Hauptmann Hatamoto und nahm neben Yaro Platz. Er erkundigte sich nach dessen Befinden und ob die Verhandlungen mit dem Daimyo zu seiner Zufriedenheit verlaufen seien. Was Yaro bejahte, ohne ihm die Einzelheiten der Vereinbarung zu nennen.

Dann erzählte Yaro ihm von seiner geplanten Abreise am nächsten Tag und fragte: „Welche Route können Sie mir für meine Rückreise empfehlen?"

„Nun, es gibt zwei Möglichkeiten, nach Tagai zurückzukehren", begann Hatamoto seine Erklärung, „über das Meer oder über Land. Über das Meer auf die gleiche Weise, wie sie mit einem der Schiffe der Reederei, die den Daimyo gehörte, hergekommen sind. Eine Reservierung für die Überfahrt von Shisamo zu ihrem Zielhafen Togara in der Präfektur Tairuyama wäre für sie gesichert.

Nicht gesichert wäre hingegen, wann das nächste geeignete Schiff in Shisamo eintrifft, denn die Schiffe, die hier die Nordküsten der Präfekturen befahren, beginnen ihre Fahrt in der östlich gelegenen Präfektur Mohatome. Aufgrund der ständig wechselnden Wetterbedingungen und deren Auswirkungen auf das Meer ist es selten möglich, genau zu bestimmen, wann ein Schiff ein- oder auslaufen kann. Außerdem muss das Schiff für den Transport von Pferden geeignet und vorbereitet sein.

Sie müssen also auf ein Schiff hoffen, welches nicht voll beladen ist, was bei Schiffen, die von Häfen aus der Präfektur Mohatome einlaufen, eher selten vorkommt. Sollte der ungünstige Fall eintreten, dass sie in Shisamo kein geeignetes Schiff bekommen, müssten sie einen sehr beschwerlichen Weg entlang der Küste nehmen.

Deshalb empfehle ich, den meist sicheren Rückweg über Land anzutreten. Von Kaitasami in südwestlicher Richtung nach Katakome, einem größeren Ort, der nahe an einer großen Bucht liegt, die sich zum Ozean hin öffnet. Dann geht es weiter nach Westen, entlang der Küste um die Bucht herum, bis zu einer Abzweigung nach Ryuzenshi, der Hauptstadt der Präfektur Ryusato. Von Ryuzenshi führt ein Handelsweg weiter nach Westen entlang des Binnensees bis zur Hafenstadt Aisume in der Präfektur Yasatama. Von dort ist es noch eine Tagesreise bis zu ihrer Heimatstadt Jatsuma. Sie können sich aber das Ende ihrer Reise auch etwas erträglicher gestalten, indem sie Ryuzenshi im Süden liegen lassen und bis nach Raika reiten, einem weniger bekannten Ort am Binnensee. Dort besteht die Möglichkeit, sich gegen Bezahlung auf dem Seeweg entlang der Buchten des Binnensees nach Aisume bringen zu lassen."

„Vielen Dank für die hilfreichen Ratschläge, woher kennen Sie sich so gut aus?", fragte ihn Yaro.
„Ich hatte dort vor einiger Zeit einen Auftrag zu erledigen", antwortete der Hauptmann kurz.
„Aufgrund ihrer hilfreichen Ratschläge werde ich wohl die von ihnen empfohlene Reiseroute über Land wählen", sagte Yaro und verabschiedete sich von Hatamoto.

◇

Den Vormittag verbrachte Yaro mit Toshi vor der Hütte. Er genoss die warmen Sonnenstrahlen und dachte über seine bevorstehende Reise nach. Er war sich ziemlich sicher, dass er den Seeweg über den Seto-naikai wählen würde, der ihn sehr an seine Jugendzeit erinnerte, als er mit seinen Freunden Yoshi und Haru schöne Stunden am Ufer des Sees verbrachte.

Ebenso an die unzähligen Bootsfahrten mit seinem Vater in die Mitte des Sees, um in den frühen Morgenstunden die Fischernetze auszuwerfen. Selten hatte er sich damals seinem Vater so nahe gefühlt wie in den Momenten, in denen sie schweigend nebeneinander auf die glatte Wasseroberfläche starrten und auf einen guten Fang hofften.

Yaro wurde wehmütig, als er an die Vergangenheit dachte. Jetzt dachte er an seine Frau Ayumi und seine Kinder Koichi und Michiko, die sich bestimmt um ihn sorgten und seine Rückkehr nach Jatsuma herbeisehnten. Nachdem Yaro seine Mission für die Präfekturen erfolgreich beendet hatte, sehnte auch er sich nach einem hoffentlich baldigen Wiedersehen.

In dieser wehmütigen Stimmung griff er zu seiner Shinobue und spielte Harmonien, wie sie ihm gerade in den Sinn kamen. Sichtlich berührt von den Klängen legte Toshi seine Schnauze auf Yaros Knie und beobachtete sein Spiel, ohne dabei den Kopf zu heben. Doch dann spitzte Toshi die Ohren, richtete sich auf und blickte in die Richtung, aus der drei Männer mit großen Schritten über das Burggelände auf sie zukamen. Als sie jedoch sahen, wie Toshi sich zu seiner vollen Größe aufrichtete, verlangsamten sie ihre Schritte und kamen zögernd näher.

Yaro legte seine Hand auf Toshis Rücken, woraufhin sofort alle Anspannung von ihm abfiel. Während sich der Hund auf seinen angewinkelten Vorderbeinen mit erhobenem Kopf neben Yaro niederließ, erhob sich dieser und verbeugte sich respektvoll vor den Männern, als er zwischen zwei Samurai den Daimyo Tasakome erkannte.

„Konnichiwa Yamato-san, kann ich mich ihnen nähern, ohne gefressen zu werden?", fragte der Daimyo scherzhaft, aber mit dem nötigen Respekt vor dem Tier.

„Ja sicher Tasakome-san, es wird ihnen nichts passieren,

denn er ist sehr gehorsam und reagiert nur auf meine Befehle", antwortete Yaro.

Nach dem gestrigen, vertraulichen Abend hatte der Daimyo nicht das Verlangen auf den Privilegien zu bestehen, die ihm seinen Rang gemäß zustanden, und nahm anspruchslos neben Yaro auf der Holzbank Platz. Dies sorgte für allgemeines Erstaunen bei den Burgbewohnern, die die beiden unbeschwert vor der Holzhütte sitzen sahen.

„Das ist ein beeindruckender Hund. So ein Tier habe ich noch nie gesehen. Erzählen Sie mir, woher er kommt und wie sie zusammengekommen sind."

So erzählte Yaro von seiner europäischen Herkunft und seiner wahrscheinlichen Ausbildung zum Hirtenhund, um die Herde seines Herrn auf dessen Kommando zu führen und zu leiten und vor tierischen und menschlichen Feinden zu schützen. Mit einem Lächeln betonte Yaro, dass Toshi ihn als seinen Herrn auserwählt habe und er daraufhin die Aufgabe als sein Herr angenommen habe. Eine Entscheidung, die er bis heute nicht bereute.

„Als die Zofe dem Shogun von den Ereignissen auf dem Schiff erzählte und Ryo mir von seiner Begegnung mit den Banditen berichtete, waren beide von der Urgewalt des Hundes beeindruckt", sagte der Daimyo.

„Auch ich war beeindruckt, mit welcher Kraft er meinen Befehlen folgte. So etwas hatte ich nicht erwartet und noch nie erlebt. Er scheint sich seiner selbstbewussten Ausstrahlung bewusst zu sein, die seine Gegner einschüchtert", fügte Yaro hinzu.

„Ja, das stimmt", antwortete der Daimyo mit einem Seitenblick auf Toshi, der ruhig mit der Schnauze auf seinen Pfoten lag.

„Darf ich ihren Hund einmal anfassen, ohne dass er mir gleich die Hand abbeißt?"

„Ja, sie können es zumindest versuchen", antwortete Yaro

scherzhaft, „aber haben sie keine Bedenken, sie können es tun und es wird ihnen nichts passieren."

Als Tasakome aufstand und sich über Toshi beugte, sagte Yaro in sanftem Ton zu Toshi: „Bleib ruhig, es wird nichts passieren."

Ohne sich zu rühren, blieb Toshi liegen und ließ sich vom Daimyo über das Fell streicheln.

„Sie wollen also morgen nach Hause zurückkehren", sagte der Daimyo, lehnte sich auf der Bank zurück und blinzelte in die Sonne.

„Ja, das ist meine Absicht. Ich sehne mich nach meiner Familie. Zumal meine Frau Ayumi sich mit jeder neuen gefährlichen Mission mehr Sorgen um mich macht."

„Ich kann verstehen, dass ihr so schnell wie möglich nach Hause wollt, obwohl ich euch gerne noch lange hier behalten würde. Denn ich habe euch als Menschen schätzen gelernt und die Gespräche mit euch waren eine Bereicherung für mich. Wie immer ist es hilfreich für das eigene Leben, neue Gedanken und Eindrücke von außen zu bekommen.

Gerade für Regierende sind sie wichtig, um ausgewogen zu regieren und Sachverhalte sachlich, also frei von Emotionen, beurteilen zu können.

Deshalb ist es ein Glücksfall, wenn man jemanden wie Sie als vertrauensvollen Berater an seiner Seite hat. Jemanden, der über eine stabile Persönlichkeit verfügt und mit seinen erworbenen geistigen und körperlichen Fähigkeiten in der Lage ist, seine persönlichen Einschätzungen auf Augenhöhe vorzutragen.

Einen Mann wie sie hätte ich gerne an meiner Seite und später auch für meinen Sohn Takeshi.

Deshalb frage ich sie, wäre es für Sie denkbar, jetzt oder später als mein Berater hier an meinen Hof zu kommen und mit mir gemeinsam die Politik in dieser Region zu gestalten? Sie wissen, dass ich mit meinen Verbindungen zum

Shogun und zur Zentralregierung ihre Versetzung an meinen Hof anordnen kann. Aber das strebe ich nicht an, dafür ist meine Hochachtung für ihre Person zu groß."

„Ihre gezeigte Wertschätzung meiner Person und das damit verbundene Angebot überraschen mich sehr und bringen mich in Verlegenheit. Ich muss zugeben, dass mir das Zusammenleben auf der Burg und das Verhalten der Burgbewohner überraschend gut gefällt. Ausschlaggebend für dieses gute Gefühl ist natürlich ihr wohlwollendes Verhalten mir gegenüber.
Unter anderen Umständen würde ich ihrer Bitte gerne nachkommen. Aber jetzt fühle ich mich meinem Daimyo Iroda Akira verpflichtet, als sein Untergebener und als sein Freund. Wir fühlen uns als Brüder im Geiste, eine Verbindung, die uns beiden viel bedeutet und die wir nicht aufgeben wollen.
Aber wer weiß, was die Zukunft bringen wird und welche Umstände uns zu Handlungen zwingen werden, die wir heute weder erahnen können noch wollen. Doch zum jetzigen Zeitpunkt kann ich ihr Angebot leider nicht annehmen. Ich bitte um ihr Verständnis."

„Es tut mir leid, wenn ich sie bedrängt habe. Bitte fühlen Sie sich mir gegenüber nicht schuldig. Ihre Antwort überrascht mich zu diesem Zeitpunkt nicht. Aber ich wollte ihnen noch vor ihrer Abreise unter vier Augen mein Angebot unterbreiten, um ihnen zu zeigen, dass sie bei uns immer willkommen sind.

Als Dank für das, was sie meiner Familie Gutes getan haben, lade ich sie zu einem gemeinsamen Essen ein. Bringen Sie bitte Ihre Flöte mit, damit wir uns an ihrem Spiel erfreuen können. Bei Einbruch der Dunkelheit werden sie abgeholt.
Nach dem Essen überreiche ich ihnen die Dokumente, die

sie kurz prüfen, bevor ich sie unterzeichne und besiegele."

Dann erhoben sich beide und verbeugten sich gebührend voreinander. Bevor der Daimyo seinen Platz verließ, strich er Toshi noch einmal sanft über das Fell. Die Samurai, die den Daimyo begleitet und in gebührendem Abstand gewartet hatten, erhoben sich ebenfalls und schlossen sich dem Daimyo auf seinem Rückweg zur Burg an.

Nun wieder allein, dachte Yaro noch einmal über das großzügige Angebot des Daimyo nach. Ein Angebot, das ihm einmal mehr zeigte, wie hoch andere, hochgestellte Persönlichkeiten seine Fähigkeiten einschätzten. Yaro war erfahren und selbstbewusst genug, um zu wissen, dass er über körperliche und geistige Qualitäten verfügte, die man als außergewöhnlich bezeichnen konnte. Aber diese Qualitäten haben auch andere. Woran lag es, dass andere ihn für etwas Besonderes hielten und seine Nähe suchten?

Für sich selbst kam Yaro zu dem Ergebnis, dass er neben seinen herausragenden Fähigkeiten als ausgezeichneter Schwertkämpfer und kluger Stratege auch eine Geisteshaltung verinnerlicht hat, die ihn zu tugendhaftem Denken und Handeln antreibt.
Tugenden wie Treue, Verlässlichkeit, Ehrlichkeit und andere Eigenschaften, die einen aufrichtigen Menschen auszeichnen. Eine tugendhafte Lebensführung, die für ihn zur Selbstverständlichkeit wurde, für viele aber nicht erstrebenswert erscheint.
Anderen wiederum fehlt einfach die Willenskraft, diese Tugenden anzustreben und mit deren Anforderungen leben zu wollen.

Für einen kurzen Moment entdeckte Yaro einen Hauch von Eitelkeit in sich aufsteigen, als er stolz darauf war, dass der Daimyo ihm eine so hohe Position an seinem Hof anbot, die ihn sogar in die Nähe des Shogun brachte.

Eine nie erahnte Wertschätzung seiner Person.

Dennoch fiel es Yaro leicht, abzulehnen, denn er hatte bereits am vergleichsweise beschaulichen Fürstenhof in Jatsuma erlebt, wie schnell sich die Machtverhältnisse ändern konnten und wie leicht man in den damit verbundenen Machtkämpfen untergeht.

Yaro wollte sich und seine Familie nicht wie eine Marionette von der Gunst einzelner Personen oder der nahen Zentralregierung abhängig machen.

Wie verabredet erschien noch vor Sonnenuntergang ein Samurai vor Yaros Hütte, um ihn zur Burg und dann zu den Privatgemächern des Daimyo zu begleiten. Yaro betrat einen Raum, dessen Wände in einem goldbraunen Farbton gehalten waren. Nur wenige Rollbilder mit bunten Vogelmotiven auf hellem Hintergrund waren wirkungsvoll platziert. In der Mitte des Raumes stand ein brauner Esstisch, der bereits mit Geschirr gedeckt war. An der rechteckigen Tafel saßen bereits die Gäste und unterhielten sich angeregt. Ein Platz an der Stirnseite war noch frei und offensichtlich für Yaro reserviert.

Nachdem die Shoji hinter Yaro von außen geschlossen wurde, erhob sich Tasakome und kam mit einer einladenden Bewegung auf ihn zu, wobei er auf den noch freien Platz deutete. Yaro hatte allein an der vorderen, schmalen Seite des Tisches Platz genommen. Ihm gegenüber saß der Daimyo mit seiner Frau Naru. Links vom Daimyo, von Yaro aus gesehen, saß sein Sohn Takeshi mit seiner Frau Rumi, die ihm bereits zwei Kinder geschenkt hatte. Neben ihm saß der Kammerdiener Nagone. Rechts neben Naru hatte sich ihre Tochter Hanami mit ihrem zukünftigen Ehemann Manabu Ryo niedergelassen, neben Ryo saß Hauptmann Hatamoto. „Bevor wir mit dem Essen beginnen, möchte ich einige Worte an unseren Ehrengast richten", begann Tasakome. „Es war mir ein Bedürfnis, mich in diesem Rahmen von Euch, Yamato-san, im Kreise meiner Familie und meiner engsten Gefolgsleute zu verabschieden.Ich wollte mich auch im Namen meiner Familie für ihre guten Taten bedanken, die uns vor großen Kummer bewahrten. Ich darf ihnen versichern, dass sie jederzeit an unserem Hof willkommen sind. Sollten sie mit ihrer Familie einmal in Not geraten, zögern sie nicht, unsere Familie um Hilfe zu bitten.”

Beeindruckt von der Ansprache des Daimyo verbeugte sich Yaro länger als üblich und drückte damit seine große Dankbarkeit und seinen Respekt aus, denn alle Familienmitglieder waren vornehm gekleidet. Die Frauen trugen kostbare bunte Kimonos mit großflächig aufgetragenen bunten Blumen- oder Tiermotiven, während die Kostbarkeit der einfarbigen Kimonos der Männer an ihren feinen Stoffen und dezenten Mustern zu erkennen war.

„Ehrenwerter Herr Tasakome-san', antwortete Yaro nun mit belegter Stimme, „vielen Dank für Ihre lobenden Worte und diesen Abschied für meine Person, sowie für Ihre angebotene Hilfe für die Zukunft, was mir sehr viel bedeutet. Das ist mehr, als ich je erhoffen konnte. Ich bin tief beeindruckt von ihrer Großzügigkeit und Güte.”

Lachend sagte der Daimyo: ..Ich freue mich, einen so außergewöhnlichen Schwertkämpfer und Menschen beeindrucken zu können. Das ist ein guter Grund, jetzt mit dem Essen zu beginnen. Itadakimasu ”
Lachend wünschten sich die Anwesenden ebenfalls einen guten Appetit und freuten sich auf die Speisen, die bereits serviert wurden. Das schmackhafte Essen war in beeindruckender Weise wie Kunstwerke meisterlich schön angerichtet.
In mehreren Gängen wurden neben Reis, Nudeln und gekochtem Gemüse auch zubereitete Speisen mit Fisch und

Rindfleisch serviert. Dazu wurden Tee, süße Obstweine und in Maßen Sake gereicht.

In dieser gelösten Stimmung bat der Daimyo Yaro, einige Lieder auf der Flöte zu spielen. Dieser kam der Bitte gerne nach und begann mit bekannten, fröhlichen Liedern, die zum Mitsingen und Mitklatschen anregten, woran sich der Daimyo gerne beteiligte. Yaro beendete sein Spiel mit schönen und einfühlsamen Melodien, für die er besonders von den Frauen viel Lob erhielt, da sie offensichtlich noch nie ein so schönes Flötenspiel gehört hatten.

Nach einer Weile unbeschwerter Fröhlichkeit forderte Tasakome seinen Kammerdiener und Yaro auf, ihm in den Nebenraum zu folgen. Was Yaro auch tat, nachdem er sich respektvoll von der Familie des Fürsten verabschiedet hatte. Dort ließ sich der Fürst von Nagone die für die Daimyo von Tagai und Tairuyama aufgesetzten Befehle vorlegen. Nachdem er die Dokumente formal und inhaltlich geprüft hatte, legte er sie auch Yaro zur Durchsicht vor.
Da Yaro keine Einwände erhob, genehmigte der Daimyo sie mit seiner Unterschrift und seinem persönlichen Siegel. Dann überreichte er diese seinem Kammerdiener, damit er sie vor Feuchtigkeit geschützt verpackt. Kurze Zeit später erhielt Yaro die fest verpackten Dokumente von Tasakome Masao zusammen mit einem persönlichen Brief an Iroda Akira, den Daimyo von Tagai, dessen Inhalt Yaro nicht kannte.

„Wann wollen Sie morgen aufbrechen?", fragte der Daimyo, als die Formalitäten erledigt waren.
„So bald wie möglich, damit ich am Nachmittag in Katakamo eintreffe. Ich beabsichtige am frühen Morgen aufzubrechen, denn ich muss die Verzögerung bei der Durchquerung der Stadt berücksichtigen."
„Ryo hatte mich gebeten, sie bis zum Verlassen der Stadt begleiten zu dürfen. Ich habe seiner Bitte zugestimmt, so

dass sie in Begleitung einiger Samurai der Leibgarde verhältnismäßig schnell durch den Verkehr und aus der Stadt herauskommen.

„Morgen vormittags habe ich eine wichtige Besprechung, so dass wir uns jetzt schon verabschieden müssen. Nachdem wir alles ausgiebig besprochen haben, bleibt mir nur noch, ihnen eine gute Heimreise zu ihren Familien zu wünschen. Ich hoffe, dass ein Wiedersehen nicht allzu fern ist. Alles Gute für ihre Zukunft.”
„Arigato gozaimasu, vielen Dank Tasakome-san für alles, was Sie für mich und die Präfekturen Tagai und Tairuyama getan haben. Arigato gozaimasu.”

Dann verbeugten sich beide formvollendet und Yaro verließ im Stand rückwärtsgehend den Raum.

+—

Als Yaro am Abreisetag sein Frühstück im Speisesaal der Leibgarde beenden wollte, erschien Hauptmann Hatamoto erneut und begrüßte ihn gut gelaunt.

„Ohayo gozaimasu Yamato-san, ich wollte Ihnen noch einmal eine gute Reise wünschen.”

„Danke Hatamoto-san, auch ich wünsche ihnen einen guten Morgen und danke für die guten Reisewünsche”, antwortete Yaro, von dessen guter Laune angesteckt.

„Aber ich bin noch aus einem anderen Grund gekommen”, sagte Hatamoto und legte ein gefaltetes Blatt Papier auf den Tisch.

„Ich habe gestern in meinen Unterlagen eine Karte von dem Gebiet gefunden, durch das ihre Route führt. Die wird ihnen sicher helfen, sich dort besser zurechtzufinden.”

„Wollen sie mir nicht erzählen, warum sie sich in dieser Gegend so gut auskennen und was sie dorthin geführt hat?", versuchte Yaro es noch einmal.

„Das erzähle ich ihnen bei unserem nächsten Treffen bei ein paar Flaschen Sake, wann immer das sein wird. Vielleicht war es die Liebe, die mich dorthin führte.”

Nachdem sich Yaro für die Karte bedankt hatte, erhob sich der Hauptmann, verbeugte sich respektvoll vor Yaro und sagte, da er davon ausging, dass sie sich lange, wenn überhaupt, nicht wiedersehen würden: „Sayonara”

Doch bevor er endgültig verschwand, drehte er sich noch einmal um und sagte mit einem geheimnisvollen Lächeln: „Passt gut auf euch auf, es gibt dort viele Bösewichte und sogar Hexen.”

Auch Yaro konnte sich ein Lächeln nicht verkneifen, ohne zu ahnen, wie recht Hatamoto damit hatte.

Yaro war noch dabei, sein Pferd Aiki aus dem Stall zu führen, als Ryuo und vier Samurai vor Yaros Hütte eintrafen. Die Samurai trugen neben ihren Schwertern auch Holzstöcke, um sich einen Weg durch den Verkehr zu bahnen. Als sie sich näherten, richtete sich Toshi abwartend auf. Dann trottete er schwanzwedelnd auf Ryo zu und ließ sich von ihm den Hals kraulen. Doch die Samurai der Leibwache hielten sich respektvoll zurück, denn Ryo hatte ihnen von der Gefährlichkeit des Hundes berichtet.
Bald verließen sie das Burggelände und stürzten sich in das morgendliche Treiben, in dem sich bald jeder mit seinem voll beladenen Handkarren oder dem schwerfälligen Ochsenkarren unter viel Geschrei durch die engen Gassen und Straßen quälte, um so schnell wie möglich an sein Ziel zu gelangen.
Die Samurai begleiteten die beiden Reiter zu Fuß. Dank der Eskorte, vor der die Menschen respektvoll und ohne nennenswerten Widerspruch Platz machten, durchquerten sie die Stadt zügig, bis sich außerhalb von Kaitasami eine weite, flache Ebene auftat. Dann hieß es Abschied nehmen von Ryo, der sich noch einmal bedankte und sich mit den Samurai mehrmals verbeugte, bis Yaro sein Pferd in einen leichten Trab brachte und Toshi neben ihnen blieb.

Die Straße, der sie nun folgten, führte nach Südwesten. Sie war breit genug, um auch Ochsengespannen Platz zu bieten, wenn sie sich begegneten. Der Boden war fest und glatt. Das war keine Selbstverständlichkeit, denn nicht selten erschwerten tiefe, hart gewordene Fahrspuren den schweren Gespannen ein zügiges Vorankommen mit den Pferden. Falls erforderlich, stiegen die Reiter dann ab und führten ihre Pferde zu Fuß an der Leine, um Verletzungen zu vermeiden.
Im leichten Trab ging es weiter an Feldern vorbei, auf denen vor allem Weizen, aber auch Gerste und Hafer ange-

baut wurden. Nicht zu übersehen waren die Wasserflächen des Reisanbaus.

Als die Sonne am höchsten stand, suchte sich Yaro ein schattiges Plätzchen an einem Fluss. Unter einem Baum aß er einen seiner geliebten süßen Reiskuchen und ließ Toshi daran teilhaben, während Aiki Gras fraß und seinen Durst im Fluss löschte. Dann ging es wieder weiter, bis sie zu einer Weggabelung kamen, die auch auf Hatamotos Karte eingezeichnet war. Die Abzweigung führte nach rechts, also in südwestlicher Richtung nach Katakamo. Die Hauptstraße hingegen verlief direkt weiter nach Süden und endete in der Hafenstadt Hasare am großen Ozean.
Einige Zeit später, nachdem Yaro den Weg nach Katakamo eingeschlagen hatte, erreichte er einen Bambuswald. Der von der schräg stehenden Sonne durchflutete Wald lud zum Eintreten ein. Die ohnehin schon schmaler gewordene Straße wandelte sich nun zu einem breiten, hellen Weg, der sich zwischen den hohen Bambuspflanzen hindurch schlängelte. Auf beiden Seiten war er von dichtem, grünem Buschwerk gesäumt. Unmittelbar dahinter ragten die dicht stehenden Bambusstämme in den Himmel. Yaro war wieder einmal beeindruckt von der Kraft und Stabilität, die ein Gras wie Bambus erreichen kann.

Yaro fühlte sich wohl in diesem Wald und die Zeit verging wie im Flug. Nun hoffte er, bald die Häuser von Katakamo zu sehen, denn schon von weitem hörte er das Rufen und Schreien der spielenden Kinder.
Stattdessen erblickte er hinter der nächsten Wegbiegung einen kleinen See, an dem sich die Kinder austobten. Doch sofort erkannte Yaro, dass es sich bei dem lauten Geschrei nicht um Spiel, sondern um Angstschreie handelte. Als er näher kam, sah er, wie ein Junge ausgestreckt und reglos auf dem Bauch am Ufer lag und die Kinder ratlos und weinend um ihn herumstanden.

Sofort rannte Yaro zu dem Jungen, der noch mit den Beinen im See lag. Er zog ihn aus dem Wasser und drehte ihn auf den Rücken. Yaro fühlte keinen Puls mehr am Hals und begann sofort mit der Wiederbelebung. Glücklicherweise übergab sich der Junge nach kurzer Zeit, die Yaro endlos vorkam, mit einem Schwall Wasser. Er konnte sich wieder aufsetzen, hustete und war mit geöffneten Augen wieder ansprechbar.

Als Yaro begann, den Jungen wiederzubeleben, rannten die Kinder davon, bis auf einen Jungen, der die ganze Zeit verängstigt und mit Tränen in den Augen neben Yaro gestanden hatte. Dieser kniete sich nun zu dem Jungen hin, der immer noch am Boden saß.

„Yuji mein lieber kleiner Bruder. Ich bin es Iori was machst du denn nur. Ich hatte große Angst um dich gehabt", sagte Iori mit weinerlicher Stimme und Tränen in den Augen. „Komm lass uns nach Hause gehen."

Während sie sich umarmt vom See entfernten, schienen sie die Welt um sich herum zu vergessen, so auch Yaro, der sich langsam erhob und zu seinen Tieren ging, die immer noch an der gleichen Stelle standen, seit er sie verlassen hatte. Bevor er die beiden Kinder aus den Augen verlor, sah er noch, wie ihnen die anderen Kinder und einige Erwachsene entgegenkamen und sie umarmten.

Yaro musste sich nach dem Geschehenen erst einmal beruhigen und legte sich mit Toshi in den Schatten eines Baumes am See, wo auch Aiki sich ausruhen und stärken konnte. 'Was ist nur los mit mir?', dachte sich Yaro. 'Es ist seltsam, wie oft ich - auch auf dieser Reise - in Umstände gerate, in denen es um Leben und Tod geht, als würde ich die Gefahr anziehen oder noch schlimmer, als würde ich sie suchen.' Dann verscheuchte er diesen Gedanken aus seinem Kopf und sie brachen auf nach Katakamo.

Katakamo war ein kleines Dorf, wie man es oft auf dem Land findet, und erinnerte Yaro an seinen Geburtsort Satama. Auch hier teilte eine Hauptstraße den Ort in zwei Hälften, von der vereinzelt kleine Gassen abzweigten. Ein einstöckiges Gasthaus mit Terrasse vor dem Gastraum und ausreichenden Stallungen lud ebenfalls am Ortseingang zur Einkehr ein.

So suchte Yaro die Herberge auf, um dort zu übernachten. Während er im Gastraum an der Theke auf den Wirt wartete, hörte er aus einem Nebenraum hinter der Schänke aufgeregtes Stimmengewirr, aus dem ihm einige Wortfetzen wie „ertrunken, Ortsvorsteher, Hund, gerettet" entgegen drangen. Offensichtlich sprachen sie über das Geschehen am See.

Dann trat ein Mann, der offenbar der Wirt war, aus der Tür des Nebenraumes und sah Yaro überrascht an.
„Was wollt ihr?", fragte er eher zerstreut als unfreundlich.
„Ich brauche ein Nachtlager für mich und mein Pferd und ein Abendessen", antwortete Yaro.
„Mit dem Abendessen und der Unterkunft für das Pferd kann ich dienen, aber nicht mit einer Unterkunft für sie. Wir sind mit unseren Stammgästen ausgebucht. Tut mir leid", kam die Antwort schon wesentlich freundlicher.
„Gibt es hier im Ort noch eine andere Herberge, in der man übernachten kann?"
„Nein, wir sind die einzige hier im Ort", bedauerte der Wirt.
„Wäre es vielleicht möglich, bei meinem Pferd zu übernachten?", fragte Yaro nun.
„Ja schon", antwortete der Wirt verwundert, „aber ich halte Euch für einen hohen Herrn, dem man so etwas nicht zumuten, geschweige denn anbieten sollte."
„Das wäre für mich jedenfalls angenehmer als im Wald....."

Weiter kam Yaro mit seinen Ausführungen nicht, denn zwei Männer stürmten in den Gastraum und riefen nach dem Wirt.

„Haru was ist das für ein schwarzes Tier auf der Terrasse, das uns angeknurrt hat, als wir das Ungestüm aus der Nähe betrachten wollten."

Von dem Lärm angelockt, betrat auch die Frau des Wirtes den Gastraum.

„Was redet ihr da, seht ihr Gespenster? Ich weiß nichts von dem, was ihr gesehen habt", antwortete der Wirt.

„Ihr meint sicher meinen Hund, der draußen auf mich wartet", schaltete sich Yaro in das Gespräch ein.

„Ihr habt nichts zu befürchten, wenn ihr respektvoll mit dem Tier umgeht. Es wird nur gefährlich, wenn ich es will. Seht selbst."

Yaro gab nur einen leisen Pfiff von sich und schon erschien Toshi im Türrahmen und trottete auf Yaro zu. Er war erstaunt, dass sein Hund den Moment erkannt zu haben schien, in dem es unangebracht war, seine Gefährlichkeit zu zeigen. Stattdessen setzte er sich brav neben seinen Herren.

Bevor sie Kaitasami verließen, hatte Yaro ihm noch ein lockeres rotes Stoffhalsband angelegt, um zu zeigen, dass Toshi einen Besitzer hat und kein Freiwild war, das man ohne Grund töten konnte.

Nun fragte die Wirtin: "Wart ihr heute zufällig am See?"

Als Yaro ihre Frage bejahte, sagte sie: „Jetzt setzt euch erst einmal und bestellt euer Abendessen. Wir finden bestimmt noch eine passende Übernachtungsmöglichkeit für euch."

Dann ließ sie ihren erstaunten Mann stehen und verschwand wieder im Nebenraum.

Als der Wirt die Schüsseln mit dem bestellte Essen auf Yaros Tisch platzierte, regte sich Unmut unter den Stammgästen. Bis einer dem Wirt zurief: „Haru, willst du tatsächlich zulassen, dass jemand von außerhalb seinen Hund mit in unseren Gastraum bringt?"

„Lasst ihn doch, er liegt ruhig unter dem Tisch und stört niemanden", antwortete der Wirt beschwichtigend, um die Gemüter zu beruhigen.

„Entweder du schmeißt den Hund raus oder wir gehen", kam die Antwort.

Yaro merkte schnell, dass es den aufsässigen Stammgästen nicht um den Hund ging, sondern dass sie nach einigen Flaschen Sake auf eine körperliche Auseinandersetzung mit dem exzentrischen Fremden aus waren, der so dekadent erschien, weil er mit einem Hund durchs Land zog. Solche Fremden, vor denen man wohl auch seine Kinder schützen muss, wollten sie hier nicht haben.

Der Wirt fühlte sich in seiner Rolle nicht wohl, trat an Yaros Tisch und begann, ihn zögernd anzusprechen.

„Entschuldigen Sie, geehrter Herr, aber darf ich Sie bitten, Ihren Hund..."

Yaro unterbrach ihn, denn er erkannte die missliche Lage, in der sich der Wirt befand.

„Ich werde meinen Hund auf die Terrasse beordern, damit hier wieder Ruhe einkehrt."

„Arigato gozaimasu für Ihr Verständnis, vielen Dank", antwortete der Wirt erleichtert. Dann sprach Yaro leise mit seinem Hund, worauf Toshi langsam den Gastraum verließ und sich auf die Terrasse neben dem Eingang legte.

Während Yaro weiter aß, behielt er die Gäste im Auge. Denn er spürte, dass der Konflikt noch immer schwelte. Ihr Wortführer, sie nannten ihn Hiro, war ein großer, kräftiger Mann, der es sich nicht nehmen ließ, die anderen aufzuwiegeln. Als er wütend aufstand, versuchten die anderen, ihn zurückzuhalten. Aber er ließ sich nicht davon abhalten, gegen Yaro handgreiflich zu werden, um ihn aus dem Gastraum zu werfen.

Yaro erkannte nicht den Grund für dessen aggressives Verhalten, denn die Anwesenheit von Toshi im Gastraum war als Anlass zu gering, zumal er den Raum sofort verlassen hatte. Offensichtlich sah Hiro hier eine Gelegenheit, seine Kraft im Kampf zur Schau zu stellen. Diese Art der Männer, ihre Stärke zu zeigen, war Yaro, spätestens seit er Kampfkünste betrieb, zuwider. Diese Art des Kräftemessens langweilte ihn. Er hatte nicht das Bedürfnis, sich an diesem Ort aus einem nichtigen Grund auf eine körperliche Auseinandersetzung einzulassen.

Als Hiro erregt auf Yaros Tisch zustampfte, stieß Yaro einen schrillen Pfiff aus, der Toshi Gefahr signalisierte. Einen Augenblick später stürmte Toshi in den Gastraum und stellte sich mit gefletschten Zähnen und aufgestelltem Rückenhaar neben Yaro. Überrascht von der Gefährlichkeit des Tieres taumelte Hiro mit erschrockenem Gesicht zurück.
„Hör zu, ich will keinen Streit mit dir. Ich weiß auch nicht, was dich dazu treibt. Ich habe schon viele dieser sinnlosen Kämpfe führen müssen und habe keine Lust auf weitere Auseinandersetzungen dieser Art.
Wenn ich dich trotzdem nicht von deinem Vorhaben abbringen kann, wird mich mein Hund so beschützen, dass du froh sein wirst, wenn du noch auf zwei Beinen den Raum verlassen kannst. Glaub mir, es wäre nicht das erste Mal, dass ein solcher Konflikt für den Angreifer ein so trauriges Ende nimmt. Deshalb ist es gesünder für dich, wenn du jetzt den Raum verlässt."

Mit dem Rücken zur Wand schlich Hiro an dem knurrenden Toshi vorbei, der ihn nicht aus den Augen ließ, während Yaro sich wieder seinem Essen zuwandte. Bevor Hiro den Raum verließ, rief er Yaro zu:
„Warte, wir treffen uns noch einmal ohne deinen Hund und dann wird es dir schlecht ergehen."
Dann drehte er sich um und stürmte aus dem Raum, wobei

er beinahe die zurückkehrende Wirtin umrannte, die die Drohung gehört hatte.

„Was ist denn hier los?", fragte sie erstaunt, als sie in Begleitung eines Mannes, der einen Jungen an der Hand hielt, den Raum betrat. Yaro hatte Toshi bereits so weit beruhigt, dass er wieder entspannt unter dem Tisch lag.

„Da ist er", sagte der Junge in Begleitung des Mannes und zeigte aufgeregt auf Yaro, „ja, das ist der Mann".
Yaro erkannte den Jungen, es war Iori, der während der Wiederbelebung seines kleinen Bruders Yuji nicht von seiner Seite gewichen war. Der Mann mit dem Jungen kam an Yaros Tisch, verbeugte sich respektvoll und sprach ihn an. „Konbanwa verehrter Herr, mein Name ist Hasumori Ken und ich bin der Ortsvorsteher von Katakamo. Ich habe zu spät von der Rettung des Enkels meines Bruders erfahren. Wie Iori berichtete, haben Sie seinem Bruder das Leben gerettet. Dafür herzlichen Dank von unserer ganzen Familie. Erst als die Wirtin, die auch Ioris Tante ist, Sie mit dem Hund gesehen hatte, erzählte sie mir davon. Nur so erfuhren wir, dass Sie noch im Dorf waren. Wir stehen in ihrer Schuld, bitte sagen Sie uns, wer sie sind und wie wir uns erkenntlich zeigen können."

„Mein Name ist Yamato Ichiro, ich bin im Auftrag meines Daimyo Iroda Akira unterwegs von Kaitasami nach Jatsuma in der Präfektur Tagai. Ihre Familie schuldet mir keinen Dank. Es war für mich eine Selbstverständlichkeit zu helfen. Ich betrachte es als Belohnung genug, wenn Yuji alles gut übersteht und keinen Schaden nimmt."
„Ja, so sieht es aus, er hatte am Abend wieder guten Appetit, was immer ein gutes Zeichen ist. Ja, er hat heute viel Glück gehabt", sagte der Ortsvorsteher nachdenklich, „dass sie gerade vorbeikamen, als der Unfall passierte. Er war lei-

der so unvernünftig, ins Wasser zu gehen, obwohl wir es ihm
verboten hatten. Denn er leidet an plötzlicher Ohnmacht,
wie es diesmal beim Schwimmen geschehen sein muss. Zum
Glück haben es die Kinder bemerkt und konnten ihn ans
Ufer ziehen, bevor er im See versank.”

Um das Thema zu wechseln, fuhr Hasumori fort: „Ich hoffe,
dass sie wenigstens hier in der Herberge gut versorgt sind
und sich bis jetzt gut entspannen konnten.”
„Leider nicht”, meldete sich der Wirt zu Wort und berichtete von dem Vorfall.
„Es tut mir sehr leid, dass es zu diesem Vorfall gekommen
ist. Ich entschuldige mich im Namen unserer Bewohner,
aber mit Hiro kommt ab und zu dieser Schläger in unseren Ort, dem wir nicht gewachsen sind. Manchmal kommt
er auch mit seinen Kumpanen aus dem Nachbardorf Sasatome und belästigt uns.
Wir haben immer Angst um unsere Frauen und sind froh,
wenn uns der Strolch wieder verlässt. Am schlimmsten wird
es, wenn in Sasatome Veranstaltungen mit Schwertkämpfen
auf Leben und Tod stattfinden, auf die gewettet wird und
die das zwielichtige Gesindel aus der Umgebung anziehen.
Wir haben uns schon an den Fürstenhof gewandt und um
Hilfe gebeten, aber bisher ist nichts geschehen. Wir hoffen
noch immer, dass man uns von diesem unsäglichen Treiben
befreien wird.”

„Sagt, wo ist eigentlich der angeblich so gefährliche Hund,
der Angst und Schrecken verbreitet, dass er sogar Hiro in
die Flucht geschlagen hat?", fragte der Ortsvorsteher und
sah sich mit einem leicht spöttischen Lächeln in der Gaststube um.
„Er liegt unter dem Tisch", sagte Yaro.
Schwungvoll und unbekümmert schaute er unter den Tisch,
wo Toshi ihn mit einem Knurren begrüßte. Als er unter dem
Tisch hervorkam und sich aufrichtete, zog sich Hasumori er-

schrocken in sichere Entfernung zurück.

Erst als sein Puls wieder einigermaßen zur Ruhe kam, sprach er: „Yamato-san, wir würden uns glücklich schätzen, wenn wir die Kosten für ihr Essen und ihre Unterkunft in der Herberge übernehmen dürfen."

„Vielen Dank für Ihre Großzügigkeit. Aber im Moment weiß ich noch nicht, ob ich in Katakamo eine Übernachtungsmöglichkeit finde."

„Wie bitte", fragte der Ortsvorsteher, „was soll das heißen?" Dabei wandte er sich, auf eine Antwort wartend, dem Wirt zu.

„Es tut mir leid, Hasumori-san, das war ein Missverständnis. Selbstverständlich steht Yamato-san in unserem Haus ein ausreichend großes Zimmer für die Nacht zur Verfügung."

„Dann wäre das ja geklärt", antwortete der Dorfvorsteher zufrieden.

„Yamato-san, würdet Ihr mir bitte Euren weiteren Reiseplan erläutern?"

Yaro erzählte von seiner bevorstehenden Route durch Ryusato nach Raki und weiter über den östlichen Teil des Setonakai.

„Oh, dann kommen sie auch am Haus meines Bruders Akuma vorbei. Seit seine Frau vor fünf Jahren gestorben ist, lebt er dort allein mit seinen beiden Kindern. Seine Tochter ist zwanzig, sein Sohn siebzehn. Er lebt vom Fischfang und würde sich über einen Besuch freuen. Er wäre bestimmt dankbar für etwas Abwechslung. Sicher können sie bei ihm auch in der Abgeschiedenheit übernachten. Wenn sie nichts dagegen haben, würde ich ihnen morgen früh einen Brief für ihn mitgeben."

„Das kann ich gerne für Sie tun."

◇

Am nächsten Tag brach Yaro früh auf. Noch während des Frühstücks kam der Bote des Ortsvorstehers mit dem Brief, so dass Yaro keinen Grund sah, noch länger in Katakamo zu verweilen.

Wieder durch dichte Bambuswälder folgten sie im leichten Trab dem Weg nach Süden in Richtung Meer. Doch dann stießen sie auf eine Abzweigung nach Westen, der sie folgten. Von einer leichten Anhöhe aus entdeckte Yaro dann überraschend links des Weges, den Ozean als blauen Streifen in weiter Ferne am Horizont.

Erstaunt fragte sich Yaro, wie der Fischer, den er jetzt besuchen wollte, wohl zu seinen Fischen im fernen Ozean kommt. Doch schon bald erledigte sich die Frage von selbst. Denn nach und nach lichtete sich der Bambuswald und verlor sich in einer Schilflandschaft. So führte der nun schmale Weg wenig später durch dichtes, mannshohes Schilfgras, das sich leicht im Wind wiegte.

Von rechts blendeten ihn plötzlich Sonnenstrahlen, die von einer Wasseroberfläche zurückgeworfen wurden. Neugierig stieg er ab und kämpfte sich mit seinem Kurzschwert durch das hohe Schilf an das Wasser heran.

Beeindruckt stand er nun vor einem großen See, dessen Ufer, so weit er sehen konnte, von dichtem Schilf gesäumt war. Als sein Blick nach links schweifte, entdeckte er nicht weit entfernt ein Haus, das nahe am Ufer stand, an dem zwei Boote lagen und Fischernetze zum Trocknen ausgebreitet waren.

‚Das muss das Haus des Fischers Hasumori Akuma sein, dem Bruder des Ortsvorstehers', dachte Yaro. Berührt von dem schönen Anblick blieb er noch eine Weile stehen. Er musste sich von dem ruhig daliegenden See mit der sanften Hügelkette im Hintergrund losreißen. Dann nahm er Aiki an die Leine und folgte den Weg im gemächlichen Schritt zum Haus des Fischers.

„Hat Ihr Pferd sich verletzt?", fragte der Mann, der aus dem Haus trat, als Yaro sich dem Grundstück näherte.

„Nein, ich wollte nur die Stimmung am See genießen, denn mein Vater war auch Fischer. Alles hier erinnert mich an meine Kindheit", antwortete Yaro.

„Außerdem komme ich aus Katakamo, wo mir ihr Bruder Ken einen Brief für sie gegeben hat. Mein Name ist Yamato Ichiro und ich bin auf der Durchreise nach Jatsuma."

„Ich heiße Hasumori Akuma und bin der einzige Fischer am Südufer des Sees. Meistens fange ich Karpfen, Zander und manchmal Forellen. Mein Fang reicht für den Eigenbedarf, und mit den bescheidenen Erträgen unserer Felder können wir sorgenfrei leben", sagte der Fischer und deutete auf einen Tisch mit zwei Bänken, die im Schatten eines großen Baumes standen.

Dort begann er den Brief zu lesen und war sichtlich erleichtert, dass er keine schlechten Nachrichten enthielt.

Dann rief er nach seinen Kindern. Sofort erschien eine große, aber knabenhaft wirkende Gestalt im Türrahmen der Hütte, die den Neuankömmling wohl vom Fenster aus beobachtet hatte. Hinter dem Baum löste sich ein junger Mann, der einen Köcher mit Pfeilen und einen Bogen quer über den Rücken trug, und ging vorsichtig auf die beiden zu.

„Dies ist der ehrenwerte Herr Yamato Ichiro, der im Auftrag seines Daimyo von Kaitasami nach Jatsuma reist. Wie euer Onkel Ken schreibt", er hielt den Brief geöffnet hoch, „hat Yamato-san den ertrunkenen Yuji wieder zum Leben erweckt."

Zu Yaro gewandt, bedankte er sich mit einer angemessenen, langen Verbeugung.

„Das ist mein Sohn Kanae, der mir manchmal beim Fischen hilft, aber mit seinen siebzehn Jahren lieber ein Samurai wäre, der durch das Schilf streift und unser Anwesen beschützt.

Und da ist meine Tochter Hime, eine hübsche Zwanzigjährige, die sich mit ihrem kurz geschnittenen Haar und dem weiten Gi absichtlich unweiblich geben muss, um bei den hier herumstreunenden Männern keine Begehrlichkeiten zu wecken."
Noch bevor Hime den Tisch erreicht hatte, fragte sie unbekümmert: „Ist das ein Hund oder ein Wolf, der euch da begleitet, und wie heißt er?"
Nun musste Yaro alles über Toshi erzählen und das tat er recht ausführlich, denn er hatte Gefallen an der netten Familie gefunden. Außerdem wollte er damit etwas Abwechslung in ihren Alltag bringen.
„Ist er jetzt gefährlich oder dürfen wir ihn streicheln?", fragte Hime mutig.

„Er wird gefährlich, wenn ich in Gefahr gerate. Aber er hat ein gutes Gespür dafür, ob die Leute böse sind oder es gut mit einem meinen. Deshalb lässt er sich jetzt von euch streicheln."

Hime setzte sich neben Toshi auf die Bank und strich ihm anfangs zögerlich über den Rücken, was er wie immer unbewegt über sich ergehen ließ. Daran änderte sich auch nichts, als auch der Fischer und sein Sohn Vertrauen zu Toshi gefasst hatten und ihm ebenfalls über das Fell strichen.
„Es ist ein Geschenk des Himmels, wenn du einem so klugen Tier begegnest und es dich zu seinem Herrn erwählt", sagte Akuma, der Fischer.
Dann, als Toshi genug von den Streicheleinheiten hatte, stand er plötzlich auf und trottete ans Ufer, wo er sich neben Aiki legte, der seinen Durst mit dem Wasser aus dem See stillte.

„Yamato-san, eure Anwesenheit erfüllt uns mit Freude. Wollen Sie nicht bei uns übernachten? Unsere Räumlichkeiten sind bescheiden, aber wir haben ein sauberes Bett. Als Sohn eines Fischers wissen sie, wie es in einer Fischerfamilie zugeht", sagte Akuma.

„Gerne nehme ich euer Angebot an, ich fühle mich auch wohl in eurer Gegenwart und der friedlichen Umgebung", antwortete Yaro, woraufhin Hime vor Freude lachend in die Hände klatschte, denn nun konnte sie noch länger mit Toshi zusammen bleiben.

„Wäre es möglich, dass ich euch morgen früh beim Fischen begleiten darf, so wie ich es oft mit meinem Vater getan habe?", fragte Yaro bescheiden.

„Ja sicher, wenn Kanae nichts dagegen hat", sagte Akuma und schaute lächelnd zu seinem Sohn, der mit einem kräftigen Kopfnicken zustimmte. Denn das bedeutete für ihn, dass er länger schlafen konnte.

Nach dem Abendessen saßen der Fischer und Yaro noch lange zusammen, denn Akuma interessierte sich sehr für das, was außerhalb seines täglichen Lebens geschah. Denn er machte sich viele Gedanken darüber, was aus seinen Kindern werden würde, wenn er nicht mehr fischen kann. Denn Hime war schon in einem Alter, in dem sie eine Familie gründen könnte und nicht mit ihrem Vater in der Abgeschiedenheit ihr Dasein fristen müsste.

Am nächsten Morgen, als die Sonne noch nicht aufgegangen war und nur vereinzelte Wolken rosa erhellte, befanden sich die beiden bereits auf der unbewegten, noch grauen Oberfläche des Sees. Yaro durfte das Boot allein mit nur einem Ruder antreiben, wie er es von seinem Vater kannte.

Von ihm lernte er das Wriggen, bei dem das Ruderblatt gleichzeitig zum Antreiben und Steuern benutzt wird. Yaro war begeistert und stolz, dass er diese anspruchsvolle Rudertechnik noch beherrschte. Auch Akuma lobte seine Geschicklichkeit.

Fast in der Mitte des Sees begannen sie zu fischen. Akuma fing meist nur kleine Mengen für den Eigenbedarf und fuhr deshalb nicht jeden Tag auf den See. Größere Mengen fing er, wenn er getrockneten Fisch für den Vorrat benötigte. An diesem Tag war er nur auf den See gefahren, um Yaro einen Wunsch zu erfüllen. Deshalb fischte er mit einem Wurfnetz. Der See schien reich an Fischen zu sein, denn schon nach kurzer Zeit hatten sie Karpfen und Zander gefangen. Akuma wählt aus dem Fang nur Zander aus, um seinem Gast einen besonders hochwertigen Fisch zum Abendessen anbieten zu können.

Nachdem das Netz eingeholt und die Fische verstaut waren, saßen sie noch eine Weile schweigend zusammen und ließen sich von der Stille des Sees beeindrucken. Dann musste Yaro das Boot zurück ans Ufer steuern, während Akuma bereits mit dem Ausnehmen der Fische begann. Am Ufer erwartete sie Toshi, der aufgeregt im Wasser stand und mit dem Schwanz wedelte. Auch Hime winkte ihnen vom Haus aus zu.
Nachdem sie das Boot an Land gebracht und das Netz zum Trocknen aufgehängt hatten, gingen sie mit ihrem Fang zum Haus. Hime kam ihnen aufgelöst entgegen gerannt und sprudelte hervor: „Hiro war hier gewesen."
„Hat er dir etwas angetan?", fragte ihr Vater besorgt.
„Nein. Er wollte zudringlich werden, aber dann kam Toshi knurrend hinter mir hervor, woraufhin Hiro sich laut fluchend zurückzog."

Yaro hatte kein gutes Gefühl bei diesem Strolch, der ihn in Katakamo bedrohte und denn er in seine Schranken verweisen musste. So bleibt zu hoffen, dass der Fürstenhof in Kaitasami bald etwas gegen diesen Mann unternimmt.
Yaro war sich der Gefahr bewusst, in der er schwebte, wenn Hiro seine Drohung gegen ihn wahr machen wollte. Denn jetzt wusste er, wo Yaro sich aufhielt.

Der Tag endete mit einem gemeinsamen Essen, bei dem er

darum bat ihn Yaro zu nennen. Dann als er einige Melodien
auf seiner Flöte spielte, fühlten alle die Traurigkeit, dass er
sich am nächsten Tag von ihnen verabschieden muss.

Yaro fühlte sich nicht gut, als er den Fischer und seine Kinder verlassen musste. Wäre er Herr seiner Zeit gewesen,
hätte er versucht, Hiros Belästigungen ein Ende zu setzen.
Aber er war gezwungen und verpflichtet, Akira und Mikamoro Benjiro so schnell wie möglich über das Ergebnis der
Verhandlungen am Fürstenhof in Kaitasami in Kenntnis zu
setzen.
Hime, die Toshi mit Tränen in den Augen noch einmal eng
umarmt hatte, machte den Abschied nicht leichter. Kanae
war gar nicht erst zum Abschied erschienen, er zog es wohl
vor, irgendwo in seiner Traumwelt als Samurai herumzu-
streunen.
Doch dann war es so weit, Yaro bestieg sein Pferd, rief Toshi
zu sich und ließ den noch immer winkenden Fischer Akuma
und seine Tochter zurück.

In Gedanken an die Zurückgebliebenen versunken, entfernte sich Yaro im langsamen Trab vom Anwesen des Fischers.
Doch plötzlich, er war noch nicht weit geritten, hörte Yaro
hinter sich ein kurzes Surren und spürte einen schmerz-
haften Stoß an seiner linken Schulter. Irritiert von dem
Schmerz, löste er seine rechte Hand vom Zügel und griff
sich an die Schulter, die ein Pfeil durchbohrt hatte.
Den dabei erzeugten Schenkeldruck veranlasste Aiki vor zu
preschen, worauf Yaro sein Gleichgewicht verlor, vom Pferd
fiel und mit dem Kopf am Boden aufschlug. Aiki kam sofort
zum Stehen, während Yaro ohne Besinnung reglos, blutend
und ungeschützt auf dem Rücken lag.
Toshi hatte die Gefahr gespürt und stellte sich schützend
vor seinen Herrn, ohne zu wissen, wo sich der Angreifer

befand. Denn nur einen Augenblick später wurde auch Toshi von einem Pfeil in der rechten Hüfte getroffen, so dass er winselnd mit den Hinterbeinen zusammenbrach und fast bewegungsunfähig auf der Stelle liegen blieb
Yaro und Toshi lagen kampfunfähig am Boden. Nur das wütende Knurren des Hundes war zu hören, als das dichte Schilf beiseite gedrückt wurde und Hiro den Weg betrat. Er hatte sich bereits den Bogen über den Rücken gelegt, als er vorsichtig auf die beiden Verletzten zuging.

„Ja, so sehen wir uns wieder. Ist der stolze Samurai vom Pferd gefallen und hat sich verletzt? Das tut mir leid", spottete Hiro und führte, wie berauscht von seiner Tat, Selbstgespräche.
„Aber ich habe dir versprochen, dass wir uns wiedersehen. Jetzt wirst du hier auf dem Weg verrecken. Ich werde euch beide im Schilf verschwinden lassen und niemand wird euch finden. Ihr seid nicht die ersten, bei denen mir das gelungen ist. Dein Pferd und deine Wertsachen behalte ich. Was dagegen? Gut, wenn ich keinen Widerspruch höre, nehme ich sie zu treuen Händen."
Wie ein Schauspieler auf der Bühne, der einen Monolog vorträgt, ging er gestikulierend vor seinen Opfern auf und ab. Plötzlich hielt er inne und zog sein Katana. Mit der blitzenden Klinge ging er vorsichtig auf den knurrenden Toshi zu.
„Zuerst bis du dran, du Drecksköter."
Dann hob er sein Langschwert in der Absicht, das Tier mit einem schrägen Schnitt zu enthaupten.

Als er konzentriert die Waffe hob, traf ihn plötzlich ein Pfeil in den linken Oberschenkel, so dass er nur mit Mühe das Gleichgewicht halten konnte. Ängstlich blickte er sich nach dem Schützen um, konnte aber niemanden entdecken. Stattdessen schoss ein zweiter Pfeil aus dem dichten Schilfgras auf ihn zu und traf ihn in den linken Oberarm.

Hiro war nun nahezu wehrlos.

Er erkannte seine aussichtslose Lage und schleppte sich zu der Stelle im Schilfgras, von der aus er geschossen hatte. Dort verschwand er vom Ort seiner Untat.

Als nichts mehr von seiner Flucht durch das Schilfgras und dem Brechen der stabilen Schilfrohre zu hören war, trat Kanae mit schussbereitem Bogen auf den Weg.

Nachdem er sich noch einmal vergewissert hatte, dass keine Gefahr mehr bestand, ging er zu Yaro und fühlte seinen Puls am Hals. Er lebte noch. Aber er hatte eine stark blutende Wunde an der Stirn, worauf Kanae sein Messer zog, ein Stück Stoff aus seinem Gi schnitt, es zusammenrollte und auf die Kopfwunde legte. Dann schnitt er zwei Haltebänder von Yaros Hakama ab und legte eines davon als Verband um Yaros Kopf. Mit einem dünnen, aber stabilen Stück Schilfrohr machte er einen Druckverband, der die Blutung stoppte.

Kanae behandelte die Wunde sehr geschickt, denn er erinnerte sich daran, wie sein Vater ihn auf dem Boot verbunden hatte, als er sich mit einem Messer in den Unterarm geschnitten hatte.

Die Wunde an Yaros Schulter blutete nicht stark, da es sich um einen Durchschuss handelte und der noch steckende Pfeil zunächst eine starke Blutung verhinderte.

Dann kümmerte sich Kanae um Toshi, der wohl spürte, dass er Gutes tun wollte. Vielleicht erinnerte er sich daran, wie Yaro ihm damals den Stachel aus der Pfote gezogen hatte und er sich danach ohne Schmerzen bewegen konnte.

Toshi ließ Kanae trotz der Schmerzen gewähren, als der Pfeil entfernt und er verbunden wurde. Zum Glück war es kein Durchschuss, denn der Pfeil hatte den Hüftknochen getroffen und Toshi war in Bewegung gewesen als der Pfeil ihn traf.

Kanae streichelte danach Toshi und Aiki beruhigend über das Fell und versprach, bald wiederzukommen.

Federnd und ruhig lief er den Weg zurück zum Anwesen des Fischers. Bewusst nahm er Aiki nicht mit, um schneller nach Hause zu kommen. Denn er wusste, dass das Pferd an der Seite seines Herrn jetzt von größerem Nutzen war. Aiki würde Yaro nicht von der Seite weichen und wie ein Wachhund keinen Fremden in die Nähe von Yaro und Toshi lassen.

十二

Yaro erwachte zum ersten Mal auf einem Futon, die Schlafmatte war entlang der Wand in einem dunklen Raum aus-
gerollt. Es schien der einzige Raum in einer größeren Hütte
zu sein. Tageslicht drang nur durch ein kleines vergittertes
Fenster knapp unterhalb der Raumdecke und durch die offene Eingangstür.
Um den Raum genauer anzusehen, wollte Yaro sich aufrich-
ten. Doch ein heftiger, stechender Schmerz im Kopf warf ihn
auf seine Matte zurück. Er war sich seiner Hilflosigkeit bewusst und versuchte sich mit einem Stöhnen bemerkbar zu
machen. Erschöpft schlief er wieder ein.

Beim nächsten Erwachen verspürte er einen starken Durst
und rief mit ausgetrocknetem Mund und aufgesprungenen
Lippen so laut er konnte nach Wasser. Tatsächlich wurde er
erhört und eine für ihn nur schemenhaft erkennbare Gestalt
erhob sich von ihrem Platz an einer kleinen Feuerstelle in
der Mitte des Raumes. Von der Feuerstelle stiegen Dämp-
fe auf. Sie verteilten sich im Raum und hinterließen einen
betörenden Duft nach Moschus und Jasmin.

In ein bodenlanges, dunkles Gewand gehüllt, trat die Gestalt an Yaros Matte und kniete sich hin. Behutsam glitt
eine Hand unter Yaros Kopf und hob ihn so weit an, dass
sie ihm mit der anderen Hand Wasser aus einem Fläschchen
in den Mund träufeln konnte.
Nachdem Yaro seinen ersten Durst gelöscht hatte, erkannte er, dass es sich bei der Gestalt um eine Frau handelte.
Sie schien jünger zu sein, als es auf den ersten Blick den
Anschein machte. Denn sie hatte ihr dichtes Haar, das ihr
lang über den Rücken fiel, grau gefärbt und ihr Gesicht

blass geschminkt.

„Wer bist du und wo bin ich?", krächzte Yaro mit immer noch trockenem Mund.

„Man nennt mich Maru, die Hexe oder Heilerin. Such dir aus, was dir gefällt", sagte sie mit warmer, tiefer Stimme, „du bist in meiner Hütte, die am Wegesrand liegt. Sie liegt nicht weit vom Anwesen des Fischers Hasumori Akuma entfernt."

„Lebst du hier allein und wenn ja, ist es in dieser Gegend nicht gefährlich?"

„Ja, ich lebe alleine und ungestört, denn wer will sich schon mit einer Hexe anlegen", sagte sie zum ersten Mal lächelnd, „dazu fehlt den Großmäulern der Mut."

„Wie lange bin ich schon hier?", fragte Yaro.

„Heute ist der achte Tag, seit sie dich zu mir gebracht haben."

„Was, so lange?", brach es aus Yaro heraus und er wollte sich auf seinen Ellenbogen stützen. Doch der Schmerz ließ ihn sofort wieder auf seine Schlafmatte fallen.

„Und wer hat mich hierher gebracht?", kam seine nächste Frage.

„Akuma und seine Kinder haben dich zu mir gebracht. Zum Glück hat Kanae dich gut verbunden, sonst würde es dir noch schlechter gehen. Aber wie heißt du eigentlich und wer bist du?", fragte Maru nun.

Yaro stellte sich nur mit seinem Namen vor und erwähnte kurz, dass er wegen eines Auftrags nach Jatsuma müsse. Dann fragte er nach seinen Habseligkeiten, seinem Pferd und seinem Hund.

„Deine Habseligkeiten interessieren mich nicht, da musst du den Fischer fragen. Die Familie ist jeden Tag vorbeigekommen und hat sich nach dir erkundigt. Ich wollte deine blutverschmierten Sachen nicht hier bei mir im Raum haben. Deshalb habe ich sie gebeten, dich vor dem Eingang meiner

Hütte zu entkleiden und hineinzubringen. Deine schmutzigen Kleider haben sie mitgenommen. Über den Verbleib deiner Tiere weiß ich nichts. Sie erhob sich und sagte beiläufig: „Übrigens, um die Kosten deines Aufenthaltes bei mir, musst du dir keine Sorgen zu machen, der Fischer kommt dafür auf. Er hat bereits eine Anzahlung geleistet."
„Wie lange wird es dauern, bis ich wieder weiterreisen kann?", fragte Yaro.
„Die Verletzung an der Schulter wird schnell heilen, da ich den Pfeil teilen und ohne Schwierigkeiten nach beiden Seiten hinausziehen konnte. Die Kopfverletzung ist dagegen schwerwiegender. Die Platzwunde wird schnell verheilen, obwohl für einige Zeit eine Narbe zu sehen seien wird.
Ich kann dich erst fortgehen lassen, wenn du dich schwindelfrei bewegen kannst und dein Blick nicht mehr verschwommen ist. Daher gebe ich dir dreimal am Tag eine meiner Mixturen zum Einnehmen, welche die Schwellungen und Schmerzen am Kopf zurückgehen lassen. Sie werden dich gesund aber anfangs auch müde und träge machen. Ich rate dir dennoch, dich an meine Ratschläge zu halten. Du musst mir vertrauen.
Denn falls du zu früh auf die Reise gehst, ist die Gefahr groß, dass die Beschwerden wiederkehren, und der Ritt auf einem Pferd unerträglich wird. Jetzt werde ich dir ein kräftige Suppe bringen, damit du schnell wieder zu Kräften kommst."

Yaro nickte schwach mit dem Kopf. Als er seinen Kopf auf den Kissen ablegte, wurde ihm für ein kurzen Moment schwindlig. Ernüchtert über seinen schlechten, körperlichen Zustand, wurde ihm wieder bewusst, dass nur der Körper bestimmt, wann man sich wieder in guter körperlicher Verfassung befindet und sich widerstandsfähig Aufgaben stellen kann. Er muss sich in Geduld üben, wie er es in den Kampfkünsten gelernt hat.

Fast liebevoll wurde er von Maru mit der Suppe gefüttert. Danach schlief Yaro, erschöpft von dem kurzen Gespräch, sofort wieder ein.

Am nächsten Tag erschien die Familie des Fischers am Krankenbett. In ihren Gesichtern konnte Yaro ihre Freude darüber ablesen, dass er das Schlimmste überstanden hatte und wieder bei Bewusstsein war. Yaro winkte Akuma zu sich, damit er ihn leise fragen konnte, was mit seinen Sachen geschehen war. „Wir haben alle deine Sachen mitgenommen und wenn nötig gereinigt. Alles liegt bei uns zu Hause für dich bereit.
„Auch die Sachen, die ich am Körper trug? Die sind sehr wichtig", fragte Yaro vorsichtig.
„Auch sie sind in unserer Obhut", beruhigte ihn der Fischer und fuhr fort, „nachdem ich den Wert der Sachen erkannt hatte, wurden diese zusammen mit deinen Schwertern sicher verstaut. Auch Aiki und Toshi haben wir in unserem Besitz."
Tief beeindruckt von der Besonnenheit und Ehrlichkeit des Fischers nahm Yaro Akumas Hand und legte sie sich auf seine Brust.
„Danke für all das Gute, das ihr für mich getan habt. Ich stehe in eurer Schuld und werde es nicht vergessen."
Mit der Hand, die er auf seine Brust gelegt hatte, tätschelte er Yaro und sagte: „Jetzt werde erst einmal gesund und dann sehen wir weiter."
„Aber jetzt erzähl bitte, was passiert ist", sagte Yaro voller Ungeduld.
Zu seinem Erstaunen antwortete Akuma: „Das kann Kanae als Hauptbeteiligter am besten erzählen."
Und so berichtete Kanae nüchtern, wie es zu dem Überfall gekommen war und wie er Hiro in die Flucht geschlagen hatte. Und wie er die Verletzten versorgte und Hilfe holte.

Yaro war von dem jungen Mann beeindruckt und sagte es

ihm.

„Dass du die charakterlichen Voraussetzungen für einen guten Krieger mitbringst, war für mich bereits offensichtlich. Aber dass du im Umgang mit deiner Waffe bereits ein so hohes Niveau erreicht hast, hätte ich nicht vermutet. Ebenso hielt ich dich altersbedingt für mental noch nicht stark genug, um die Waffen im Ernstfall einzusetzen. Glücklicherweise habe ich mich geirrt.

Arigato gozaimasu, vielen Dank Kanae, dass du mir das Leben gerettet hast."

Mit ernstem Gesicht und einer dankbaren Verbeugung nahm der Junge das Lob entgegen.

„Du hattest großes Glück, dass Kanae in der Nähe war", meldete sich Hime zu Wort.

„Das war kein großes Glück, denn die Tat kam nicht überraschend. Bei Hiros Wut auf uns und seinem offenen Hass auf Yaro war es wahrscheinlich, dass er Yaro töten wollte, bevor er die Gegend verlässt. Da Hiro zu Fuß unterwegs ist, lag die Vermutung nahe, dass er den Überfall in der Nähe unseres Grundstücks durchführen würde, was dann auch geschah", erklärte Kanae nüchtern.

Yaro war beeindruckt von der emotionslosen Art, mit der der junge Mann den Sachverhalt erklärte.

„Auch wenn einige vermuten, ich durchstreife die Gegend, um Samurai zu spielen, irren sie sich. Ich tue dies, um Gefahren von meiner Familie und unserem Anwesen abzuwenden."

„Und wo warst du, als ich allein war und Hiro mich vor unserem Haus belästigen wollte, mein lieber Bruder?", fragte Hime leicht verärgert.

„Du warst nicht allein, ich habe euch mit gespanntem Bogen beobachtet. Aber da Toshi in deiner Nähe war, bestand keine Gefahr und kein Grund einzugreifen. Ich bemühe mich, unsere Wehrhaftigkeit nicht zur Schau zu stellen, damit die umherziehenden Strauchdiebe nicht darauf vorbereitet und

so leichter zu besiegen sind."
Auch Akuma war überrascht und beeindruckt von den Fähigkeiten seines Sohnes, die er so zum ersten Mal wahrnahm.

„Und wie geht es Toshi und Aiki?", erkundigte sich Yaro.
„Sie scheinen zu spüren, dass etwas Außergewöhnliches passiert ist und es dir nicht gut geht", antwortete Akuma.
„Du fehlst ihnen und sie sind traurig, besonders weil Toshi im Moment nur auf seiner unverletzten Seite liegen kann. Bis er wieder schmerzfrei läuft, vergeht noch eine Weile. Ob er dich bis nach Jatsuma begleiten kann, wage ich zu bezweifeln."

Als sie Yaro verlassen hatten, musste er sich wieder erschöpft in sein Kissen fallen lassen. Er begann mit sich zu hadern, wegen seiner geistigen, vor allem aber wegen seiner körperlichen Schwäche.
Er, der Samurai, der sich jeder Gefahr stellte, weil er strategisch und taktisch zu denken verstand und seine Waffen meisterhaft beherrschte, lag nun ungeschützt und wehrlos nackt auf seinem Krankenlager.
Dass man in solchen Momenten nicht resigniert, sondern sein Ki, seine Willenskraft, wiederfindet und stärkt, hat er seinen Schülern oft gelehrt. Doch nun zeigt er Schwäche, als es ihn selbst trifft.
'Das kann nicht sein und das will ich auch nicht zulassen', dachte er sich, 'ich muss mir ein nahes Ziel suchen, um Schritt für Schritt wieder zu alter Stärke zu gelangen.'
Und so suchte er sich ein nahes Ziel: Hiro unschädlich zu machen, damit er und seine Kumpane für die Familie Hasumori, der er sein Leben verdankt, keine Bedrohung mehr darstellen.
Die schnelle Rückkehr nach Jatsuma muss dafür zurückstehen.

Als er an seine eigene Familie dachte, die voller Sorge auf ihn wartete, schien sein Herz vor Kummer zu zerreißen. Aber er wollte seine Schuld gegenüber der Familie Hasumori begleichen, indem er Hiro zur Strecke bringt. Er wusste, wenn er weiterzieht, ohne die Familie vor Schlimmen zu bewahren, würde er kein unbeschwertes Leben mehr führen können.
Zufrieden, einen Weg gefunden zu haben, schloss er die Augen.

Yaro erholte sich zusehends, die Kopfschmerzen ließen von Tag zu Tag nach und auch die Wunde an der Schulter schmerzte kaum noch. Er war sich aber nicht sicher, ob diese Besserungen zum normalen Krankheitsverlauf gehörten oder ob Marus Medizin die Schmerzen durch eine höhere Dosis stärker unterdrückte. Denn sie gab ihm weiterhin dreimal täglich ihre Mixtur und abends eine zusätzliche Dosis, damit er die Nächte schmerzfrei durchschlafen konnte.

Trotz der Medikamente ließen der Schwindel beim Gehen und die Sehstörungen nicht nach. Maru beruhigte ihn mit dem Hinweis auf die Folgen des schweren Sturzes und dass es noch einige Zeit dauern würde, bis die Schwellungen im Kopf zurückgehen würden.
So unterstützte Maru ihn bei seinen kurzen Gehversuchen in der Hütte. Dabei umkreisten sie mehrmals langsam die kleine Feuerstelle in der Mitte der Hütte. Soweit Yaro es trotz seiner Sehstörungen erkennen konnte, waren die Bretterwände wohl als Windschutz innen mit Schilfrohr verkleidet, vor denen einige Regale mit zahlreichen Gefäßen unterschiedlicher Größe standen. Von der Decke des Raumes hingen mehrere Windspiele, die leise Töne von sich gaben, wenn die Röhrchen gegeneinander schlugen. Zu Yaros Überraschung bemerkte er die wohlklingenden Töne erst jetzt.

Beim langsamen Gehen stützte sich Yaro auf Maru, indem

er seinen rechten Arm auf ihre Schulter legte, während sie ihren linken Arm um seine Taille schlang, um zu verhindern, dass er nach links fiel.

Yaro, der nur mit einem Lendenschurz bekleidet war, spürte, dass Maru unter ihrem weiten Umhang nichts trug und sich scheinbar zufällig immer enger an seinen durchtrainierten Körper presste.

Irritiert spürte er, wie ihr Körper und der Duft von Moschus und Jasmin, der von ihrem geölten Haar ausging, ihn trotz seines labilen Zustandes erregten.

Um dem ein Ende zu setzen, drängte Yaro darauf, sich hinzulegen. Sanft und wie beiläufig ließ sie ihre Hände über seinen Körper gleiten und half ihm, sich hinzulegen. Schwer atmend deckte er sich zu.

Dieses langsame Umkreisen der Feuerstelle, um die Muskeln zu stärken und das Gleichgewicht zu stabilisieren, wurde zu einem Ritual, das sie mehrmals am Tag wiederholten, zu Yaros Sicherheit eng umschlungen. Zunehmend erregte ihn der intensive Kontakt mit Marus Körper. Er musste sich eingestehen, dass er den nächsten Gehversuch freudig erwartete. Maru verhielt sich sehr geschickt, denn er war sich nicht sicher, ob ihre Berührungen zufällig oder gewollt waren.

Sie beschäftigten ihn so sehr, dass er sogar nachts von ihr träumte. Im Traum kam sie an sein Bett, öffnete ihren Umhang und legte sich nackt neben ihn, um ihn zu berühren. Als er am nächsten Morgen wie immer benommen, mit Schwindel und Sehstörungen erwachte, wusste er nicht, ob es sich um einen Traum oder um die Wirklichkeit handelte. Nur zwei Nächte später hatte er das gleiche Erlebnis.

Plötzlich beschlich ihn der beklemmende Verdacht, dass Maru ihn unter Drogen setzte, um ihn gefügig und von sich abhängig zu machen. Der Gedanke, dass sie über sein Leben bestimmen und er nichts dagegen tun könnte, bereitete ihm Angst.

So fasste Yaro den Entschluss, ihre Mixturen nicht mehr einzunehmen, sondern sie unbeobachtet wegzuschütten. Das würde ihm leicht fallen, da Maru nicht mehr kontrollierte, ob er die Mixturen, die sie für ihn bereitstellte, auch tatsächlich einnahm. Sie vertraute ihm und war sich sicher, dass er ihre Anweisungen befolgte, nachdem sie sich so fürsorglich um ihn gekümmert hatte.

Wie erwartet, blieb das Beseitigen der dosierten Mixturen in den sandigen Boden zwischen seinem Bett und der Holzwand unbemerkt. Er beschloss, den Schwindel und die Sehstörungen bei den gemeinsamen Gehversuchen mit Maru weiter vorzutäuschen, auch wenn es ihm besser ginge.

Obwohl Yaro erhofft, war er doch überrascht, wie schnell der Schwindel und die Sehstörungen nachließen. Schon nach zwei Tagen hatte er keine Beschwerden mehr. Aber er musste seine Wut auf Maru zurückhalten und seine Beschwerden weiter vortäuschen, bis der richtige Moment kam. Und der kam zwei Nächte später.

Draußen war es schon dunkel und die Eingangstür für Fremde verschlossen. Nur die Flammen des kleinen offenen Feuers erhellten und wärmten den Raum, denn die Nächte wurden kühler. Der Duft von Moschus und Jasmin wurde intensiver und betörender, als die Tür geschlossen war.

Yaro lag hellwach auf seiner Matratze, so wie in den letzten Nächten, seit er die Mixturen nicht mehr genommen hatte. Die so dosiert waren, dass sie ihn sofort in den Schlaf versetzten und ihre Wirkung erst in den Morgenstunden nachließ.

Seit sich sein Verdacht erhärtet hatte, beobachtete er Marus Treiben aufmerksam.

Schließlich sah er aus den Augenwinkeln, wie Maru sich von

ihrem Bett erhob und in ihrem dunklen, weiten Umhang um die Feuerstelle herum zu seiner Matratze kam. Am Fußende blieb sie stehen und betrachtete den vor ihr schlafenden Mann, dessen muskulöser, nackter Oberkörper im Schein des Feuers ruhte.

„Ich komme zu dir, mein Liebster", sagte Maru mit warmer Stimme und ließ den Umhang von ihren Schultern fallen. Einen Moment lang stand sie reglos wie eine wohlgeformte Statue nackt über Yaro und genoss den Moment der Macht, den sie bestimmte.

Dann zog sie das Laken von Yaros Körper und legte sich neben den nun völlig entblößten, noch immer apathisch daliegenden Mann. Sie drückte ihren Körper an den seinen und liebkoste ihn mit Mund und Händen. Als sie merkte, wie ihre Berührungen ihn erregten, setzte sie sich wie eine Reiterin auf Yaro. Sie beugte sich vor und küsste ihn leidenschaftlich. Dabei fiel ihr Haar nach vorne und bedeckte beide Gesichter. Unter den Haaren legte sie ihre Wange an seine und genoss den süßen Augenblick.

„Was machst du hier mit mir?", zischte Yaro ihr ins Ohr. Anscheinend hatte Maru ihn in ihrer Erregung nicht wahrgenommen, denn sie setzte ihre Liebkosungen fort.

„Sag mir, was du hier mit mir machst", sprach Yaro nun deutlich und packte sie an den Schultern.

Wie aus einem Traum erwacht, richtete Maru sich auf und starrte ihn fassungslos mit großen Augen an. Damit hatte sie nicht gerechnet. Noch völlig geschockt saß sie reglos auf Yaro, bis er sie mit beiden Armen von sich stieß und sie rücklings auf dem Boden der Hütte landete.

Sofort stand sie auf und zog ihren Umhang an. Yaro war von seinem Bett aufgesprungen und stand ihr nackt gegenüber.

„Warum hast du das getan, mich unnötig lange betäubt und von deiner Gunst abhängig gemacht?", fragte Yaro.

„Weil ich mich vom ersten Moment an, als ich dich sah, in dich verliebt habe und dich nicht verlieren wollte", antwortete sie aufgelöst.

„Man kann nur verlieren, was man besitzt", antwortete er schroff.

„Komm, bleib bei mir, du wirst es nicht bereuen. Ich werde es dir schön machen."

„Danke, nicht nötig. Ich werde schon woanders von meiner Familie erwartet."

„Du bleibst, ich befehle es dir", begann Maru nun zu drohen. Wäre der Moment nicht so ernst gewesen, hätte Yaro zumindest lächeln müssen.

„Wie soll das gehen? Ich nehme Befehle nur von besonderen Menschen an, zu denen du nicht gehörst." Yaro begann diese Diskussion zu langweilen, da sie offensichtlich zu keinem Ergebnis führte.

„Wenn du diesen Raum verlassen willst, werde ich dich töten", steigerte sich Maru in einen Rausch.

Jetzt war Yaro bis in die Haarspitzen konzentriert, denn die Kampfkunst hatte ihn gelehrt, niemals einen Gegner zu unterschätzen.

„Maru, denk nicht einmal daran. Es ist nicht gut, so etwas Böses zu wollen. Lass uns friedlich auseinander gehen. Ich will dir nicht wehtun, nach allem, was du Gutes für mich getan hast", versuchte Yaro sie zu beruhigen.

„Ich werde mich jetzt anziehen und den Raum verlassen. Dann gehen wir unsere eigenen Wege", sagte Yaro und wollte seinen Körper mit einer Decke bedecken, was Maru aber verhinderte.

„Das lasse ich nicht zu", zischte Maru ihn stattdessen wütend an und eilte zum Regal, um ein Messer zu nehmen, das dort für ihre Arbeiten bereit lag.

Sie richtete die Waffe auf Yaro, der mit dem Rücken vor der

Eingangstür und sie nur drei Schritte von ihm entfernt vor der Feuerstelle stand. Ob absichtlich oder zufällig, sie hatte eine gute Angriffsposition eingenommen, denn Yaro sah sie, vom Feuerschein irritiert, nur als schwarze Silhouette. Wie sie das Messer hielt, konnte er nur erahnen.
„Bitte tu das nicht", rief er ihr flehentlich zu, doch sie ließ sich nicht beirren.

Dann ging alles sehr schnell. Sie machte mit rechts einen großen Schritt vor und zielte mit dem Messer in der rechten Hand auf Yaros Bauch. Yaro wich nach links aus und schlug von außen mit der linken Hand den ausgestreckten Messerarm nach innen vor ihre Brust, um diesen dann mit seiner rechten Hand gegen ihren Körper zu pressen, wobei die Klingenspitze auf Maru Hals gerichtet war. Mit Hass in den Augen versuchte sie sich loszureißen, woraufhin Yaro sie kräftig zurückstieß.

Rückwärts taumelnd stolperte sie über die Feuerstelle und verstreute dabei mit ihren Füßen die glühenden Holzstücke über den Boden. Auf der Suche nach Halt am Regal verdrehte sie ihren Körper und kam ungelenk zu Fall. Dabei schlug sie hart mit der Vorderseite des Körpers auf dem Boden. Im Fallen riss sie ein Regal um und die darin befindlichen Gefäße mit Ölen und flüssigen Zutaten für ihre Mixturen zerbrachen auf dem Boden.
Die sich ausbreitenden Flüssigkeiten fingen Feuer und steckten kurz darauf das trockene Schilfrohr an den Holzwänden in Brand, so dass die Flammen bis zur Zimmerdecke schlugen. Die Hütte war nicht mehr zu retten.

„Komm raus, wir verbrennen sonst", rief Yaro in den immer dichter werdenden, ätzenden Rauch, der wohl von den brennenden Mixturen herrührte. Aber Maru rührte sich nicht. Er eilte zu ihr und richtete sie auf. Dabei drehte er ihren Körper vorsichtig, denn es bestand die Gefahr, dass sie

beim Umdrehen ihres Körpers mit dem unter sich verborgenen Messer noch zustechen könnte.
Aber die Gefahr war vorüber, denn ihre weit aufgerissenen Augen waren leblos. Im unkontrollierten Fallen hatte sie sich die Klinge des Messers in die Brust gerammt. Er zog das Messer, das Maru immer noch umklammerte, aus ihrer Brust und legte Marus Körper wieder behutsam in ihre ursprüngliche Lage zurück.
Denn Yaro sah, wie die Flammen auch ihren Umhang erreichten. Fast im gleichen Moment gab es eine Stichflamme als das Feuer Marus langes, mit Ölen behandeltes Haar erfasste. Sofort stand ihr Körper in Flammen. Yaro konnte nichts mehr für sie tun.

Er fand noch ein nur angesengtes Laken, das er sich um seinen nackten Körper wand. Mit wenig Druck warf er sich gegen die verschlossene Tür, die sofort nachgab, und taumelte hustend in die helle Vollmondnacht.
Noch während das Feuer die Hütte zerstörte, hockte er sich davor, verlor den Blick in die Flammen und dachte darüber nach, wie es zu diesem Unglück gekommen war. Trotz seiner eben gezeigten Härte gegenüber Maru tat sie ihm leid. Einen solchen Tod hatte sie nicht verdient. Wie sehr musste sie sich nach Liebe gesehnt haben, um sie auf so zerstörerische Weise erlangen zu wollen.
Als sie sich kennenlernten sagte Maru, er müsse selbst entscheiden, ob sie für ihn eine Heilerin oder eine Hexe sei. Yaro ließ die Frage unbeantwortet.

Als nur noch dünne Rauchfahnen sich über der verbrannten Hütte verflüchtigten, trat die Morgensonne über den Horizont. Worauf sich Yaro auf den Weg zum Fischer Akuma begab, denn er hatte sich noch einiges vorgenommen.

◇

Vor Freude bellend, aber noch humpelnd, umrundete Toshi seinen Herrn, als er das Anwesen des Fischers betrat. Er versuchte an Yaro hochzuspringen, aber offensichtlich hatte er noch nicht die Kraft dazu. Wenige Augenblicke später erschien Hime und sah die beiden verwundert an.

„Was ist geschehen?", fragte sie und kam mit schnellen Schritten auf ihn zu, denn Yaros Aussehen erschreckte sie. So wie er da stand, barfuß, mit rußverschmiertem Gesicht und Kopfverband und notdürftig mit dem versengten Laken bedeckt, war ihr Erstaunen nicht verwunderlich.

„Geht es dir gut, bist du gesund?", fragte sie jetzt schon drängend. Inzwischen war auch Kanae hinzugekommen und wartete auf eine Antwort.

„Ja, es geht mir gut, ich bin wieder gesund", beruhigte Yaro die beiden und erzählte in kurzen Zügen, was geschehen war. Die Einzelheiten wollte er in Anwesenheit von Akuma erzählen, den er beim Fischen in der Mitte des Sees gesehen hatte.

Dann bat er Hime um sein Yukata und einen Lendenschurz, die sie nach dem Überfall mitgenommen und gereinigt hatten. Während sie ins Haus ging, legte er sein Laken und den Kopfverband ab und ging vollkommem nackt in den See, um sich den Ruß abzuwaschen.

Später, als alle am Tisch vor dem Haus saßen, erzählte Yaro ausführlich, was in der Hütte geschehen war und wie sehr er den Tod von Maru trotz allem bedauerte. Nachdem alle Fragen beantwortet waren, wollte er noch einmal zur Hütte gehen. Er ging davon aus, dass die Brandstelle bereits soweit abgekühlt war, dass er Marus Leichnam bergen konnte, um ihn würdevoll im See zu bestatten.

Kanae bot sich an, ihn dabei zu begleiten, aber Yaro lehnte dankend ab, da er diese Handlung allein durchführen wollte. Es war die mentale Beziehung zwischen ihm und Maru, die er alleine und ungestört zu Ende bringen wollte.

Als er mit dem verhüllten Leichnam zurückkam, den er auf Aiki transportierte, hatte Akuma bereits ein Boot vorbereitet und schwere Steine zum Beschweren des Leichnams herbeigeschafft, die Yaro in die Verhüllung legte. Dann ruderte Yaro auf den See hinaus und ließ Maru in das ruhige Wasser gleiten.

◇

„Wann willst du aufbrechen? Ich nehme an, bald, denn deine Heimreise ist nun seit einundzwanzig Tagen unterbrochen. Das wissen wir ganz genau, denn Maru hat alles sorgfältig abgerechnet", sagte Akuma lachend und rieb Daumen und Zeigefinger aneinander.
Ebenso lachend antwortete Yaro: „Dir wird das Lachen noch vergehen, denn ich bleibe noch ein wenig bei euch und lasse mich von euch verpflegen."
„Ja gerne, wir freuen uns, wenn du noch länger bei uns bleibst. Aber sag, was ist der Grund für deinen Sinneswandel?"
„Auf dem Krankenlager ist mir bewusst geworden, wie sehr ich euch mein Leben verdanke. Ich war beeindruckt von eurer Ehrlichkeit, mit der ihr die für die Zukunft der Präfekturen Tagai und Tairuyama sehr wertvollen Dokumente, meine Schwerter und andere Wertsachen in eure Obhut genommen habt.
Eure Taten haben mir die Gewissheit gebracht, dass tugendhaft leben nicht das alleinige Privileg des Samurai-Standes ist, sondern dass jeder Mensch, egal in welche Verhältnisse er hineingeboren wurde, sich tugendhaft verhalten kann.
Um euch meine Dankbarkeit zu zeigen, aber auch um Gerechtigkeit walten zu lassen, werde ich euch erst verlassen, wenn ich Hiro für seine Untaten zur Rechenschaft gezogen habe. Nur so kann es gelingen, dass ihr hier in dieser Ab-

geschiedenheit wieder ohne Angst euren Alltag am See verbringen könnt. Deshalb habe ich vor, Hiro beim nächsten illegalen Schwertkampftreffen in Sasatome gegenüberzutreten.”

„Aber Hiro ist gefährlich und ein böser Mann. Denk daran, dass du Toshi nicht an deiner Seite hast. Hiro ist größer und stärker als du und er wird dich vor allen Leuten mit seinem Schwert töten wollen. Vor den Leuten, die mit Wetten auf seinen Sieg und deinen Tod noch Geld verdienen”, machte sich Hime Sorgen.
„Hime hat recht, du brauchst dich wegen uns nicht in solche Gefahr zu begeben”, stimmte Akuma seiner Tochter zu.

„Mein Sensei hat mich gelehrt, dass Überheblichkeit genauso wenig erstrebenswert ist wie übertriebene Bescheidenheit. Deshalb kann ich behaupten, dass ich ein außergewöhnlich guter Schwertkämpfer bin, der es mit jedem Gegner aufnehmen kann. Ich bin gut, wenn ich mental und körperlich stabil bin. Diese Stabilität fehlt mir aber im Moment aufgrund meiner Verletzung und der langen Zeit im Krankenbett. Ich muss also wieder zu Kräften kommen und die nötige Beweglichkeit zurückgewinnen.”
Nach einer kurzen Pause schaute er Kanae von der Seite an und fragte: „Würdest du mir dabei helfen?”
Wie aus einem Traum erwacht, stotterte er begeistert: „Ja, gerne.”
„Und was ist mit mir", empörte sich Hime, „kann ich das nicht auch lernen?”
„Doch, auch du als Frau kannst alles lernen, wenn du fleißig übst”, antwortete Yaro und erzählte ihr in kurzen Zügen von der Gefährlichkeit seiner Frau Ayumi und seiner Schwägerin Aiko, die als Leibwachen am Fürstenhof in Jatsuma eingesetzt werden.
„Aber dir bringe ich etwas anderes, sehr gefährliches bei.”

Am nächsten Tag ritt Yaro früh morgens nach Katakamo, um Besorgungen zu machen und dort zu übernachten. Bei dieser Gelegenheit nahm er einen Brief von Akuma an seinen Bruder Husamori Ken, den Dorfvorsteher, mit.

Als Yaro am darauffolgenden Tag zurückkehrte, breitete er drei lange Holzschwerter, Bokuto genannt, und drei kurze Holzschwerter in der Größe eines Wakizashi auf dem Tisch vor der Familie aus.

„Das sind unsere Übungswaffen für die nächste Zeit, die ich gestern vom Schreiner aus Hartholz habe anfertigen lassen. Dann war ich noch beim Schmied und habe für Hime etwas schmieden lassen."

Dabei ließ er drei Wurfpfeile aus seiner Hand auf den Tisch rollen.

„Was ist das, was soll ich damit?", fragte sie enttäuscht.

„Das sind Wurfpfeile, die dir das Leben retten können, wenn du damit umgehen kannst."

„Aber sind das nicht die Waffen der Ninja, deren Verwendung für Samurai unwürdig sind?", fragte Kanae.

„Oh ja, das sagen oft Samurai aus den elitären Kreisen, welche mit dem realen Schwertkampf eher wenig konfrontiert werden und auf die Tradition bestehen.

Aber wenn du in arger Not bist und es um dein Überleben oder das Leben Unschuldiger geht, dann benutzt du alles, was du in die Finger bekommst. Glaub mir, ich weiß, wovon ich spreche. Ich war zu oft in solchen lebensbedrohlichen Situationen und habe überlebt, weil ich Wurfpfeile verwendet habe.

Deshalb trage ich auch immer welche bei mir, wie ihr sicher beim Durchsuchen meiner Kleidung vor dem Waschen entdeckt habt."

„Ja, ich habe sie bemerkt, wusste aber nicht wofür diese gut sind", warf Hime ein.

„Diese gefährlichen Metallpfeile geben mir Sicherheit, wenn die Gegner noch außer Reichweite meiner Schwerter sind.

Frauen können sie unentdeckt in ihrem Kimonos tragen und blitzschnell einsetzen."

„Dein Bruder Ken hat mir erzählt, dass in fünf Tagen wieder ein verbotener Schwertkampftag in Sasatome stattfindet. Im Gespräch erfuhr er, dass ich an einem dieser Wettkämpfe teilnehmen will und mir erhoffe, dabei Hiro zu treffen. Als ich ihm meine Gründe darlegte, versprach er mir seine Unterstützung, denn jeder im Dorf wäre froh, wenn Hiro und seine Kumpane aus der Gegend verschwinden würden. Aber der Zeitpunkt kommt für mich zu früh. Deshalb wird Ken einen Boten schicken, wenn der Termin für den nächsten Wettkampf bekannt wird."

Am nächsten Tag begann Yaro sich auf den Wettkampf vorzubereiten, mit Bewegungsformen zur Stärkung der Atmung und seines Ki, seiner Willenskraft. Um seine Muskeln aufzubauen und zu lockern, lief er regelmäßig am See entlang.
Dann arbeitete er mit dem Bokuto, indem er die Hiebwaffe mit beiden Händen wie beim Holzhacken senkrecht nach unten schlug, um dann das Bokuto in Hüfthöhe fast waagerecht anzuhalten. Zuerst schlug er nur in eine Richtung nach vorne, um am Ende der Übung die Waffe von immer der gleichen Stelle aus wie eine Windrose in acht verschiedene Richtungen zu führen.
Er tat dies, bis er erschöpft war und seine Arme nicht mehr heben konnte. Kanae und Hime versuchten, bei den Übungen mitzuhalten, was verständlicherweise nur begrenzt möglich war, aber sie waren mit großem Eifer bei der Sache.
Danach folgte ein Üben mit Partner, bei dem Kanae abwechselnd mit dem Bokuto und Kurzschwert aus Holz ernsthaft angriff. Kanae war jung und schnell, so dass sich Yaro wachsam und hoch konzentriert verteidigen musste und dieses Üben, wie von ihm erhofft, hohe Anforderungen an ihn

stellten.

Nachmittags übte er allein den Umgangs mit dem scharfen Katana und Wakizashi. Sein intensives Üben beendete er mit Iaijutsu, der Kunst des Schwertziehens.
Danach widmete er sich Hime, um ihr die Handhabung mit den Wurfpfeilen beizubringen. Neugierig geworden, gesellte sich bald Kanae dazu und übte gemeinsam mit seiner Schwester.
Zunächst lehrte Yaro den Wurfpfeil locker in der Wurfhand zu halten und zwischen den Finger zu positionieren, je nach dem wie er geworfen werden soll. Auch erklärte er, dass der Wurf mit dem Pfeil angewandt wird, um den noch nicht ganz nahe stehenden Gegner abzulenken und einen Angriff mit dem Schwert folgen zu lassen. Ein Wurf aus kurzer Entfernung als letzte Möglichkeit zur Selbstverteidigung, kann den Angriff verhindern und den Angreifer dabei ernstlich verletzen.
Nachdem ihnen Yaro das Werfen gegen Holzbretter vorgeführt hatte, waren beide vom Gezeigten begeistert. Von da an, nutzten sie jede Gelegenheit, um die Techniken des Werfens zu üben und sich zu perfektionieren.

Nach Wochen intensiven Übens hatte Yaro die Gewissheit, zu alter Stärke zurückgefunden zu haben. Er fühlte sich für die bevorstehende Aufgabe gut gerüstet. Deshalb war er sehr zufrieden, als der Bote aus Katakamo kam und ihm mitteilte, dass in drei Tagen der nächste Wettkampftag in Sasatome stattfinden würde. Der Bote war der Sohn des Dorfältesten und er hieß Masahiro. Er wurde von seinem Onkel Akuma, seiner Cousine Hime und seinem Cousin Kanae freudig begrüßt.
Von ihm erfuhr Yaro, dass die Kämpfe nicht direkt in Sasatome stattfinden, sondern am Rande des Dorfes auf einer Waldlichtung. Sofort musste Yaro an seine Jugend denken,

als sein späterer Sensei Okimoto Kiochi den Ronin Kano in einer Lichtung im Zweikampf tötete und damit seinen Heimatort Satama von dessen Gewaltherrschaft befreite.

„Wie sind die Regeln bei diesen Wettkämpfen?", fragt Yaro Masahiro.

„Leider sind mir die genauen Regeln nicht bekannt. Nur vom Erzählen weiß ich, dass auswärtige Kämpfer Hiro und seine Kumpane zu Zweikämpfen herausfordern dürfen. Jedem wird die Möglichkeit geboten, Wetten auf die Sieger abzuschließen.
Anfangs sind die Einsätze gering, da meist mit Holzwaffen gekämpft wird. Sie steigen jedoch, wenn scharfe Schwerter verwendet werden. Am höchsten wären die Einsätze und Gewinnspannen bei einem Kampf gegen Hiro, gegen den aber so gut wie niemand antreten will. Er ist dafür bekannt, dass er noch keinen Kampf verloren hat, keine Gnade mit seinen Gegnern kennt und schon so manchen in den Tod geschickt hat.
Warum der Daimyo die von der Zentralregierung verbotene Kämpfe noch nicht unterbunden hat, weiß ich nicht", schloss Masahiro traurig seine Ausführungen.
Dann verabschiedete er sich herzlich von seiner Familie und wünschte Yaro viel Glück bei seinem gefährlichen Vorhaben.

Akuma erklärte, dass Sasatome von seinem Grundstück aus über einen schmalen Weg zu erreichen ist, den nur wenige kennen. Er ist jedoch breit genug, um ihn mit einem Pferd benutzen zu können. Zu Fuß benötigt man etwas mehr als eine Stunde für den ebenen Weg.
Dann fragte Yaro den Fischer: „Was hältst du von meinem Vorschlag, dass Kanae und ich am frühen Morgen gemeinsam auf Aiki nach Sasatome reiten und er dort auf mein Pferd aufpasst. Wir werden uns trennen, bevor wir dort ankommen, damit unsere Verbindung nicht entdeckt wird.

Sollte ich den Kampf nicht überleben, wird Kanae sofort allein mit dem Pferd zurückkehren und es wird in euren Besitz übergehen."

„Ich bin mit deinem Vorschlag einverstanden", antwortete Akuma.

„Aber ob Kanae dich begleiten will, soll er allein entscheiden. Denn er ist ein junger Mann geworden, der schon klug genug ist, um zu wissen, wie weit seine Fähigkeiten reichen und was er sich zutrauen kann. Er hat die mentale Stärke, sich seine Schwächen einzugestehen und von Aufgaben Abstand zunehmen, die er noch nicht bewältigen kann."

Dann wandte er sich an Kanae.

„Was meinst du, Kanae? Traust du dir zu, Yaro zu begleiten und ihn bei seinem möglichen Tod zurückzulassen?"

„Ja, das kann ich", antwortete Kanae mit fester Stimme.

„Ich kann das auch, wenn mein kleiner Bruder nicht will", meldete sich Hime selbstbewusst zu Wort.

„Ja, davon bin ich auch überzeugt, dass du das kannst", antwortete Yaro, „aber dich allein unter diesen Rabauken zu wissen, würde mich in meiner Konzentration vor und während des Kampfes stören", sagte Yaro mit ernster Stimme, beeindruckt von der Herzlichkeit, die die Familie ihm entgegenbrachte.

„Vielen Dank euch allen."

Am Abend vor der Abreise nach Sasatome saßen alle nach dem Abendessen um den Tisch vor dem Haus. Der Abend war noch warm und die bald untergehende Sonne spiegelte sich auf dem See. Die Grillen zirpten unaufhörlich und die Vögel zwitscherten noch einmal laut, bevor die Dunkelheit der Nacht sie zur Ruhe brachte.

'Die Welt ist so schön', dachte Yaro, 'zu schön, um sie morgen wieder zu verlassen. Hiro, du wirst mich nicht davon abhalten meine liebe Ayumi und meine Kinder wieder zusehen.

Das schaffst du nicht Hiro, du nicht.'

Vor sich hatte Yaro den Beutel mit den eingenähten Münzen und ein zusammengefaltetes Stück Papier auf den Tisch gelegt.

„Wir wissen nicht", begann er, „wie der morgige Tag für uns verlaufen wird, ob sich alles zum Guten oder zum Schlechten wenden wird. Wir werden es sehen. Deshalb möchte ich vorher einige Dinge mit euch klären und besprechen.

Was ihr für mich getan habt, kann ich bei meinem aufrichtig gemeinten Dank nicht in Worte fassen. Ihr seid gute Menschen und ich hatte das große Glück euch zu begegnen, als ich mich in großer Bedrängnis befand. Dafür nochmals Danke.

Als ich auf dem Schiff nach Shisamo war, wurden wir von Piraten angegriffen. Ich konnte verhindern, dass Menschen getötet wurden. Alle sind wohlbehalten im Zielhafen angekommen. Anscheinend reiche Kaufleute, die an Bord waren, hatten mir zum Dank für ihr Überleben eine beträchtliche Summe an Gold- und Silbermünzen überreicht. Das Geld habe ich in diesen Beutel eingenäht und bei mir getragen, den ihr gefunden und für mich sorgfältig aufbewahrt habt. Aus Dankbarkeit möchte ich diese Summe mit euch teilen."

Dann bat er Akuma um sein Fischermesser und schnitt den Stoff des Geldbeutels waagerecht in zwei Hälften.

Als Akuma Anstalten machte das Geld abzulehnen, konnte ihn Yaro doch zur Annahme überzeugen.

„In dem Stoff ist genug Geld, um zuversichtlich in die Zukunft zu blicken, auch wenn es euch im Moment an nichts mangelt. Man sollte den Wert des Geldes nicht überbewerten. Aber Geld wird wichtig, wenn man keines hat.

Aber ich habe noch eine Bitte an dich. Du weißt, dass ich noch sehr wichtige Dokumente des Daimyo Tasakome Masao bei mir habe. Falls ich den morgigen Tag nicht überlebe,

benutze mein Geld in der anderen Hälfte des Beutels, damit mein Daimyo von Tagai, Iroda Akira, die Dokumente
erhält. Kannst du mir das versprechen?"
„Ja, ich verspreche es", antwortete Akuma.

Dann nahm Yaro das beschriebene Stück Papier und gab
es Akuma.
„Mit diesem Brief bestätige ich, dass du von mir, Yamato
Ichiro, dem persönlichen Berater des Daimyo von Tagai,
Iroda Akira, die Gold- und Silbermünzen für treue Dienste
erhalten hast. Falls sich jemand wundert, wenn ein Fischer
mit einer Goldmünze bezahlt."
Lächelnd fügte Yaro hinzu: „In der Not kannst du natürlich
immer noch sagen, dass du beim Fischen einen Goldschatz
gefunden hast."
„Doch nun entschuldigt mich", sagte Yaro und stand auf,
„ich muss noch einige Vorbereitungen für morgen treffen."

Kurze Zeit später kam er mit seinen Schwertern aus dem
Haus, setzte sich abseits unter den Baum und begann seine Waffen zu reinigen und zu schärfen. Kanae saß in gebührendem Abstand daneben und sah ihm interessiert und
schweigend zu.

十三

In der Stunde des Drachen, als die Sonne bereits wärmend am Himmel stand, erreichten sie Sasatome. Kurz vor der Wegbiegung, die einen freien Blick auf das Dorf bot, stieg Yaro vom Pferd. Kanae ritt weiter, um im Dorf nach einem geeigneten Stall zu suchen. Als Aiki gut untergebracht war, gingen sie getrennt, aber mit Blickkontakt durch die wenigen Straßen.

Sie merkten schnell, dass heute ein besonderer Tag war, denn trotz der frühen Stunde liefen Männer in Gruppen gelangweilt durch den Ort oder vertrieben sich die Zeit, indem sie sich im Gastraum, der wohl einzigen Herberge, zum Essen und Trinken niederließen. Je mehr der Beginn des Wettkampfes sich näherte, also wenn die Sonne in ihrem Zenit steht, umso ausgelassener wurden die Besucher, die ihre Kämpfer begleiteten.

Weil die Terrasse vor der Herberge voll besetzt war, setzte sich Yaro auf einen der letzten Plätze an einen Tisch und bestellte sich einen Tee.

So wie er da saß, sah er ziemlich verwegen aus, denn er hatte sich seit dem Überfall nicht mehr rasiert und trug sein Haar offen. Um seine längeren Haare während des Kampfes zu bändigen und den leichten Kopfverband zu verstecken, trug er zu seinem weißen Gi und dunkelgrauen Hakama ein dunkelblaues Stirnband.

„Wie ich dich einschätze, willst du heute kämpfen", sprach ihn sein Nebenmann an.

„Wie kommst du denn darauf?", fragte Yaro zurück.

„Im Gegensatz zu diesem großmäuligen Haufen trinkst du keinen Sake, sondern Tee, um einen klaren Kopf zu behalten. Ich heiße übrigens Harasame Katsu."

„Man nennt mich Chio", sagte Yaro und nannte seinen oft benutzten Decknamen, wenn er nicht erkannt werden wollte.
„Dann nimmst du wohl auch an den Kämpfen teil", fuhr Yaro fort und deutete auf die Teeschale, die vor ihm auf dem Tisch stand.
Mit einem Nicken bestätigte er seine Teilnahme.
„Warst du schon öfter dabei?", fragte Yaro nach.

„Ich bin heute zum vierten Mal dabei. Aber ich nehme nur an den Zweikämpfen mit dem Bokuto teil, denn ich muss immer einigermaßen gesund nach Hause kommen, wo meine kleinen Kinder auf mich warten. Meine Frau ist vor einem Jahr gestorben. Dafür nehme ich in Kauf, dass der Gewinn gering ist.
Als Ronin, der unverschuldet aus der Leibwache seines Fürsten entlassen wurde, nutze ich jede Gelegenheit, um zu Geld zu kommen. Der kleine Acker, den ich neben meinem Haus bewirtschaften muss, hilft uns gerade zum Überleben. Und warum nimmst du an den Kämpfen teil?", fragte Katsu.
„Ich bin heute zum ersten und hoffentlich zum letzten Mal dabei. Ich tue es aus persönlichen Gründen, um ein großes Unrecht zu sühnen. Aber ich möchte nicht darüber sprechen und bitte um Verständnis", antwortete Yaro.
„Sumimasen, verzeih mir, ich wollte dich nicht bedrängen", entschuldigte sich der Mann.

„Aber du kannst mir sagen, wie der Ablauf vor dem Kampf ist und wie ich mich zu verhalten habe."
„Wenn der Kampfplatz betreten wird, verlangt der Veranstalter von den Zuschauern Eintritt und von den Kämpfern ein Startgeld. Dann muss du deinen Namen und die Waffe angeben, die du benutzen wirst.
Als Kämpfer setzt du dich neben der Kampffläche ab. Der Schiedsmann ruft die Kämpfer auf, wenn sie an der Reihe sind, und fragt ab, wen du zum Kampf herausfordern

willst. Dann zeigst du auf einen der Kämpfer, die auf der anderen Seite der Kampffläche aufgereiht neben dem Tisch des Schiedsmannes sitzen.
Zuerst kommen die Kämpfer dran mit den Holzschwertern, dann die mit den scharfen Waffen. Bei den Kämpfen mit dem Bokuto ist ein Schiedsrichter dabei. Kommt es hierbei zu einem Unentschieden, erhält jeder der Kämpfer einen Wettanteil. Die Zuschauer zahlen ihre Wetteinsätze an seitlich aufgestellten Tischen ein."
Yaro bedankte sich für die Ausführungen.
„Aber jetzt wird es Zeit, dass wir uns auf den Weg machen", mahnte Katsu zum Aufbruch.
„Darf ich mich dir anschließen?", fragte Yaro.
„Ja, gerne, bleib an meiner Seite", kam die Antwort.

Es war nur ein kurzes Stück durch ein kleines, dicht bewachsenes Waldstück, bis sich vor ihnen eine Lichtung auftat, die als Kampfplatz geeignet schien. Der helle, feste Sandboden warf das Sonnenlicht zurück und der Bambuswald umschloss den Platz bis auf den Eingang vollständig. Bald hatte Yaro die von Katsu angekündigten Formalitäten erledigt und seinen Platz an der Seite der Kampffläche eingenommen, einem Quadrat mit einer Seitenlänge von etwa zehn Schritten. Ihm gegenüber saßen mit grimmiger Miene Hiro und seine finsteren Kumpane.
Yaro vermutete, dass ihre bewusst böse Mimik die kommenden Gegner noch mehr einschüchtern sollte, als sie es ohnehin schon waren. Sie betrachteten das Ganze als Spiel, denn sie waren sich ihrer Siege sicher, bei denen sie noch Geld gewinnen würden.
Hiro saß eher unbekümmert auf seinem Schemel, denn er rechnete nicht damit, dass ihn an diesem Tag jemand zum Kampf herausfordern würde. Yaro war beruhigt, dass sein verändertes Aussehen seinen Zweck erfüllte und er nicht

erkannt wurde.

Dann begann der unerlaubte Kampftag, bei dem der Veranstalter alle begrüßte und die Zuschauer aufforderte, auf den Sieger zu wetten. Diesmal traten fünf Männer gegen Hiro und seine Leute an, von denen vier mit dem Bokuto und eine Person mit dem scharfen Schwert kämpfen wollten.
Zum besseren Verständnis erklärte der Sprecher, dass das Bokuto aus Holz besteht und die gleiche Form wie das Katana hat. Im Gegensatz zu diesem Langschwert ist das Bokuto nicht scharf und kann daher nicht als Schnittwaffe sondern nur als Hiebwaffe eingesetzt werden. Dennoch ist das Bokuto eine zumindest gefährliche, wenn nicht sogar tödliche Waffe.

„Ito Kenji", rief der Schiedsrichter dem ersten Kämpfer zu. Als sich der noch junge Mann erhob, jubelten ihm seine Begleiter im Hintergrund zu. Der junge Mann hob die Hände und jubelte mit, als er die Mitte der Kampffläche betrat. Für ihn und seine Begleiter war dieser Kampf offensichtlich nur ein Spaß. Yaro vermutete, dass es sich um die Einlösung einer Wette unter Freunden handelte.
Ito wählte einen von Hiros Kumpane, Hatato Aoi, als Gegner aus, der sich gelassen von seinem Hocker erhob und in der Mitte der Kampffläche Aufstellung nahm. Das Bokuto mit beiden Händen vor sich haltend, warteten sie auf das Kommando des Schiedsmannes, der den Kampf mit 'Hajime' freigab.
Sofort stürmte Ito mit einer Salve von Schlägen auf seinen Gegner zu, der jedoch geschickt auswich. Yaro erkannte sofort, dass Ito gegen den erfahrenen Kämpfer keine Chance hatte. Um den Anschein eines Kampfes zwischen zwei ebenbürtigen Gegnern zu wahren, zögerte Hatato den Kampf von den Zuschauern unbemerkt hinaus. Als er den Kampf beenden wollte, schlug er Ito das Bokuto so aus der Hand. dass es einige Schritte weit entfernt auf den Boden flog und

er ungeschützt vor seinem Gegner stand. Mit 'Yami' beendete der Schiedsrichter den Kampf.

Itos Freunde jubelten ihm wie einem Sieger zu, weil er seinem finsteren Gegner so lange standgehalten hatte, und Hatato holte sich vom Schiedsmann seine Siegprämie ab. Beide waren zufrieden, das war der Sinn der Veranstaltung.

Die nächsten beiden Kämpfe verliefen ähnlich. Hiros Leute wurden nicht gefordert und ihre Gegner hatten ihren Spaß. Das änderte sich, als Katsu aufgerufen wurde und sich selbstbewusst Hatato als Gegner aussuchte. Nun weit aus konzentrierter als gegen Ito nahm Hatato Aufstellung.

Offensichtlich hatte er Katsu bei früheren Veranstaltungen oft beobachtet und ihn als gefährlich eingeschätzt. Nach Beginn des Kampfes umkreisten sie sich mit den Bokuto in beiden Händen. Hatatos Täuschungsversuche zeigten bei Katsu keine Wirkung. Dann schlug Katsu mit der Spitze seines Bokuto plötzlich Hatatos Waffenspitze hart nach außen, um nun, als dessen Körper kurz ungeschützt war, sofort seinen Kopf zu treffen. Der senkrechte Hieb war absichtlich nicht hart, reichte aber aus, um ihn ins Taumeln zu bringen.

Nachdem Hatao, als Folge des Treffers, daraufhin zu schnell und unkonzentriert versuchte, Katsus Kopf zu treffen, wich dieser von seiner Angriffslinie nach rechts aus und traf nun mit einem senkrechten Hieb dessen linke Schulter. Worauf Hatato jegliche Kraft in seinem Arm verlor und das Bokuto zu Boden fallen ließ.

„Yami" hallte das Kommando über den Platz und der Kampf war beendet. Katsus Gesicht war immer noch angespannt, als er wieder neben Yaro Platz nahm, ohne zu vergessen, vorher die Siegprämie in Empfang zu nehmen.

Nun stand der letzte Kampf der Veranstaltung an, zu dem

Yaro aufgerufen wurde. Als er mit seinem Decknamen Okimoto Chio aufgerufen wurde, erhob er sich und betrat äu-
ßerlich gelassen, aber innerlich angespannt die Kampffläche.
Er benutzte den Nachnamen seines Meisters, um als Berater seines Daimyos nicht mit diesem Ereignis in Verbindung
gebracht zu werden.

Er trat vor den Tisch des Schiedsmannes und verbeugte sich
gebührend, woraufhin der ihn nach seinem Gegner fragte.
Yaro deutete auf Hiro, der erst erstaunt und dann gespielt
um sich blickte, als bräuchte er von den anderen eine Be-
stätigung für das, was er gerade gehört hatte.
Sogar der Schiedsrichter fragte nach: „Bist du sicher, dass
du mit dem scharfen Schwert gegen Hiro kämpfen willst?"
„Ja, ich will", antwortete Yaro knapp.
Sofort spürte Yaro die Unruhe unter den Zuschauern, die zu
den Wetttischen eilten, um noch schnell ihre Wettchancen
zu erhöhen. Denn für sie stand Hiro bereits als Sieger fest.

Langsam erhob sich Hiro von seinem Schemel und stellte
sich in sicherer Entfernung vor Yaro auf.
„Warum willst du gegen mich mit dem Schwert kämpfen,
bist du des Lebens müde?", fragte er herausfordernd.
„Nein, bin ich nicht", antwortete Yaro, „aber es ist eine Not-
wendigkeit, deine Schreckensherrschaft in dieser Gegend zu
beenden."
„Wer bist du, ich kenne dich nicht?"
„Aber ich kenne dich. Du bist der Feigling, der mich vor
Wochen aus dem Hinterhalt mit Pfeil und Bogen vom Pferd
geschossen hat, dass ich mich schwer verletzte."
„Ach, du bist der mit dem Hund."
„Genau der bin ich", stellte Yaro klar.

„Dann lass uns die Sache zu Ende bringen. Denn dass ich
dich hier antreffe, hätte ich nicht zu hoffen gewagt", ant-

wortete Hiro kampfbereit.

Damit wandte sich Yaro von ihm ab und ging auf den Schiedsrichter zu. Dort zog er sein Katana aus dem Gürtel und legte es auf den Tisch des Schiedsmannes. Damit signalisierte Yaro, dass er mit dem Kurzschwert, dem Wakizashi, kämpfen würde. Wieder wurden die Zuschauer unruhig, weil sie vermuteten, dass Yaro damit fahrlässig seine Siegchancen verringerte.

So auch Hiro, denn er fragte ungläubig: „Willst du wirklich auf das Katana verzichten und nur mit dem Kurzschwert gegen mich antreten? Oder willst du mich irgendwie überlisten?"

„Warte ab, du wirst es als Erster erfahren", antwortete Yaro und nickte dem Schiedsmann zum Zeichen seiner Kampfbereitschaft zu.

Kurz danach kam das Kommando 'Hajime' und der Kampf begann.

Sofort setzen beide Kämpfer den rechten Fuß nach vorne, um in die Position Migi-kamae zu gelangen. Dadurch standen beide schräg hinter der Waffe und verringerten so die Angriffsflächen ihrer Körper. Beide hielten ihre Waffen vor dem Körper, Hiro mit beiden Händen, Yaro zunächst mit der rechten Hand. So umkreisten sie sich langsam und warteten darauf, dass einer von ihnen in seiner Konzentration nachließ.

Hochkonzentriert achtete Yaro auf Hiro, der das Katana so vor seinem Körper hielt, um aus dieser Position zuzustechen. So konnte er nach einem misslungenen Stich immer noch mit der einseitig geschliffenen Klinge übergangslos waagerecht nach links oder rechts in den Oberkörper schneiden.

Durch ständige Scheinangriffe versuchte er Yaro zu verunsichern und zu unüberlegten Handlungen zu verleiten. Dieser ließ sich von den vorgetäuschten Angriffen jedoch nicht beeindrucken, da es zu Yaros Stärken gehörte, sich im Kampf passiv zu verhalten, bis der Gegner aus Ungeduld im falschen Moment die falsche Entscheidung trifft.

Durch Jahre langes Üben hatte sich Yaro zudem die mentale Fähigkeit angeeignet, einen vorgetäuschten Angriff frühzeitig von einem echten zu unterscheiden. Noch bevor der Befehl zum tatsächlichen Angriff die Arme oder Beine des Gegners erreicht hatte, nahm Yaro den Angriffswillen des anderen gedanklich wahr und konnte bereits während der Angriffsvorbereitung, wie beim Ausholen zum Schlag, erfolgreich eingreifen.

Yaro wartete nun darauf, dass Hiro die Geduld verlor, was nicht lange dauerte und sich durch Hiros Mimik und Körperhaltung ankündigte. Nun von Yaro frühzeitig erkannt, machte Hiro mit seinem rechten Fuß einen Ausfallschritt nach vorne und wollte ihm die Klinge in den Bauch stoßen. Doch Yaro wich nach links aus und stellte die Klinge seines Kurzschwertes senkrecht. Aufgrund das dabei ausgeübten Druckes mit seinem Schwertarm, lag Hiros Klinge dicht am Stichblatt seines Wakizashi.
Damit verhinderte Yaro nach dem missglückten Angriff, dass Hiro mit einem horizontalen Schnitt seinen Oberkörper verletzen konnte. Mit einem schnellen Schritt zurück verschaffte sich Hiro wieder den nötigen Abstand, um mit seinem Langschwert sofort wieder zuzustechen. Yaro erkannte die Absicht und wich abermals nach links aus, um wieder einen sicheren Abstand herzustellen.
Doch Hiros nächster Angriff kam umgehend, denn er wollte den Kampf schnell beenden, nachdem ihm die mentale Anstrengung, gepaart mit der falschen Atmung, langsam die Luft raubte.
Nun stellte er das Katana senkrecht auf, so dass der Griff an seiner rechten Schulter lag, um einen schrägen Schnitt auszuführen. Als Hiro zum Schnitt ansetzte, griff Yaro zum

ersten Mal an. Er sprang mit dem rechten Fuß vor und verletzte Hiro mit der Schwertspitze leicht an der linken Hüfte.

Von Yaros plötzlichen Angriff irritiert, gelang der schräge Schnitt nicht so dynamisch wie geplant. Dadurch ergab sich für Yaro die Möglichkeit, mit seiner linken Hand den Schwertgriff zwischen Hiros Händen zu greifen und seinem linken Arm als „unbeugsamen Arm" einzusetzen, um Hiros Schwert auf Distanz zu halten.

Dennoch hatte Hiro die Möglichkeit genutzt das Handgelenk von Yaros Schwertarm zu packen und unerbittlich festzuhalten. Yaro wusste, dass Hiro ihm an Kraft überlegen war und dass er Momente wie diesen vermeiden wollte. Hiro erkannte seinen Vorteil und fühlte sich bereits als Sieger, zumal er von Yaro ein verzweifeltes Stöhnen vernahm. Er umklammerte Yaros Handgelenk noch fester, bis ihm das Kurzschwert aus der Hand fiel.

Die Zuschauer, die auf Yaros Tod gewettet hatten und nun einen noch größeren Gewinn erwarteten, jubelten noch mehr, denn alle sahen die Niederlage kommen.

Doch sie ahnten nicht, dass Yaro sich schwach stellte, um seinen Gegner zu täuschen. Denn er ließ sein Schwert absichtlich fallen, um eine Kampftechnik des Taijutsu, der waffenlosen Verteidigung gegen bewaffnete Angreifer, anwenden zu können.

Als ihm das Schwert aus der Hand fiel, machte er sofort eine Faust und rollte sie im Handgelenk, ohne den Oberarm sichtbar zu bewegen. Die Drehbewegung war so stark, dass Hiro das Handgelenk von Yaro nicht mehr festhalten konnte. In einer fließenden Bewegung konnte Yaro nun Hiros Handgelenk von oben nach innen verdrehen und die nun abgewickelte, hochgestellte Hand des Gegners an seine rechte Schulter legen. Dabei zeigten die Finger nach oben und der Handrücken nach vorn. Zu spät bemerkte Hiro die extreme Verdrehung seines Armes, die jetzt seine Schulter und somit auch seinen Körper blockierten. Sein Schwert lag nur noch kraftlos in seiner Hand.

Blitzschnell nahm Yaro seine linke Hand vom Schwertgriff und presste mit ihr die aufrecht gestellte Hand an seiner Schulter. Von außen kaum wahrnehmbar, schob Yaro sein Becken wie bei einer Verbeugung nach hinten, woraufhin sich sein Oberkörper leicht nach vorn neigte.
Diese scheinbar unbedeutende Bewegung riss Hiro mit einem Schmerzensschrei die Beine weg. Vor Schmerz gebeugt und zu keiner Gegenwehr mehr fähig, kniete er vor Yaro. Der löste nun seine rechte Hand von Hiros Handgelenk, um ihn dann über dessen verdrehten Unterarm hinweg hart mit einem Fauststoß an seine linke Schläfe zu treffen.
Wie ein nasser Sack fiel Hiro zu Boden und blieb regungslos liegen.
Ratlose Gesichter von Leuten, die hohe Wetten abgeschlossen hatten, blickten sprachlos auf die Szene und konnten nicht fassen, was sich da gerade abgespielt hatte.

In der Zwischenzeit hob Yaro sein Wakizashi vom Boden auf und steckte es in die Scheide, die in seinem Gürtel steckte. Dabei drehte er die Scheide wieder so, dass die darin befindliche und extrem scharfe Klinge nicht auflag sondern nach oben zeigte, um ihre Schärfe zu bewahren.
Dann ging er zu Hiro, der noch immer regungslos am Boden lag, und entwaffnete ihn. Dessen Daisho legte er vor dem Schiedsmann auf den Tisch und nahm sein Katana, das dort während des Kampfes lag, und steckte es in seinen Gürtel.

„Du glaubst doch nicht, dass wir dich gehen lassen, nachdem du unseren Freund so überlistet und zugerichtet hast", sagte einer von Hiros Kumpane, der sich breitbeinig und kampfbereit hinter Yaro in die Mitte des Platzes gestellt hatte. Dieses Verhalten überraschte Yaro nicht, denn er hatte den Unmut seiner Leute bemerkt, als er Hiro die Waffen abgenommen hatte.

„Lasst mich in Ruhe, ich will nichts von euch. Ich wollte Hiro nur dafür bestrafen, was er mir und den unschuldigen Menschen hier angetan hat. Ich wollte, dass die Angst, die er verbreitet, ein Ende hat und das ist mit dem heutigen Tag geschehen.”

„Du kommst hier nicht lebend weg”, antwortete Hiros Kumpane und ging, um das verlorene Ansehen zurückzugewinnen, lässig auf Yaro zu.

Aber Yaro war zu schnell für ihn. Als der Angreifer ungeschützt auf ihn zukam, machte Yaro einen Ausfallschritt mit dem rechten Fuß auf ihn zu und zog gleichzeitig sein Katana. Wie im Iaijutsu, der Kunst des Schwertziehens, unzählige Male geübt, drehte er die Scheide so, dass das Schwert beim Ziehen mit der scharfen Schneide nach unten zeigte. Der Schnitt verlief im Halbbogen senkrecht nach oben, von der Höhe des Bauches bis zum Hals. Yaro setzte den Schnitt jedoch so, dass nur die Kleidung zerschnitten wurde.

Dann drehte er das Katana über seinen Kopf, um einen senkrechten Schnitt von oben durchzuführen. Auch hierbei führte er den Schnitt bewusst so aus, dass er nur die Haut am Oberkörper anritzte. Damit wollte Yaro sein Können zeigen und die Gefahr demonstrieren, in die sich jeder sich begibt, der ihn herausfordert.

Als sich der Angreifer mit seiner zerfetzten und blutverschmierten Kleidung zu seinen Leuten umdrehte, begann der Tumult und alle griffen nach ihren Schwertern, um ihre besiegten Kumpane zu rächen.

In dem Moment als die vier verbliebenen Kämpfer sich angriffslustig auf Yaro zubewegten, trat Katsu unerwartet an Yaros Seite.

„Was machst du hier, das geht dich nichts an. Das ist eine Sache zwischen Okimoto und uns", schrie der mit der zerrissenen Kleidung.
„Es geht mich schon etwas an, denn es ist nicht rechtens und es ist ehrlos, was ihr hier treibt", erwiderte Katsu.
Doch die Leute ließen sich nicht beirren und rückten mit gezückten Schwertern drohend näher, als plötzlich ein Surren die Luft erfüllte und Pfeile zwischen den Kontrahenten niederprasselten.
Dann hallte ein Befehl über die Lichtung.
„Aufhören, sofort aufhören! Im Namen des Daimyo von Kaisame, Tasakome Masao, befehle ich allen, die Waffen niederzulegen und abzuknien."

Aus dem Wald traten Samurai der Leibwache. Sie waren umzingelt. Dann erschien Hatamoto Gozo, der Hauptmann der Leibwache, auf der Lichtung und betrat die Kampffläche. Dort befahl er, den aus seiner Bewusstlosigkeit erwachten Hiro und dessen Kumpane sowie den Veranstalter in Fesseln zu legen und das Geld an den Wetttischen zu beschlagnahmen.

Während Hatamotos Samurai den Befehl ausführten und die Aktion überwachten, ging Yaro zum Tisch des Schiedsmannes, nahm Hiros Schwerter an sich und ließ sich seine Siegprämie auszahlen. Dann ging er zu dem noch knienden Katsu zurück und bat ihn aufzustehen.
Er umarmte Katsu für seine Hilfe gegen Hiros Kumpane und drückte ihm dabei unbemerkt seine beachtliche Siegprämie in die Hand. Sprachlos vor Dankbarkeit verbeugte sich Katsu respektvoll vor Yaro.

Dann winkte Yaro Kanae zu sich, den er unter den noch knienden Zuschauern entdeckte. Nachdem dieser dem Samurai, der die Zuschauer bewachte, auf Yaros Handzeichen

aufmerksam gemacht hatte, drehte sich der Mann zu Yaro um, den er von seinem Aufenthalt im Dojo wiedererkannte, winkte zurück und erlaubte Kanae, sich zu erheben.
Mit eiligen Schritten kam er auf Yaro zu und umschlag ihn mit Tränen in den Augen. Der Kampf und die damit verbundene Angst um Yaro mussten für ihn unerträglich gewesen sein. Yaro war tief beeindruckt von dem unerwarteten Gefühlsausbruch des sonst so ruhigen und besonnenen jungen Mannes. Er zog ihn fester an sich und hielt ihn im Arm, bis er sich wieder beruhigt hatte.

„Yamato-san, ich dachte, ihr wärt schon längst in Jatsuma", kam Hatamoto mit ausgebreiteten Armen auf Yaro zu, „erst vom Ortsvorsteher Hasumori-san habe ich erfahren, dass ihr noch hier in der Gegend seid und euch in große Gefahr begebt. Da musste ich vorbeischauen, zumal ich die Strolche schon länger im Visier hatte und ich abwarten musste, bis sich der richtige Zeitpunkt für unsere Aktion auftat. Daher habe ich des öfteren die Gegend unerkannt observiert. Leider war es nicht Liebe, die mich hierher führte.

Aber auch diesmal wird es wohl nicht dazu kommen, gemeinsam einige Flaschen Sake zu leeren. Denn ich muss die Strolche gut verstaut nach Kaitasami begleiten, um sie dort dem Richter vorzuführen. Ich will dem Urteil nicht vorgreifen, aber ich bin mir sicher, dass sie hier nie wieder auftauchen werden."

Dann zeigte er auf Katsu, der neben ihm stand: „Und wer ist dieser Mann?"
„Das ist Harasame Katsu. Wir haben uns heute in der Herberge getroffen. Er scheint ein aufrechter Samurai zu sein. Denn als der Mob mich angreifen wollte, hat er ohne Not sein Leben riskiert, um mir zu helfen."
„Ja, das war sehr edel von ihm", sagte Hatamoto, „ich habe euch eine Weile beobachtet."

„Und warum habt ihr nicht früher mit euren Männern ein-
gegriffen?", fragte Yaro erstaunt.
„Ich wollte sehen, wie ihr mit Hiro zurechtkommt. Das ge-
meinsame Training in unserem Dojo hat mir gezeigt, dass
ihr ein außergewöhnlicher Schwertkämpfer seid. Ich habe
mich nicht getäuscht."
„Danke für das große Vertrauen", erwiderte Yaro sarkas-
tisch.

„Und wer ist der junge Mann, der an ihrem Rockzipfel
hängt?", fragte Hatamoto scherzhaft.
„Das ist Kanae. Ein junger Mann, der meinen größten Respekt und Dank verdient. Denn er hat mir das Leben gerettet und dazu beigetragen, dass ich heute hier stehen und
den Kampf gewinnen konnte. Unter einem guten Meister
könnte aus ihm ein aufrechter Samurai werden."
„Verzeih Kanae, weil ich mich unbedacht über dich lustig
gemacht habe, Sumimasen", entschuldigte sich Hatamoto.
Mit einem kurzen Nicken nahm Kanae die Entschuldigung
an.

„Obwohl meine Zeit knapp ist, bitte ich euch, mir zu erzählen, was euch widerfahren ist und warum ihr noch nicht
in Jatsuma seid, damit ich dem Daimyo darüber berichten
kann. Kommt, setzen wir uns an die Seite, wo wir in Ruhe
reden können", schlug Hatamoto vor.
So setzten sie sich an den frei gewordenen Tisch des Schiedsmannes und Yaro berichtete.
Als er fertig war, sagte Hatamoto: „Da habt ihr euch wieder in ein gefährliches Abenteuer gestürzt. Ich hoffe, das
war das letzte auf eurem Weg nach Hause. Wann wollt ihr
denn weiterreisen?"
„Morgen früh will ich aufbrechen, um keine Zeit zu verlieren, denn die Sehnsucht nach meiner Familie ist sehr groß.
Aber bevor wir uns trennen, habe ich noch eine Bitte.
Ihr habt bemerkt, dass mir die Entwicklung von Kanae

sehr am Herzen liegt. Er bringt alle geistigen und körperlichen Voraussetzungen mit, um ein guter Samurai zu werden. Darf er, wenn er sich zu einem guten Schwertkämpfer entwickelt hat, bei ihnen vorsprechen, um eventuell in die Leibgarde des Daimyo aufgenommen zu werden?"
„Das kann er gerne tun. Ich freue mich über jeden guten Schwertkämpfer in den Reihen der Leibwache. Er soll zu gegebener Zeit bei mir vorsprechen. Wenn er den gestellten Anforderungen entspricht, sollte seiner Aufnahme nichts im Wege stehen. Ich vertraue auf Eure Empfehlung und werde ihn wohlwollend empfangen", antwortete Hatamoto.
Als alles gesagt war, verabschiedeten sie sich mit einer respektvollen Verbeugung.

Dann ging Yaro zu Kanae und Katsu, die am Rand der Lichtung auf ihn warteten, um ihre Pferde zu holen. Unterwegs fragte er Katsu: „Was erwartet dich, wenn du nach Haue kommst?"
„Die fröhlichen Augen meiner beiden Kinder Aoi und seiner kleinen Schwester Shizuko. Dann der graue Alltag und der Kampf, dem kargen Boden das tägliche Essen abzuringen. Seit dem Tod meiner Frau hat die Fröhlichkeit unser Haus verlassen."
„Wie ist das passiert?", fragte Yaro.
„Mich hat dasselbe Schicksal ereilt wie viele andere. Als hochrangiger Samurai, der am Fürstenhof für die Ausbildung der Leibwache zuständig war, wurde ich nach dem plötzlichen Tod meines Daimyo entlassen und stand mit dreißig Jahren als Ronin mit meiner Familie auf der Straße. Seit dem frühen Tod meiner Frau versuche ich, die Sorgen von meinen Kindern fernzuhalten."
Betroffen von Katsus Leid gingen sie schweigend ihren Weg, bis Yaro sich an Kanae wandte und fragte: „Was meinst du, kannst du dir Katsu als Gehilfen eines Fischers und gleich-

zeitig als Lehrer der Schwertkunst vorstellen?”
„Das kann ich mir gut vorstellen”, sagte Kanae lachend, der
nach dem Geschehen der Wettkämpfe und Yaros Sieg sich
befreiter und offener zeigte.
Erstaunt sah Katsu die beiden an.
„Hättest du Lust, mit uns an einen Ort zu kommen, der dir
gefallen wird und an dem sich vielleicht deine Zukunft zum
Guten entscheidet?", fragte ihn Yaro.
Voller Vertrauen stimmte Katsu zu.

So ritten sie mit ihren Pferden den schmalen Pfad entlang,
den sie gekommen waren. Mit Hiros Schwertern gut verstaut und Kanae hinter sich sitzend, hörte Yaro das Bellen
von Toshi, noch bevor sie das Anwesen des Fischers sehen
konnten. Als sie von ihren Pferden stiegen, humpelte Toshi ihnen entgegen. Er versuchte an Yaro hochzuspringen,
soweit es seine Verletzung zuließ.

Hime kam aus dem Haus und lief mit einem lachenden Gesicht auf die drei zu. Sie umarmte ihren Bruder herzlich und
scheute sich diesmal nicht, auch Yaro zu umarmen, so sehr
überkam sie das Glücksgefühl. Akuma kam vom See herauf,
wo er die Netze flickte. Auch er verbarg seine Gefühle nicht
und legte seinen linken Arm auf Yaros Schulter und seine
rechte Hand auf dessen Herz.
„Wie ist der Streit ausgegangen?", fragte er Yaro abwartend.
„Wir sind Hiro und seine Kumpane für immer losgeworden”,
kam die Antwort von Yaro.
„Yaro hat Hiro im Kampf besiegt”, fügte Kanae aufgeregt
hinzu, „und als seine Kumpane sich auf ihn stürzen wollten,
trat Katsu mit gezogenem Schwert neben ihn, um Yaro bei-
zustehen.”
Als Akuma und Hime ihre Augen neugierig auf Katsu richteten, verbeugte er sich und stellte sich vor.
„Mein Name ist Harasame Katsu und ich bin zweiunddreißig

Jahre alt. Als Samurai habe ich am Fürstenhof in Mohatome gedient, bis ich nach dem Tod des Fürsten unverschuldet entlassen wurde. Seit einem Jahr bin ich Witwer und lebe mit meinen Kindern Aoi und Shizuko in der Nähe von Sasatome. Yaro-san hat mich gebeten, ihn zu eurem Anwesen zu begleiten. Bitte nennt mich Katsu."

„Herzlich Willkommen bei uns", meldete sich Hime zu Wort und lächelte dem gutaussehenden, jungen Mann zu. „Ich bin Hime und mache für uns jetzt erst einmal einen Tee."
Nachdem sich Hime um den Gast kümmerte, bat Yaro Akuma um ein Gespräch. Dazu gingen beide zum Seeufer und setzten sich dort nieder. Es dauerte eine Weile bis beide wieder an den Tisch kamen, wo die anderen sich angeregt unterhalten haben. Sie setzten sich dazu und Akuma begann zu reden.
„Katsu, Yaro und ich haben uns lange über einen Vorschlag von Yaro beraten, der dich und unser Familienleben betrifft, so dass ich dir folgendes anbiete: Du ziehst mit deinen Kindern zu uns. Es gibt genug Fische im See, dass ihr keinen Hunger fürchten müsst. Eine Hütte mit Gemüsefeldern für deine kleine Familie ist schnell eingerichtet. Du kannst mir beim Fischfang zur Hand gehen, dass wir eventuell auch welchen auf dem Markt in Sasatome verkaufen können. Eine zusätzliche Aufgabe wird für dich sein, Kanae zu einem guten Schwertkämpfer aufzubauen, solange er es will.
Ich würde mich freuen, wenn du meinem Angebot zustimmen würdest, denn das Treiben der Kinder hier auf dem Anwesen würde uns glücklich machen. Kanae und Hime wäret ihr mit meinem Vorschlag einverstanden?"
„Ja das wären wir", stimmten Hime und Kanae dem Angebot von Akuma zu.
„Und was meinst du?", ging Akumas Frage an Katsu.
„Mir fehlen die Worte zu soviel Glück. Ja gerne würde ich mit den Kindern zu euch ziehen, wo sie eine Zukunft haben

unter so vielen guten Menschen. Ich werde mich bemühen, ein guter Lehrer für Kanae zu sein und eine Meister-Schüler – Bindung aufzubauen.
Doch nun möchte ich nach Hause zu meinen Kindern und ihnen von der Neuigkeit erzählen. So bald wie möglich, kommen wir zu euch."

Dann erhob er sich und verabschiedete sich tief beeindruckt von der Familie, insbesondere von Yaro, dem er sein Glück zu verdanken hat und den er, wenn überhaupt, lange nicht mehr begegnen wird.

Sie saßen noch eine Weile schweigend am Tisch, um diese spontane Entscheidung für sich zu bewerten. Doch auch nach längerem Nachdenken kamen alle zu dem Schluss, dass hier eine gute Sache auf den Weg gebracht worden war, von der alle profitieren konnten und die sie hoffnungsvoll in die Zukunft blicken ließ.
Dann ging Yaro ins Haus und kam mit Hiros Schwertern zurück. Er legte sie vor Kanae auf den Tisch.
„Das sind nun deine Schwerter, die du respektvoll aufbewahren sollst, bis Katsu dir erlaubt, mit ihnen zu üben. Behalte sie in Ehren, denn es sind Schwerter von besonderer Eleganz, einfach aber edel. Wer weiß, wie Hiro in ihren Besitz gekommen ist. Sie passten nicht zu seinem niederträchtigen Charakter.
Es sind Schwerter ohne überflüssige Verzierungen, daher liegen sie gut in der Hand und sind für den Kampf gut geeignet. Aber benutze sie nur, um dich oder Unschuldige vor Schaden zu bewahren. Aber ich bin mir sicher, dass Katsu dir ein tugendhaftes Verhalten beibringen wird. Sei ein geduldiger und interessierter Schüler.
Wenn du ein guter Schwertkämpfer geworden bist und du als Samurai in der Leibgarde des Daimyo aufgenommen werden willst, suche Hauptmann Hatamoto-san auf. Er wird dich wohlwollend empfangen."

„Wie ihr euch denken könnt", wandte sich Yaro nun an alle am Tisch, „habe ich mich entschlossen, morgen aufzubrechen, um endlich zu meiner Familie zu kommen. Toshi werde ich nicht mitnehmen können, da er mit seiner noch nicht verheilten Verletzung den Weg nach Jatsuma nicht schaffen wird. Es tut mir unendlich leid, ihn zurücklassen zu müssen. Der einzige Trost für mich ist, dass er bei euch in guten Händen ist und sich wohl fühlt.

Es war für mich ein großes Glück, euch zu treffen. Ihr werdet ewig in meinem Herzen sein. Arigato gozaimasu."

◇

Als Yaro am nächsten Morgen mit Aiki vom Anwesen ritt, standen Akuma, Hime und Kanae mit traurigen Gesichtern in einer Reihe, um sich zu verabschieden. Hime hielt Toshi am Halsband fest, damit er Yaro nicht folgte. Yaro ritt davon, ohne sich noch einmal umzudrehen. Er hob nur die rechte Hand, um sich von den guten Menschen zu verabschieden, die noch winkten, bis Yaro auf den Weg abgebogen und aus ihrem Blickfeld verschwunden war.

Noch in Gedanken an den Abschied kam er an den verbrannten Überresten von Marus Holzhütte vorbei. Traurig erinnerte er sich an die Ereignisse, die zu ihrem Tod geführt hatten. Doch dann verbannte er die belastenden Gedanken aus seinem Kopf und konzentrierte sich auf den Weg nach Raki, um von dort über den Seto-nakai seiner Heimatstadt näher zu kommen. Er rechnete mit einer Übernachtung bis Raika, wenn er die Halbinsel der Präfektur Ryusato an ihrer engsten Stelle durchqueren würde. Deshalb entschloss er sich für den Weg nördlich an der Hauptstadt Ryuzenshi vorbei, so wie es Hatamoto beim Abschied in Kaitasami empfohlen hatte und wie es auch aus seiner Karte für Yaro ersichtlich war.

Als die Sonne im Zenit stand, bog er nach Westen ab, verließ die Küstennähe und ritt in ein Gebiet mit sanften Hügeln und Laubwäldern.Die Baumkronen der Wälder waren dicht gewachsen und ließen keine Sonnenstrahlen durch, was für eine angenehme Kühle sorgte, die Wälder aber düster erscheinen ließ.

Nach einer Weile begegnete Yaro zwei Männer auf Pferden, die nebeneinander in langsamem Trab auf ihn zuritten. Sie zeigten keine Bereitschaft, Yaro Platz zu machen. So brachten die Reiter Yaro zu Stehen. Yaro rutschte wie die Reiter aus dem Sattel und ging schweigend mit ernstem Gesicht auf sie zu.

Dann sprach einer von ihnen: „Nun, junger Mann, so allein im tiefen Wald. Da können leicht böse Buben wie wir auftauchen.”

Plötzlich lachten sie und fielen sich in die Arme. Es waren Hatama Arito und Shimido Takeshi, seine langjährigen Kampfgefährten.

„Was macht ihr hier in der Gegend?", fragte Yaro immer noch überrascht.

„Der Daimyo hat uns beauftragt, euch zu suchen", antwortete Hatama. „Wir haben uns alle Sorgen um euch gemacht. Ihr wart schon lange überfällig.”

„Ja, diesmal war es wirklich knapp. Aber lasst uns eine Unterkunft suchen, dort kann ich euch alles erzählen.”

„Wir haben die Nacht in einer Herberge nördlich von Ryuzenshi verbracht, dort wo die Hauptstraße nach Aisume durch die Präfektur Yasatama beginnt. Dort könnten wir wieder übernachten", schlug Shimido vor.

Alle waren einverstanden und machten sich auf den Weg. Wie erhofft, waren noch Räume für die Übernachtung frei. Abends nach dem Essen saßen sie noch lange bei Tee und Sake zusammen und Yaro musste erzählen, was ihm auf seiner Mission widerfahren war. Selbst die alten Haudegen staunten nicht schlecht, als sie hörten, in welche Gefahr Yaro geraten war und wie er fast gestorben wäre.

Nun konnten sie sich auch erklären, warum Yaro so erschöpft wirkte, denn die seelischen und körperlichen Strapazen nach der kurzen Genesung hatten ihm mehr zugesetzt, als er zugeben wollte.

Doch die Gesellschaft von Hatama und Shimido wirkte entspannend auf ihn. Er musste nun nicht mehr kampfbereit durch die Wälder reiten, um hinter der nächsten Wegbiegung auf einen möglichen Angriff vorbereitet zu sein. So schlief er die Nacht durch und wachte voller Tatendrang auf.

Bald brachen sie auf und machten sich auf den Weg nach Raika, wobei sie die nun weiter nach Norden führende Hauptstraße frühzeitig nach Westen verließen und nach relativ kurzer Zeit den kleinen Hafen von Raika erreichten.

Mit dem Geld der Kaufleute handelte Yaro einen guten Preis für die Überfahrt nach Aisume mit dem Kapitän der Fähre aus, unter der Bedingung, dass sie den Zielhafen vor Einbruch der Dunkelheit erreichten. Um die ausgehandelte Summe in voller Höhe zu erhalten, setzte der Kapitän alle Segel, die der Wind von Ozean her aufblähte und das Schiff mit voller Kraft vorwärts trieb.

Die Sonne stand noch knapp über dem Horizont, als das Schiff in Aisume anlegte. Sie bezogen ihr Quartier in der Nähe des Hafens. Yaro nahm ein heißes Bad, bevor er sich frisch rasiert und frisiert zum Abendessen an den Tisch setzte.

Am Nachmittag des nächsten Tages erblickten sie die Dächer von Jatsuma, deren graue Ziegel sich im Sonnenlicht spiegelten. Bald hatten sie die Steinbrücke im Zentrum der Stadt überquert und näherten sich der Residenz, die ihnen vertraut war.

Yaro verspürte den starken Drang, auf dem Weg zur Residenz abzubiegen und seine Familie zu begrüßen. Aber er wollte zuerst seinem Daimyo und Freund Iroda Akira über seine Ankunft und das Ergebnis seiner Reise informieren, um sich dann in Ruhe der Begrüßung seiner Familie widmen zu können. Stattdessen schickte er Shimido zu Ayumi, um ihr seine Ankunft mitzuteilen.

Yaro wurde sofort von Akira in dessen Privatgemächern empfangen. Überglücklich und erleichtert umarmte er Yaro im Beisein seiner Frau Chie. Er hielt ihn lange in seinen Armen und zeigte seine aufrichtige Freude, Yaro wieder gesund bei sich zu haben.
„Du siehst sehr erschöpft aus", sagte Akira und deutete auf die Narbe, die sich senkrecht über seine Stirn bis zu seiner rechten Augenbraue zog, „war die Mission gefährlicher als erwartet?"
Yaro nickte nur stumm.
„Erzähl mir später davon. Denn jetzt muss ich wissen, wie die Verhandlungen mit dem Daimyo von Kaisame gelaufen sind", bat ihn Akira ernst und angespannt.

„Ich konnte erreichen, dass die Umsetzung des Erlasses für die Präfekturen Tagai und Tairuyama um acht Jahre verschoben wurde."
..Wie bitte?", fragte Akira ungläubig und blickte erstaunt zu Chie, die das eben Gehörte auch nicht fassen konnte.
„Habe ich richtig gehört, wir haben einen Aufschub von acht Jahren bekommen? Wie ist dieses Entgegenkommen der Zentralregierung und damit des Shogun uns gegenüber zu erklären?", fragte Akira nun schon entspannt und lachend.
„Das hängt mit der langen Geschichte zusammen, die ich aber erst morgen erzählen möchte. Denn jetzt habe ich große Sehnsucht nach meiner Familie."
„Ja, geh nur, mein Freund, wir sehen uns morgen früh im

Audienzsaal.”

Bevor Yaro das Fürstenpaar verließ, überreichte er Akira noch die Dokumente des Daimyo von Kaisame und dessen persönlichen Brief an Akira.

Ayumi wartete schon sehnsüchtig vor dem Hauseingang auf ihn. Als er den Garten betrat, blickte sie ihn lange an, strich mit der Hand sanft über die Narbe und fiel ihm schließlich in die Arme. So umarmt blieben sie stehen, bis ihre Kinder Kiochi und Michiko aus dem Haus stürmten und ihre Eltern umschlangen.

„Schön, dass du wieder da bist”, sagte Ayumi kurz. „Wir haben uns große Sorgen um dich gemacht, komm rein, alle wollen dich sehen.”

Im Haus warteten Ayumis Eltern und ihre Schwester Aiko mit Kusami Aoi. Auch sein Übungspartner Kaito wollte seinen guten Freund wiedersehen. Doch nach der herzlichen Begrüßung verließen alle schnell wieder das Haus, um die Familie in Ruhe zu lassen.

Als alle zu Bett gingen, wollte die kleine Michiko bei ihrem Vater schlafen, offensichtlich hatte sie ihren Vater sehr vermisst. Mit Michiko neben sich, die nun glücklich schlief, musste Yaro Ayumi bis tief in die Nacht hinein erzählen, was er auf der Reise erlebt hatte. Ohne Fragen zu stellen, hörte Ayumi zu, bis sie schließlich einschliefen.

Von Ayumi erfuhr er, dass der Abt des Klosters Sakuraji, Mori Renzo, kurz nach seiner Abreise gestorben war. Das überraschte ihn nicht. Aber der Tod seines Mentors machte ihn traurig. Ein kluger und bescheidener Mann, der ihm jahrelang mit Rat und Tat zur Seite gestanden hat, hatte Spuren hinterlassen, so dass man sich auch nach seinem Tod noch lange an ihn erinnern wird.

Denn tot bist du erst, wenn sich niemand mehr an dich erinnert.

Für den Vormittag des folgenden Tages hatte Akira eine

Sitzung einberufen. Daran teil nahmen seine langjährigen Berater, Yaro und Kaito. Dieses Mal war auch Chie anwesend, die rechts hinter Akira Platz genommen hatte.

„Ich freue mich, euch aus einem erfreulichen Grund hier zu haben", begann Akira.
„Zunächst einmal bin ich sehr froh, meinen Berater und Freund Yaro-san wieder an meiner Seite zu haben. Wir haben ihn losgeschickt, um mit dem Daimyo von Kaisame, Tasakome Masao, die Formalitäten zu besprechen, wie und wo wir ab dem kommenden Jahr einen zweiten Hofstaat in der Nähe des Shoguns einrichten sollen. Eine Maßnahme, die uns allen viel Kopfzerbrechen bereitet, die uns und unsere Familien seelisch sehr belastet.
Gestern ist Yaro nun mit diesen Dokumenten aus Kaisame zurückgekehrt", Akira hielt die Schriftstücke vor sich hoch, „aus denen ich euch den Text vorlese."

Als Akira geendet hatte, sahen sich die Berater ungläubig an, bis Nakayma das Wort ergriff.
„Habe ich das richtig verstanden, uns wurde eine Frist von acht Jahren eingeräumt?"
„Ja, Sie haben richtig verstanden", antwortete Akira.
„Von welchem außergewöhnlichen Treuebeweis sprechen wir hier?", fragte Nakayama.
„In einem Begleitschreiben des Tasakome-san hat er mitgeteilt, dass Yaro unter Einsatz seines Lebens zwei Kinder der Familie Tokugawa und seinen zukünftigen Schwiegersohn vor dem Tod durch Piraten und Banditen gerettet hat.
Jetzt ist es wohl an der Zeit, dass Yaro uns ausführlich berichtet, was auf seiner Reise geschehen ist", sagte Akira und erteilte Yaro das Wort.

Am Nachmittag machte sich Yaro zu Fuß auf den Weg zum

Kloster Sakuraji. Wieder durchquerte er den Park mit den Kirschbäumen, die zur Blütezeit den Park in eine weiß-rosa Zauberwelt verwandeln und die Menschen aus der Stadt in Scharen anziehen.

Als Yaro die Lichtung betrat, auf der sich das Kloster erhob, fühlte er in sich die Beklemmung, das Gebäude zu betreten, in dem ihn der alte Abt Mori-san nicht mehr begrüßen kann. Diese Betroffenheit verflog jedoch, als ein junger Mönch, den Yaro von den gemeinsamen Meditationen her kannte, ihn an der Eingangstür begrüßte.

„Konnichiwa Yamato-san, wir haben Sie lange nicht mehr gesehen, darf ich Sie zu unserem neuen Abt Nasashi Muso führen? Ich gehe voran."

Er führte Yaro die breite Holztreppe hinauf in den ersten Stock, wo der Abt gerade Dokumente sortierte. Als er Yaro sah, erhob er sich leichtfüßig und begrüßte ihn freundlich.

„Yamato-san, ich freue mich, Euch zu sehen. Wir haben sie schon vermisst. Ich hoffe, ihre Abwesenheit hat nichts mit dem Tod von Mori-san zu tun. Das würde mich traurig stimmen, denn er hat mir vor seinem Tod empfohlen, mit ihnen in Kontakt zu bleiben. Er nannte sie einen erfahrenen und lebensbejahenden Menschen, von denen ich noch viel lernen kann", sagte Nasahi bescheiden, obwohl Yaro ihn für zehn Jahre älter hielt.

„Nein, meine Abwesenheit hatte damit zu tun, da ich einen Auftrag des Daimyo in Kaisame zu erfüllen hatte."

„Der Auftrag scheint nicht ungefährlich gewesen zu sein", sagte der Abt und deutete auf Yaros Narbe, woraufhin dieser nur stumm nickte.

„Sie würden allen Mönchen eine Freude machen, wenn Sie weiterhin mit uns meditieren und uns im Stockkampf unterrichten würden."

„Das mache ich gerne, wenn es gewünscht wird", sagte Yaro und verbeugte sich.

„Ich habe noch eine Bitte. Führt mich zum Grab von Mori-san, damit ich mich gebührend von ihm verabschieden kann."

Der Abt führte Yaro durch das Gebäude zum Zen-Garten. Dann zeigte er ihm einen kleinen Friedhof, der rechts vom Zen-Garten durch eine schmale, mannshohe Mauer abgetrennt war. Als Yaro am Grab des alten Abtes stand, entfernte sich Nasashi-san, damit Yaro ungestört Abschied nehmen konnte.
Nach einem Moment der inneren Einkehr zog Yaro seine Shinoue aus dem Ärmel und spielte eine sanfte, gefühlvolle Melodie. Danach klangen seine Melodien so leicht und fröhlich wie Kinderlieder. Yaro war sich sicher, dass der alte Abt sich über diese fröhlichen Melodien freuen würde.

Mit diesem heiteren Gefühl verließ Yaro das Kloster. Nach Wochen der Anspannung und Ungewissheit waren seine geistigen und körperlichen Kräfte wieder im Einklang.

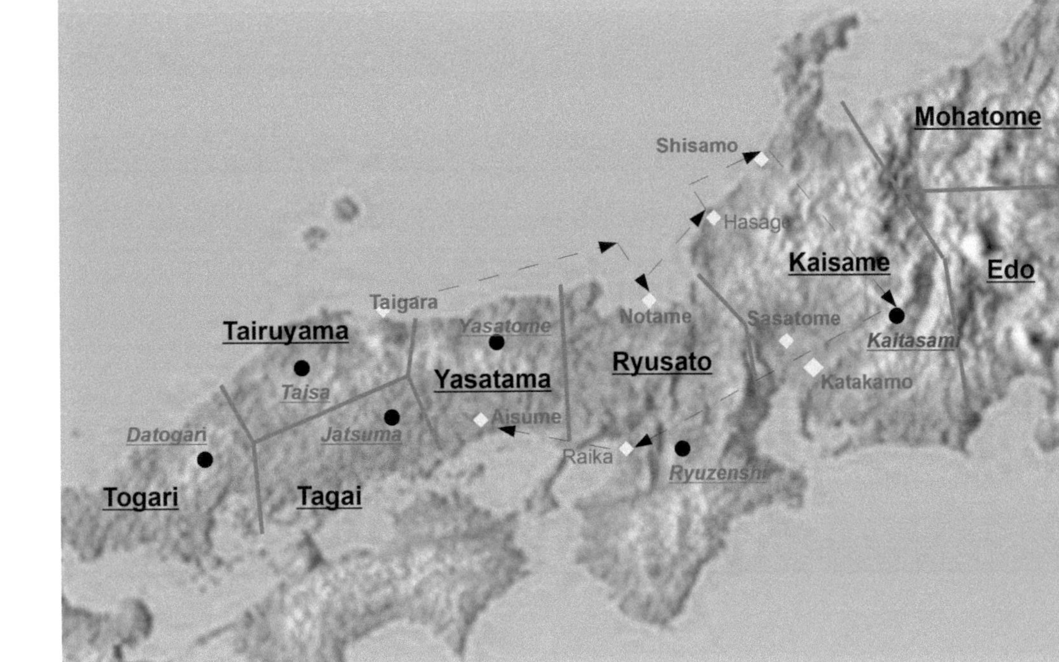

Mohatome
Edo
Kaisame
Kaitasami
Shisamo
Hasage
Katakamo
Sasatome
Notame
Ryusato
Taigara
Yasatome
Tairuyama
Taisa
Yasatama
Aisume
Datogari
Jatsuma
Raika
Ryuzenshi
Togari
Tagai